CARIN MÜLLER
MICHA GOEBIG

Mopsküsse

Buch

Die chaotische Antonella – Halbitalienerin, Anfang dreißig, groß, sportlich und bislang ohne nennenswerte Karriere – erbt überraschend die exklusive Frankfurter Wohnung ihrer Großtante sowie eine ansehnliche monatliche Rente. Doch die Sache hat leider einen Haken, wie Tantchens überraschend attraktiver Anwalt Dr. Adrian Stern bei der Testamentseröffnung offenbart: Damit das Erbe nicht verfällt, muss sich die Nichte um Hugo, den Mops der teuren Verstorbenen, kümmern. Und zwar gewissenhaft, wie Dr. Stern in regelmäßigen Besuchen zu überprüfen hat. Dumm nur, dass Antonella Hunde hasst – und dass die Abneigung ganz auf Gegenseitigkeit beruht. Also macht sich die junge Erbin flugs auf die Suche nach einer Mitbewohnerin. Vielleicht kann die das Hugo-Problem ja lösen.

Und tatsächlich: Die erfolgreiche Unternehmensberaterin Georgia – klein, zierlich, blond und äußerst diszipliniert –, die aus ausgesprochen unerfreulichen Gründen dringend eine Mitwohngelegenheit benötigt, ist sofort von Mops Hugo hingerissen und zieht ein. Für Antonella eine ideale Lösung, auch wenn die beiden Frauen auf den ersten Blick nicht unbedingt die idealen WG-Genossinnen darstellen. Unterschiedlicher kann man schließlich kaum sein. Und als Georgia und Antonella dann mit »Hugo's Affairs« auch noch ein gemeinsames Unternehmen für Inneneinrichtungen gründen und der eine oder andere äußerst gut aussehende Herr in ihrer Zweier-WG auftaucht, wird es in Tantchens alter Wohnung ganz schön turbulent …

Autorinnen

Carin Müller studierte Germanistik in München. Nach ihrem Studium volontierte sie bei verschiedenen Radiosendern sowie in einer PR-Agentur. Seit einigen Jahren arbeitet sie als freiberufliche Journalistin und Autorin. Ihre Veröffentlichungen erscheinen regelmäßig in großen deutschen Tageszeitungen.

Micha Goebig studierte ebenfalls Germanistik in München. Anschließend absolvierte sie ein Volontariat in einem Verlag und ging als Dozentin an eine amerikanische Universität. Seit ihrer Rückkehr nach Deutschland arbeitet sie als freiberufliche Dozentin, Texterin und Übersetzerin.

Die beiden Autorinnen leben und arbeiten in Frankfurt am Main, wo sie auch gemeinsam eine eigene Kommunikationsagentur (www.wort5.de) betreiben.

Carin Müller
Micha Goebig

Mopsküsse

Roman

GOLDMANN

FSC
Mix
Produktgruppe aus vorbildlich
bewirtschafteten Wäldern und
anderen kontrollierten Herkünften

Zert.-Nr. SGS-COC-1940
www.fsc.org
© 1996 Forest Stewardship Council

Verlagsgruppe Random House FSC-DEU-0100
Das FSC-zertifizierte Papier *Holmen Book Cream* für dieses Buch
liefert Holmen Paper, Hallstavik, Schweden.

1. Auflage
Originalausgabe September 2009

Umschlaggestaltung: UNO Werbeagentur, München
Umschlagmotiv: FinePic/Carolin Liepins, München
Th · Herstellung: Str.
Satz: deutsch-türkischer fotosatz, Berlin
Druck und Bindung: GGP Media GmbH, Pößneck
Made in Germany
ISBN 978-3-442-46951-2

www.goldmann-verlag.de

KAPITEL 1
Schweres Erbe

Sehr geehrte Frau De Anna,
zum Tode von Frau Elsa Fried erlaube ich mir, Ihnen mein aufrichtiges Beileid auszusprechen.

Als Nachlassverwalter möchte ich Sie darüber hinaus auch davon in Kenntnis setzen, dass Ihre werte Großtante Sie zur Alleinerbin ihres Vermögens gemacht hat.

Bitte melden Sie sich so rasch wie möglich bei mir, um einen Termin in meiner Kanzlei in Frankfurt am Main zu vereinbaren.

Mit freundlichen Grüßen
Dr. Adrian Stern

Antonella knüllte wütend den Brief zusammen und warf ihn in die Ecke. Dabei hatte sich doch alles so vielversprechend angehört. Vor drei Tagen war dieser Brief aus Frankfurt angekommen, und selbstverständlich hatte sie sofort bei Dr. Stern angerufen. Und tatsächlich: Elsa Fried, Oma Rosis verschrobene Schwester, hatte ihr mutmaßlich ein hübsches Sümmchen hinterlassen. Details wollte der Anwalt am Telefon nicht preisgeben. »Dazu müssten Sie sich schon in meine Kanzlei bemühen«, meinte er recht verbindlich und fügte hinzu: »Je früher, desto besser!« Dieser Meinung hatte sich ihre Familie sofort und erschütternd vehement angeschlossen. Und so war sie an diesem sonnigen Tag Anfang Mai mit dem Zug von München nach Frankfurt gefahren, um das geheimnisvolle Erbe anzutreten.

Zum Termin bei »Dr. Adrian Stern – Rechtsanwalt, Notar« kam sie nur unwesentlich zu spät. Gut, es war eine halbe Stunde, aber der Zug hatte eben etwas Verspätung gehabt, und die Strecke vom Hauptbahnhof in die Jahnstraße im Nordend hatte auf der Karte so weit nun auch nicht ausgesehen. Den Kanzleidrachen Frau Haubrock beeindruckten ihre wortreichen Entschuldigungen nur wenig. »Dr. Stern ist ein viel beschäftigter Mann!«, knurrte sie Antonella an und musterte missbilligend die Kleidung der großgewachsenen, schlanken Klientin. Dabei hatte sich Antonella extra schick gemacht für diesen wichtigen Termin. Rotes Twinset mit moderatem Ausschnitt, nicht zu kurzer Jeansrock und ihre neuen roten Sneakers, die dunklen langen Haare offen.

Frau Haubrock aber war offenbar eine vom Leben frustrierte Person Mitte fünfzig. »Ist nicht kürzlich Ihre Tante verstorben?«

»Schon richtig«, Antonella ignorierte den abschätzigen Tonfall und fuhr unbeeindruckt fort, »aber Tantchen war ein höchst lebensfroher Mensch und lässt sich in einer selbstgetöpferten lila Urne in der Karibik seebestatten. Trauerflor wäre also höchst unangebracht.«

Die Sekretärin zog, pikiert über eine derart dreiste Antwort, eine Augenbraue hoch und führte Antonella wortlos in das Büro ihres Chefs.

Dr. Adrian Stern bot einen erheblich erfreulicheren Anblick als sein Cerberus. Antonella schätzte ihn auf Ende dreißig, er war gut 1,90 m groß, schlank, hatte graumelierte, dunkle kurze Haare und leuchtend blaue Augen. Er sprang hinter seinem riesigen Holzschreibtisch auf und kam Antonella lächelnd entgegen. »Adrian Stern, schön, dass Sie es einrichten konnten.« Er reichte ihr seine warme, kräftige Hand.

»Antonella De Anna – ich freue mich!«, sagte sie mit eindeutigem Flirttimbre in der dunklen Stimme. Die meisten Männer fraßen ihr spontan aus der Hand, und dieser hier schien keine Ausnahme zu sein.

»Schöner Name, Sie sind Italienerin?«, fragte er charmant.

»Halbitalienerin.«

Der Anwalt antwortete mit freudigem Lächeln und in fließendem Italienisch: »Schön, dann können wir ja auch den Nachlass auf Italienisch besprechen. Was halten Sie davon? Ich würde mich jedenfalls sehr freuen, endlich wieder meine eingerosteten Sprachkenntnisse auspacken zu können. Sind Sie hungrig? Wir könnten ins Fontana di Trevi gehen, ein hervorragendes Restaurant ganz in der Nähe.«

Hilfe, was sollte das denn? Antonella geriet in Panik. Ihr Gegenüber sprach offensichtlich richtig gut Italienisch – im Gegensatz zu ihr! Zwar war sie in der Tat Halbitalienerin, aber ihre Eltern hatten sich getrennt, als sie vier war, und Papa war wieder nach Mailand zurückgegangen. Von zweisprachiger Erziehung also keine Spur. Die paar Brocken, die sie aufgeschnappt hatte, kamen von ihren beiden älteren Brüdern. Und die hatten ihr von klein auf hauptsächlich Flüche und alberne Sprüche beigebracht. Was hatte Adrian Stern wohl gesagt? Sie konnte in gar keinem Fall zugeben, dass sie ihn nicht verstanden hatte. Da war irgendwas mit »Fontana di Trevi« vorgekommen, und »ristorante« hatte er eindeutig auch gesagt. »Ich ziehe es vor, Deutsch zu sprechen, wenn ich in Deutschland bin«, sagte sie. »Und leider war ich noch nie in Rom, deshalb kenne ich auch dieses Restaurant am Trevibrunnen nicht.«

»Dann wollen Sie also nicht essen gehen?«, fragte Dr. Stern leicht irritiert.

Essen? Was sollte das denn jetzt? Er hatte definitiv nichts von Essen gesagt – ein Wort, das Antonella in fast jeder Sprache beherrschte. Sie war quasi im Münchner Restaurant ihrer Familie aufgewachsen und hatte praktisch immer Appetit.

Ehe Antonella antworten konnte, fuhr Adrian fort: »Ich meinte das Fontana di Trevi, ein italienisches Restaurant hier die Straße runter – vielleicht war meine Aussprache nicht ganz korrekt. Wir könnten die Erbschaftssache beim Essen besprechen. Aber wenn Sie nicht hungrig sind …«

»Ihre Aussprache ist wirklich verbesserungswürdig!« Antonella lächelte erleichtert. Vielleicht hatte er doch nichts gemerkt. Wahrscheinlich ein typischer Fall von VHS-Kurs: Nach zwei Lektionen konnten sie perfekt einen Cappuccino bestellen und hielten sich gleich für Casanova persönlich. »Ich hätte wirklich ein bisschen Hunger. Das Essen im Zug ist ja ungenießbar.«

»Sehr schön, dann lassen Sie uns gehen.« Adrian griff sich einige Akten und stand auf.

»Andiamo!«, flötete Antonella und sprang ebenfalls vom Stuhl auf.

Ins Fontana di Trevi waren es wirklich nur ein paar Schritte. Michele, der Wirt, begrüßte sie herzlich. »Ah, Dottore, heute in charmanter Begleitung?«

Es lief nicht gut beim Mittagessen. Mit den Ricotta-Ravioli in Salbeibutter servierte Michele ein paar Vertraulichkeiten. Er sei ja wirklich froh, dass der Dottore in so hübscher weiblicher Begleitung hier sei. Sonst käme er ja immer alleine oder höchstens mal mit einem Kollegen. Es sei nicht gut für einen Mann, so ganz allein und ohne Frau. Adrian räusperte sich an dieser Stelle vernehmlich und sagte: »Signorina De Anna ist eine Klientin, Michele.«

»Ah, und Italienerin ist sie auch! Was für ein Glück für den Dottore! Wissen Sie«, fuhr der Wirt an Antonella gewandt auf Italienisch fort, »Dottore Stern hat in Florenz studiert. Er ist wirklich ein guter Anwalt. Der beste! Er hilft Ihnen bestimmt bei Ihrem Problem. Und aus welcher Stadt in Bella Italia kommen Sie eigentlich?«

»Signorina De Anna zieht es vor, in Deutschland Deutsch zu sprechen«, informierte Dr. Stern den Italiener in leicht spöttischem Tonfall.

»Ah?« Michele war einigermaßen irritiert, fing sich aber gleich wieder. »Das ist aber schade, der Dottore spricht unsere schöne Sprache so gut. Er freut sich immer, wenn er sich mit jemandem auf Italienisch unterhalten kann.«

»Äh ja … scusi«, krächzte Antonella, sprang auf und hastete in Richtung Toilette davon. Das durfte ja wohl alles nicht wahr sein! Wie sollte sie aus dieser Nummer jemals heil herauskommen?

»Geht es Ihnen gut?«, fragte Dr. Stern besorgt, als Antonella einige Minuten später wieder zurückkam.

»Danke, es geht schon«, seufzte sie mit schwacher Stimme. Ein Themenwechsel musste her. »Mir ist nur wieder eingefallen, warum ich eigentlich hier bin.«

»Aber ja, natürlich. Verzeihen Sie. Sie standen Ihrer Großtante also sehr nahe?« Der smarte Anwalt runzelte leicht die Stirn.

»O ja, sehr! Als Kind habe ich ständig die Ferien bei ihr verbracht, und in letzter Zeit haben wir regelmäßig telefoniert. Sie war wie eine Großmutter für mich.« Antonella schwelgte in süßen Erinnerungen. Dass sie soeben frei erfunden waren, musste dieser Anwalt ja nicht wissen. Eigentlich kannte sie ihre Großtante so gut wie gar nicht und war sehr überrascht gewesen, dass sie die Erbin sein sollte. Sie hatte Tante Elsa vor Jahren einmal bei einer großen Familienfeier getroffen. Antonellas Mutter, eine pragmatische und resolute Frau, hatte nicht viel von ihrer Tante gehalten. Deshalb wurde der Kontakt nicht gerade gepflegt. Elsa hatte nämlich zu Lebzeiten als höchst exzentrisch gegolten.

»Das ist ja sehr interessant«, sagte Anwalt Stern mit unbewegter Miene. »Wollen wir uns dann das Testament ansehen?«

»Gerne! Ich bin schon sehr gespannt!« Antonella spießte die letzten Ravioli auf die Gabel.

Dr. Stern tupfte sich die Mundwinkel mit der Serviette ab, schob seinen Teller zur Seite und zog aus einer Mappe einige Bögen lavendelfarbenes Papier.

»*Testament*«, begann er zu lesen. »*Ich, Elsa Juliane Fried, geboren am 19.3.1921 in München, wohnhaft in der Weberstraße 27 in Frankfurt, dokumentiere hiermit und unwiderruflich meinen letzten Willen: Da mir das Schicksal eigene Nachkommen versagt hat, erkläre ich Antonella De Anna, geboren am 18.6.1975 in München, wohnhaft in München, unter später folgenden Auflagen zu meiner Alleinerbin. Obwohl ich Antonella persönlich fast nicht kenne, ist sie mir nach allem, was ich von ihr weiß, ein Ebenbild im Geiste. Laut meiner Schwester Rosemarie Huber, Antonellas Großmutter, ist ihre Enkelin das schwarze Schaf der Familie, der Sargnagel ihrer Mutter. Gerne gibt sie sich dem Müßiggang und ausgedehntem Körperkult hin, eine solide Ausbildung lehnt sie offenbar kategorisch ab. Kurzum, sie ist absolut würdig, in meine Fußstapfen zu treten.*«

Antonella schnappte hörbar nach Luft. Ihre Wangen waren knallrot angelaufen. Das war ja ungeheuerlich. Woher wusste die alte Kuh das alles? Gut, sie hatte ihr Innenarchitekturstudium kurz vor dem Vordiplom abgebrochen, aber die Schreinerlehre vorher hatte sie durchgezogen – wenn auch ohne Begeisterung. Aber Müßiggang? Ihr Triathlon-Training konnte man ja wohl kaum als Körperkult bezeichnen. Das machte sie nur, um sich ihre drei üppigen Mahlzeiten täglich ungestraft gönnen zu können. Außerdem arbeitete sie praktisch fast immer! Kellnerjobs gab es ja schließlich wie Sand am Meer.

»Alles in Ordnung?« Dr. Stern bemühte sich mannhaft, ein amüsiertes Lächeln zu verbergen. »Soll ich weiterlesen?«

»Bitte«, krächzte Antonella peinlich berührt.

»Ich überlasse Antonella De Anna meine Wohnung in der Weberstraße 27. Außerdem erhält sie aus meinen Treuhandfonds jeden Monat achthundert Euro, um die laufenden Kosten der Wohnung zu begleichen und um Hugo von Hofmannsthals Bedürfnissen gerecht zu werden. Wenn mein geliebter Hugo mir eines hoffentlich fernen Tages, nach einem ausgefüllten und glücklichen Leben, in die Sphären der Unendlichkeit folgen wird, erhält Antonella mein restliches Vermögen: das Haus in der Weberstraße 27 und meinen gesamten Treuhandfonds. Auflagen: Antonella De Anna verpflichtet sich, umgehend in die Wohnung einzuziehen. Ich möchte nicht, dass Hugo lange in einer fremden Umgebung bleiben muss. Sie verpflichtet sich weiter, Hugo liebevoll zu betreuen und all seine Wünsche zu erfüllen. Sollte sich Antonella einer oder allen Auflagen widersetzen, fällt mein komplettes Vermögen dem Frankfurter Tierschutzverein zu. Dr. Adrian Stern, der Anwalt meines Vertrauens und Treuhänder meines Vermögens, wird sich regelmäßig von Hugos Wohlergehen überzeugen. Dafür, dass er Hugos Befinden kontrolliert und sich um sämtliche Angelegenheiten das Haus betreffend kümmert, erhält er eine monatliche Pauschale von fünfhundert Euro aus meinen Fonds. Kommt er zu dem Schluss, dass es Hugo nicht gut geht, wird er in meinem Sinne entsprechende Schritte einleiten. Ich bin mir aber sicher, dass Antonella meinen Hugo bestimmt genauso lieben wird wie ich selbst. Elsa Fried, am 2.12.2005.«

Antonella war sprachlos. Was hatte das alles nur zu bedeuten?

»Michele, zwei Espresso und zwei Grappa bitte!«, rief der Anwalt in Richtung Tresen. »Sie sehen so aus, als könnten Sie einen Schnaps gebrauchen!«

»Ja, danke«, murmelte sie schwach.

»Freuen Sie sich doch! Sie sind eine wohlhabende Frau, oder zumindest werden Sie in einigen Jahren eine sein. Dann, wenn der treue Hugo von uns gegangen ist. Und bis dahin werden Sie beide wirklich ein Traumpaar sein!« Dr. Stern wirkte plötzlich sehr vergnügt.

»Wer um Himmels willen ist denn dieser Hugo?«, fuhr Antonella ihn an.

»Sie kennen Hugo nicht?« Er zog mit gespieltem Erstaunen eine Braue hoch. »Ich kann mir fast nicht vorstellen, dass Frau Fried ihn bei Ihren zahlreichen Telefonaten nie erwähnt hat. Jetzt trinken Sie mal Ihren Kaffee, dann stelle ich Ihnen Ihr neues Domizil und Ihren Schützling vor.«

Nach dem Essen gingen sie schweigend zurück zur Kanzlei. Antonellas Gedanken fuhren Achterbahn. So hatte sie sich diesen Tag wirklich nicht vorgestellt.

»Hallo, Frau Haubrock«, begrüßte Adrian seine Sekretärin. »Wo ist denn unser kleiner Gast?«

Frau Haubrock tauchte unter ihren Schreibtisch ab, angelte nach etwas und zerrte dann an einer Leine ein unförmiges schwarzes Etwas hervor. »Hier ist er!« Sie reichte mit einem spöttischen Lächeln in Antonellas Richtung ihrem Chef die Leine. Am anderen Ende hing …

»Hugo! Sag guten Tag zu deinem neuen Frauchen!« Adrian Stern klang außerordentlich fröhlich.

»Was ist das?« Antonellas Stimme zitterte.

»Das ist Hugo von Hofmannsthal, Ihr neuer Lebensgefährte!«

»Hugo wie? Ich kenne nur Hugo Boss! Und eines sage ich Ihnen, mit diesem Mistvieh will ich nichts zu tun haben!« Antonella rang immer noch um Fassung. »Ich kann Hunde nicht ausstehen!«

»Das sollten Sie sich vielleicht noch mal überlegen«, sagte Dr. Stern, nun merklich kühler. »Denken Sie an die Klausel im Testament. Kein Hugo, kein Erbe! Im Übrigen ist Hugo kein ›Mistvieh‹, sondern ein reinrassiger vierjähriger Mops mit erstklassigem Pedigree. Darauf legte ihre Tante größten Wert.«

Antonella fühlte sich wie in einer schlechten Komödie. Sie hatte für Haustiere generell nichts übrig und schon gar nicht für die ebenso jämmerliche wie peinliche Kreatur, die da vor ihr saß und missmutig vor sich hin grummelte. So wie diese Wurst auf Beinen aussah, taugte Hugo nicht mal als Joggingbegleiter.

»Wir sollten jetzt in die Wohnung gehen. Sie ist nicht weit von hier.« Er drückte Antonella die Leine in die Hand, und zu dritt verließen sie die Kanzlei.

Wenige Minuten später öffnete Dr. Stern die Haustür eines gepflegten vierstöckigen Altbaus. Die Wohnung befand sich im Hochparterre. Adrian reichte Antonella den Schlüssel. »Willkommen zuhause!« Zögernd schloss sie die Wohnungstür auf. Hugo war plötzlich sehr munter geworden und drängte hinein.

»Heilige Scheiße!«, entfuhr es Antonella, als sie dem Hund folgte. Tantchen mochte eine exzentrische Lebenskünstlerin gewesen sein, Geschmack hatte sie keinen gehabt. Die Einrichtung war ein einziger Alptraum. Jeder Quadratzentimeter Boden war von Orientteppichen bedeckt, an den Wänden hingen großformatige Ölschinken unbestimmter Herkunft. Regale und Vitrinen quollen über von bizarrem Nippes und staubigen alten Büchern, und vor den schönen, großen Fenstern hingen düstere, schwere Samtvorhänge. Die Wohnzimmereinrichtung war ein Prachtexemplar Gelsenkirchener Barocks.

»Das ist wirklich entsetzlich«, jammerte sie. »Da kriegt man ja schon vom Hinsehen Depressionen. Hier halte ich es keinen Tag aus!«

»Wie Sie meinen«, antwortete Dr. Stern, »dann informiere ich jetzt den Tierschutzverein!«

»Nein!«, schrie Antonella auf. »Gibt es denn keine andere Lösung? Ich meine, Tantchen ist tot, was kümmert sie es schon? Lassen Sie uns die Wohnung verkaufen, wir machen Halbe-Halbe, und den Hund kriegen Sie auch noch. Damit sind dann alle glücklich.« Sie blickte ihm verschwörerisch in die blauen Augen.

»Also, ich muss mich doch sehr wundern!« Der Anwalt war ehrlich empört. »Der letzte Wille Ihrer Tante ist rechtsverbindlich. Da haben Sie mit einer Anfechtung nicht die geringste Chance. Außerdem: Wenn Sie sich schon zu ihren Lebzeiten nicht um sie gekümmert haben, sollten Sie jetzt wenigstens ihren letzten Wunsch respektieren!«

Was bildete sich dieser Kerl eigentlich ein? Er kannte sie doch gar nicht, und jetzt spielte er hier den Rächer der Enterbten – oder in diesem Fall eher der Vererbenden. Frechheit! »Nun gut«, sagte sie, »ich werde jetzt nach Hause fahren und über alles gründlich nachdenken.«

»Sie werden nirgends hinfahren, fürchte ich«, antwortete er ruhig. »Das Testament ist da ganz eindeutig: Das Erbe ist sofort anzutreten, damit Hugo nicht mehr Zeit als nötig in fremder Umgebung verbringen muss! Also entweder Sie bleiben oder ich rufe den Tierschutzverein an. Das liegt ganz bei Ihnen!«

»Sie sind gemein! Ich brauche doch meine Sachen.« Antonella fühlte sich in die Ecke gedrängt. Das Erbe auszuschlagen kam natürlich nicht in Frage. Endlich müsste sie sich das andauernde Klagen ihrer Mutter nicht mehr anhören. Andererseits war allein der Gedanke, hier in dieser Wohnung zu bleiben, unerträglich. Von dem Mops ganz zu schweigen.

»Vielleicht kann Ihnen ja jemand Ihre Sachen vorbeibringen«, schlug Dr. Stern beruhigend vor. »Und ehe die Stimmung völlig kippt«, er zog aus seiner Jackettasche einen Umschlag hervor, »hier sind Ihre ersten achthundert Euro. Das sollte für das Nötigste reichen.«

»Danke«, murmelte Antonella.

»Ich muss jetzt gehen. Sie wissen, wo Sie mich finden.« Ein bisschen boshaft fügte er hinzu: »Hugo braucht jetzt viel Zuwendung und Liebe. Er muss einen schweren Schock verarbeiten. Ich komme immer mal wieder vorbei und sehe nach, ob alles in Ordnung ist. Und denken Sie dran, ein trauriger Hugo ist ein Fall für den Tierschutzverein! Arrivederci, Signorina.« Und weg war er.

»Das darf doch alles nicht wahr sein«, jammerte Antonella. »Das ist einfach nicht fair …« Sie schaute sich noch einmal gründlicher in der großen Fünfzimmerwohnung um. Ein Zimmer war schlimmer als das nächste. Wofür brauchte eine alleinstehende alte Frau dieses ganze Gerümpel? Nur Bad und Gästetoilette waren erträglich. Sie waren offenbar erst vor kurzer Zeit komplett saniert worden und dankenswerterweise schlicht weiß gehalten. Es gab sogar eine große Eckbadewanne. Trotzdem – bleiben konnte sie hier nicht! Die Küche war eine einzige Katastrophe. Ziemlich neu zwar, aber eine Scheußlichkeit in Eiche rustikal. Und im Vorratsschrank gab es exakt eine Sache: Hundefutter!

In ihrer Handtasche plärrte plötzlich das Handy. Es war ihr Lieblingsbruder Giovanni. »Ciao, Principessa! Na, wie läuft's?«

Beim Klang der vertrauten Stimme brach sie in Tränen aus. »Es ist alles soooooo schrecklich«, schluchzte sie und erzählte ihm die ganze Geschichte.

Was sollte sie tun? Alleine hielt sie es hier definitiv nicht aus! Antonella war nach den Telefonaten mit ihrer Familie genauso ratlos wie vorher. Giovanni hatte alles wahnsinnig witzig gefunden und ihr zum plötzlichen Wohlstand gratuliert. Gianluca, der älteste Bruder und Chef im Restaurant der Familie, hatte ähnlich reagiert und kichernd angekündigt, einige Hundemenüs zu erfinden, die Antonella Hugo zubereiten sollte – für ein gesundes, langes Leben. Von ihrer Mutter war erst recht kein Verständnis zu erwarten gewesen. Antonella solle sich jetzt einfach zusammenreißen und zur Abwechslung einmal etwas richtig machen. Dann werde schon alles gut werden.

Vielen Dank auch! Mit dem Ärger über ihre Sippe kehrte auch ihr Tatendrang zurück. Irgendetwas musste sie tun. »Wenn ich schon hierbleiben muss, dann aber ganz bestimmt nicht allein mit dieser Bestie!«, sagte sie laut. Sie ignorierte das ungehaltene Brummen aus Hugos Richtung und las noch einmal Sterns Brief. Wütend knüllte sie ihn zusammen und warf ihn in die Ecke. Dann griff sie sich ein Blatt Papier und legte mit dickem Filzstift los:

DRINGEND!!!
Tierliebe Mitbewohnerin für große Altbauwohnung im Nordend ab SOFORT gesucht. Bad neu, Küche erträglich, Rest ist Pflegefall. 450,– warm.
Bitte keine eigenen Haustiere – Mops vorhanden.

KAPITEL 2
Engel in Nöten

Ich verpasse noch meinen Flieger, wenn das hier so weitergeht! Wo ist denn jetzt der Entwurf für den Ergebnisbericht? Der war doch gerade noch hier!«

Für gewöhnlich konnte man Georgia Holtau für ein zartes, blondes Engelchen halten, aber im Moment funkelten ihre blauen Augen vor Wut.

»Reg dich nicht auf, George. Hier sind die Unterlagen, die du mitnehmen willst.« Einer der Männer reichte seiner Projektleiterin die grüne Mappe über den vollgepackten Konferenztisch.

»Danke. Also, wir gehen noch mal kurz die To-do-Liste durch, dann bin ich hier weg. Mike, du fängst an …«

Als sich fünfzehn Minuten später die Aufzugtüren hinter ihr schlossen, lehnte Georgia die Stirn an das kalte Metall und atmete tief durch. Was für ein Irrsinn! Natürlich hörte es sich gut an – mit einunddreißig schon Managerin bei einer führenden Unternehmensberatung, als Projektleiterin international tätig. Das klang nach großer weiter Welt, nach New York–Rio–Tokio, und tatsächlich war sie beruflich schon an all diesen Orten gewesen. Aber außer von New York, wo sie drei Jahre gelebt hatte und zurzeit wieder ein Projekt betreute, hatte sie von keinem Ort der Welt viel mehr gesehen als Flughäfen, Einfallstraßen, Büros und Hotelzimmer. Obwohl sie ständig Menschen um sich hatte, fühlte sie sich im Moment ziemlich einsam. Und sie hatte es satt, sich ständig gegenüber ihren männlichen Kollegen und Mitarbeitern behaupten zu müssen. Ihre Projekte nahmen sie derart in Anspruch, dass sie oft mehrere Wochen am Stück nicht nach Hause kam. Sie überschlug die Tage im Kopf. Es war kaum zu glauben, aber im letzten halben Jahr war sie gerade mal achtunddreißig Tage in Frankfurt gewesen. Es war wirklich Zeit für eine Pause! Sie wollte mehr Zeit für sich, mehr Zeit für Konstantin, und vor allem wollte sie ein Baby. Bisher war dafür einfach nie der richtige Zeitpunkt gewesen. Aber das aktuelle Projekt war tatsächlich so reibungslos gelaufen, dass sie es deutlich früher als geplant hatte abschließen können. Was jetzt noch zu machen war, konnte das New Yorker Team auch ohne sie erledigen. Sie selbst musste sich auf dem Flug noch um ein bisschen Papierkram kümmern, aber das war es dann auch. Viel wichtiger war ihr, dass sie Konstantin überraschen und einige Tage eher als vorgesehen nach Hause zurückkommen würde. Dann würde sie ihm alles sagen, was ihr zurzeit im Kopf herumschwirrte. Sicher würde er sich wahnsinnig freuen, dass sie endlich bereit war, karrieremäßig etwas kürzer zu treten, um mit ihm eine Familie zu gründen. Das war schließlich schon seit längerem sein Wunsch.

Als sie zehn Stunden später in Frankfurt vor ihrer Wohnungstür stand, konnte sie sich vor Müdigkeit kaum mehr auf den Beinen halten. Alles, was sie heute noch wollte, war ins Bett kriechen, sich an Konstantin kuscheln und einfach nur schlafen. Morgen würde sie liegen bleiben und auch Konstantin dazu bringen, im Büro anzurufen und seine Termine abzusagen. Glücklich seufzend drehte sie den Schlüssel um und schlich mit den Schuhen in der Hand in die Wohnung, um Konstantin nicht zu wecken. Als sie die Tür zum Schlafzimmer öffnete, begriff sie zuerst nicht, welcher Anblick sich ihr hier bot. Da lag, dezent beleuchtet vom Mondlicht, das durch die dünnen Vorhänge fiel, Konstantin. Er war nackt, die leichte Decke war fast ganz vom Bett gerutscht, und so war der Blick frei auf den zierlichen Körper neben ihm. Die Frau lag so eng an ihn gepresst, dass kaum ein Blatt Papier zwischen die beiden gepasst hätte. Und Konstantin, ihr Konstantin, hatte besitzergreifend den Arm um die schmale Taille der Frau geschlungen und hielt sie fest, während sein Gesicht fast vollständig in den langen blonden Locken der Unbekannten verborgen war. Die sah ihr so ähnlich, dass sie kurz die Vision hatte, sich selbst dort liegen zu sehen. Moment mal, von wegen Unbekannte! Es gab tatsächlich einen Menschen, der ihr so ähnlich sah, als wären sie Schwestern. Georgia zwang sich, einen Schritt näher zu gehen und das Gesicht der Schlafenden genauer anzusehen. Die Erkenntnis traf sie so hart, dass sie einen Augenblick lang keine Luft mehr bekam. Die Frau, die in ihrem Bett lag, als wäre es das Selbstverständlichste der Welt, war Yvonne.

Georgia taumelte aus dem Schlafzimmer. Wie auf Autopilot griff sie den Koffer, den sie im Gang stehen gelassen hatte, zog die Wohnungstür hinter sich zu und rief die Taxizentrale an. Als sie im Hotelzimmer saß und einen Whiskey aus der Minibar trank, merkte sie, wie der Schock sich löste und sie zu zittern begann. Es war nicht aufzuhalten, auch nicht dadurch, dass sie sich im Bett zusammenrollte und die dicke Decke ganz bis über den Kopf zog. Dann, in der totalen Dunkelheit, die sie umgab, kamen die Tränen. Georgia, das Muster an Selbstbeherrschung, der Inbegriff hanseatischer Zurückhaltung, weinte, schluchzte, heulte, bis ihr die Tränen ausgingen.

Als sie sich ein wenig beruhigt hatte, griff sie zum Telefon und wählte die Nummer von Sophie in New York. Sophie war der einzige Mensch, mit dem sie jetzt sprechen konnte. Sie kannten sich, seit sie beide mit acht Jahren nach England ins Internat geschickt worden waren. Dort hatten sie das Zimmer geteilt und waren seitdem praktisch unzertrennlich. Beide waren bis zum Abitur in England geblieben, hatten gemeinsam in Oxford studiert und arbeiteten jetzt bei derselben Firma. Sophie Priaulx war ihre älteste und beste Freundin – und Konstantins kleine Schwester.

Sophie nahm nach dem zweiten Läuten ab. Ihre Stimme klang schlaftrunken. In New York war es zwar erst kurz nach Mitternacht, aber Sophies Verlegergatte hatte seine Frau heute wohl ausnahmsweise nicht zu einem Galaempfang oder einer ähnlichen Veranstaltung geschleppt. »Hello?«

»Konstantin betrügt mich!«

»George, bist du das?«

Statt einer Antwort brach Georgia wieder in Tränen aus. Sophie, die angesichts der offensichtlichen Notsituation sofort hellwach war, sprach beruhigend auf ihre beste Freundin ein. Nach und nach berichtete Georgia ihr von dem, was sie in ihrer Wohnung gesehen hatte. »Und weißt du, was das Schlimmste ist, Soph? Dass es Yvonne ist. Ausgerechnet diese anmaßende, affektierte ... *bitch*! Seit sie vor einem Jahr nach Frankfurt gekommen ist, sucht sie offensichtlich nur nach einem standesgemäßen Ehemann. Und ausgerechnet Konstantin fällt auf sie herein! Er hat immer gesagt, er findet es erstaunlich, dass wir aussehen wie Schwestern und doch so verschieden sind. Und jetzt? Du hättest mal sehen müssen, wie vertraut die beiden zusammen aussahen! Das geht bestimmt schon seit Monaten so ...« Wieder unterbrach ein unkontrolliertes Schluchzen ihren Redefluss.

»George, sag doch so was nicht! Ich meine, vielleicht war es nur ein Ausrutscher, nur eine Nacht. Bestimmt war es lange nicht so vertraut, wie du es dir einbildest. Da bin ich mir sogar ganz sicher! Da ist deine Fantasie mit dir durchgegangen.

Er hat sich einsam gefühlt, und da ist das einfach so passiert. Ich meine, ich will ihn nicht in Schutz nehmen. Das ist nicht schön, aber George, wirklich – es ist auch kein Weltuntergang!«

Georgia sog Sophies tröstliche Worte auf wie ein Schwamm. Sicher, so musste es gewesen sein. Wer, wenn nicht Konstantins Schwester, sollte besser Bescheid wissen, wie er sich fühlte und wie er handelte. Der Gedanke beruhigte sie enorm. Morgen würde sie mit ihm reden, er würde ihr sagen, dass sie sich getäuscht hatte, und sich für seinen Fehler entschuldigen. Dann würde alles wieder in Ordnung kommen, und sie würden ein Kind haben, Konstantin und sie.

Wenige Stunden später schreckte Georgia aus einem unruhigen Schlaf hoch. Das überwältigende Gefühl von Verzweiflung war sofort wieder da und nahm ihr fast die Luft zum Atmen. Aber diesmal traf es Georgia nicht unvorbereitet. Sie zwang sich aus dem Bett und unter die Dusche, und die ganze Zeit konzentrierte sie sich auf ihr Mantra für den Tag: Ich habe mich getäuscht. Er wird sich entschuldigen. Alles wird gut.

Als sie wieder vor der Wohnungstür stand, wäre sie am liebsten umgekehrt und ins Hotel zurückgefahren. Sie spürte, wie ihre Hände zitterten, als sie nervös mit dem Wohnungsschlüssel hantierte. Angst lähmte sie, als sie sich vorstellte, wie sie die Tür öffnete und Yvonne überraschte, die in ihrem Bademantel in ihrer Küche saß und ihren Tee trank. Sie holte tief Luft und verscheuchte die Schreckensvision. Es gab einfach keinen anderen Weg. Sie würde jetzt diese Tür öffnen. Sie würde stark sein. Sie würde sich ihr altes Leben zurückholen. Sie musste nur warten, bis Konstantin nach Hause kam, und mit ihm reden, dann wäre bald alles wieder wie vorher.

Die Wohnung war leer. Sie ging direkt ins Schlafzimmer, um das Gespenst der letzten Nacht zu vertreiben. Das Bett war ordentlich gemacht; sie würde es später neu beziehen.

Jetzt würde sie sich erst einmal umziehen, einen Tee trinken und die Post durchsehen, ganz genauso wie sie es immer tat, wenn sie von einer Geschäftsreise zurückkam. Georgia streifte ihr Kostüm ab und steckte es automatisch in den Korb mit den Sachen für die Reinigung. Dann schlüpfte sie in Jeans und einen leichten, schwarzen Kaschmirpullover und holte die neuen schwarzen Tod's Loafers aus ihrem Koffer, die sie erst am Vortag am Flughafen mitgenommen hatte. Mit einer Tasse schwarzem Tee setzte sie sich an den Sekretär im Eingangsbereich und begann, die Post durchzusehen. Es war das Übliche – ein paar Rechnungen, Wurfsendungen von Pizzerias und Umzugsfirmen, Spendenaufrufe und ein paar frühe Urlaubspostkarten. Aber was war das? Dem Papier nach zu urteilen, beigefarbenes Leinen, musste es wohl eine Hochzeitseinladung oder etwas Ähnliches sein. Die Karte lugte unter einem Stapel Rechnungen hervor, die Konstantin bereits geöffnet hatte. Georgia angelte sie heraus und blickte auf das Foto von Wiebke und Dirk, die wie Konstantin und sie aus Hamburg stammten und jetzt in Frankfurt lebten. Ah, wird auch Zeit, dass ihr mal heiratet, dachte sie, während sie die Karte öffnete. Das konnte nicht wahr sein! Das musste doch ein Irrtum sein!

Sie schloss die Augen für einen Moment und öffnete sie wieder. Es stand immer noch da, groß und breit, eindeutig in Wiebkes Handschrift:

Lieber Konstantin, liebe Yvonne!

Wir würden uns freuen, Euch bei unserer Verlobungsfeier am … und so weiter und so weiter.

Als sie die Karte zurück auf den Sekretär legte, merkte sie, wie sehr sie wieder zu zittern begonnen hatte, aber als sie an ihre Tasse stieß und der Tee sich über Rechnungen, Werbeschreiben und die verräterische Einladungskarte ergoss, war es ihr ganz egal. Sie hatte sich nicht getäuscht. Im Gegenteil, es war alles noch viel schlimmer, als sie gedacht hatte. Konstantin betrog sie nicht einfach mit Yvonne. Er hatte eine Beziehung mit ihr, und sie, Georgia, war offensichtlich die Einzige, die nichts davon wusste. Wen wunderte es – sie war ja praktisch nie da gewesen! Sie blieb noch einen Moment sitzen, mit dem Ellenbogen ihres Pullovers im Tee, der jetzt auch auf den cremefarbenen Teppich tropfte. Dann stand sie wie in Zeitlupe auf, zwang sich ins Schlafzimmer zu gehen und ein paar Sachen zusammenzupacken und rief das nächste Taxi. Es fühlte sich an wie ein Déjà vu – zurück ins Hotel, zurück in das Zimmer vom Vortag, zurück ans Telefon mit Sophie.

Georgia starrte, nachdem sie aufgelegt hatte, eine Weile unglücklich aus dem Fenster. Eigentlich war es ein wunderschöner, sonniger Frühlingstag, und vielleicht würde ein wenig Bewegung an der frischen Luft ihr guttun. Zu schade, dass sie keinen Hund hatte! Es wäre schön, wenn sie jetzt nicht ganz allein sein müsste. Aber Konstantin hatte sich immer geweigert, einen Hund anzuschaffen. Ein Hund würde sie jetzt nach draußen begleiten, und vor allem würde er mit ihr ein neues Leben anfangen. Denn dass sie ein neues Leben anfangen musste, stand nun ganz außer Frage. Georgia lief und lief. Was für ein Glück, dass sie ausgerechnet gestern flache Schuhe gekauft hatte! Normalerweise trug sie nur Pumps, denn klein wie sie war, hatte sie nicht viel Verwendung für Schuhe ohne Absatz. Vorhin hatte sie in ihrer Eile und Verwirrung ganz vergessen, andere Schuhe in den Koffer zu packen. Sie würde also schon sehr bald wieder in die Wohnung müssen. Die Vorstellung, allein dorthin zurückzukehren, irgendwie ihre Sachen zusammenzupacken und alle Spuren ihrer Existenz aus der Wohnung zu tilgen, damit Yvonne einfach ihren Platz übernehmen konnte, war unerträglich. Allerdings, wenn sie ehrlich war, hatte sie nie allzu viele Spuren ihrer Existenz in ihrer

Wohnung – in Konstantins Wohnung – hinterlassen. Fast drei gemeinsame Jahre, und sie würde in der Lage sein, alle ihre Sachen in einem Taxi abzuholen.

Sie kannte Konstantin von Teuffel, seit sie zehn Jahre alt war. Damals hatte sie die Sommerferien zum ersten Mal bei Sophie auf Gut Dunkersen, dem Landgut der von Teuffels in der Nähe von Hamburg, verbracht. Danach war sie fast jedes Jahr im Sommer dort gewesen. Im Gegenzug nahmen ihre Eltern Sophie in den Osterferien mit in den Urlaub. Sie reisten jedes Jahr an einen anderen exotischen Ort, meist an einen, an dem ihr Vater gerade neue Geschäftskontakte aufbaute. Georgia hatten die Ferien auf dem Gut immer viel besser gefallen. Sie gingen reiten, schwimmen und – wenn Konstantin, der sechs Jahre älter war als Sophie und sie selbst, die Kleinen mitnahm – auch segeln. Meist kam er jedoch nur für eine oder zwei Wochen vorbei. Wie die Mädchen war auch er in England im Internat. Sie hatte Konstantin nur wenige Male gesehen, denn nachdem er zu studieren begonnen hatte, war er nur noch sporadisch nach Dunkersen gekommen.

Als sie sich wieder begegneten, war Georgia gerade aus New York zurück, um zukünftig für das Frankfurter Büro ihrer Firma zu arbeiten. Aber zuerst wollte sie zu Sophies und Maxims Hochzeit nach Gut Dunkersen fahren und dort ein wenig Urlaub machen. Danach würde sie sich eine Wohnung suchen. Doch dann war alles anders gekommen. Sophie hatte angerufen und ihr vorgeschlagen, nicht nach Hamburg zu fliegen, sondern mit Konstantin von Frankfurt aus zu fahren.

»Wäre das nicht lustig? Ihr habt euch so lange nicht gesehen. Und jetzt, wo ihr beide in Frankfurt wohnt, wäre es doch schade, wenn ihr euch nicht anfreunden würdet! Ich bin mir sicher, Konstantin wird begeistert sein, wenn du die Hanseaten-Fraktion verstärkst!«

Selbstverständlich hatte sie ja gesagt, und sie freute sich über die Aussicht, einen alten Bekannten wiederzusehen. Georgia hatte vor dem Apartmenthotel, in dem sie vorerst untergekommen war, auf ihn gewartet, und als er aus dem Jaguar stieg, hatte sie ihn sofort erkannt. Unglaublich, wie ähnlich er Sophie doch sah! Die gleichen hellblonden Haare, die gleichen stahlgrauen Augen und der gleiche sonnengebräunte Teint. Aber was sie damals wie später am meisten an ihm faszinierte, waren die Selbstsicherheit und Nonchalance, mit denen er sich bewegte. Er hinterließ einen großen Eindruck bei allen Menschen, die er traf, und dieses Talent hatte nicht nur seine Bankkarriere, sondern auch seinen politischen Aufstieg beschleunigt. Er saß seit gut einem Jahr als Abgeordneter im Landtag, und sein Ziel, eines Tages Finanzminister zu werden, schien schon jetzt greifbar nah.

An diesem Tag vor drei Jahren hatte er sie angesehen und mit dem leicht ironischen Tonfall, an den sie sich gleich wieder erinnerte, gesagt: »Bist du sicher, dass du das magere Gör mit den Zöpfen bist, das meine Schwester immer aus der Schule mit nach Hause gebracht hat?«

Dann hatte er sie angelächelt, und von diesem Moment an war er für sie nicht mehr Sophies großer Bruder gewesen, sondern der Mann, mit dem sie zusammen sein wollte. Diese Woche auf Gut Dunkersen war eine der glücklichsten und schönsten ihres Lebens gewesen. Zum Teil lag es sicherlich an den Hochzeitsfeierlichkeiten. Entsprechend Maxims amerikanischen Vorstellungen von einer standesgemäßen europäischen Adelshochzeit ergoss sich jeden Tag ein neues Meer von Blumen über alle Räume, und nachts waren alle Rasenflächen vor dem Gutshaus mit Fackeln beleuchtet. Zum Teil lag es auch an den von Teuffels, die Georgia nach all den Jahren, die sie sich nicht gesehen hatten, aufnahmen wie eine verlorene Tochter. Und irgendwie war sie das wohl auch, denn wenn sie sich an ihre Kindheit und Jugend zurückerinnerte, hatte sie vielleicht mehr Zeit mit Sophies Familie verbracht als mit ihrer eigenen. Aber vor allem lag es an Konstantin, dass diese Woche so vollkommen war. Noch nie in ihrem Leben war sie einem Mann begegnet, der so perfekt zu ihr passte, dem sie nichts erklären musste, der genauso aufgewachsen war wie sie, dachte wie sie, *war* wie sie. Sie teilten Hobbys und Interessen, Ansichten und Ziele. Die Erinnerung trieb Georgia wieder die Tränen in die Augen, und sie setzte sich für einen Moment auf eine Bank. Gleich als sie von Dunkersen zurück nach Frankfurt gekommen waren, hatte sie ihre Sachen im Hotel geholt und war bei Konstantin eingezogen. Das erste Jahr war perfekt gewesen, aber dann hatte sie begonnen, wieder in Auslandsprojekten zu arbeiten, weil es ihr in der Deutschlandzentrale zu langweilig geworden war. Und da sie eine begabte Teamleiterin war, wurde sie wieder auf Projekte in aller Welt geschickt, von denen sie oft nur für wenige Tage im Monat nach Frankfurt kam. Es war ganz allein ihre Schuld, dass sie Konstantin jetzt verloren hatte! Er hatte doch immer ganz klar gesagt, dass er diesen Job nicht besonders schätzte, dass es ihm lieber wäre, wenn sie häufiger zuhause wäre, und vor allem, wenn sie sich mehr um dieses gemeinsame Zuhause und ihn kümmern würde. Ihrem blöden Ehrgeiz hatte sie diese Katastrophe zu verdanken. Welche Ironie, wenn man bedachte, wie wenig Spaß ihr der Beruf zurzeit machte und weshalb sie eigentlich früher als geplant zurückgekommen war.

Schluss mit dem Selbstmitleid, fuhr ihre innere Stimme sie an. Such dir lieber eine neue Bleibe! Georgia straffte die Schultern und blickte sich nach dem nächsten Zeitungskiosk um. Gleich auf der anderen Straßenseite fand sie, was sie suchte. Kein Wunder, »Trinkhallen« gab es hier ja wirklich an jeder

Ecke. Sie stand noch in der kurzen Schlange, als ihr ein handgeschriebener gelber Zettel auffiel, der an der Straßenlaterne zu ihrer Linken befestigt war. Sie las:

DRINGEND!!!
Tierliebe Mitbewohnerin für große Altbauwohnung im Nordend ab SOFORT gesucht. Bad neu, Küche erträglich, Rest ist Pflegefall. 450,– warm.
Bitte keine eigenen Haustiere – Mops vorhanden.

Georgia lachte. Wenn schon dieser einfache Zettel sie für einen kurzen Moment aufheitern konnte, vielleicht konnte der Mops samt Anhang in persona noch mehr Wunder vollbringen? An die Möglichkeit, in einer WG unterzuschlüpfen, hatte sie noch gar nicht gedacht, aber warum nicht? Eigentlich war es die perfekte Lösung. Sie wollte nicht wirklich alleine wohnen, jedenfalls nicht jetzt, in dieser Situation. Und es war ja definitiv nur vorübergehend, bis sie sich überlegt hatte, was sie in Zukunft mit ihrem Leben anfangen wollte. So entschied Georgia, dass es ausnahmsweise an der Zeit war, etwas Spontanes zu tun. Sie zog ihr Handy aus der Tasche, wählte die Nummer, die unter der Anzeige auf dem Zettel stand, und verabredete sich mit der Frau am anderen Ende der Leitung zu einem Kennenlerntermin in der Wohnung. Meine Güte, wie jung war die wohl? Über fünfundzwanzig meldete sich doch kein Mensch mehr am Telefon nur mit dem Vornamen, oder? Egal, die Wohnung war ganz in der Nähe, und Antonina oder Antonella oder wie auch immer sie hieß erwartete sie in fünf Minuten.

KAPITEL 3
Einsam, zweisam, dreisam

»Ich koche dir jeden Tag was Leckeres, und Frühstück gibt's auch! Das wird total nett, du wirst schon sehen.« Antonella umschmeichelte Georgia, als hätten ihr schon ein Dutzend Interessentinnen abgesagt. Tatsächlich war sie die erste und bislang einzige, die überhaupt angerufen hatte. Doch Antonella wollte nichts riskieren. Diese kleine Blonde mit dem kritischen Blick war zwar auf Anhieb nicht unbedingt ihr Fall, aber in ihrer momentanen Notlage würde sie sich mit fast jedem arrangieren. Nur nicht alleine in dieser Moddergruft bleiben!

Georgia jedoch blieb skeptisch. Sie hatte nur mühsam verbergen können, wie schockiert sie war, als sie die Wohnung betrat. Ihr war umgehend klar gewesen, was Antonella in ihrer Anzeige mit »Pflegefall« gemeint hatte. Und das war noch milde ausgedrückt. In diese muffige, vollgestellte Wohnung würde sie keinesfalls einziehen. Nie im Leben! Und schon gar nicht in ihrem momentanen desolaten Zustand. Nein, da würde sich leicht etwas Standesgemäßeres finden lassen, und bis dahin ginge sie eben doch wieder ins Hotel. Ein bisschen schade, denn die große Antonella, die zunächst sehr temperamentvoll und dann immer verzweifelter die Wohnung angepriesen hatte, schien zwar reichlich unkonventionell, aber auch ein echter Sonnenschein zu sein. Frühstück und eine warme Mahlzeit täglich – süß, aber nein. »Darüber muss ich noch mal nachdenken«, murmelte Georgia ein bisschen verlegen. »Ich melde mich dann.« Sie wandte sich zum Gehen, als hinter einer Tür in der Diele ein jämmerliches Winseln zu hören war. »Was ist das denn?«, fragte sie und griff nach der Türklinke.

»Mist, der Köter!«, stöhnte Antonella entsetzt auf. »Den habe ich ja völlig vergessen!« Sie hatte am Vormittag ein bisschen aufgeräumt und geputzt, da musste Hugo irgendwie in die Abstellkammer geraten sein. »Geh besser nicht da hinein. Das ist das Allerschlimmste an der ganzen Wohnung!«

Doch zu spät, Georgia hatte bereits die Tür geöffnet und sah das schwarze Häufchen Elend zwischen Putzeimern und Staubsauger kauern. Hugo gab, offenbar hochmotiviert, das arme, leidende Geschöpf. Sein Anblick ließ Georgia schlagartig alle Fluchtpläne vergessen. Sie stürzte sich auf das Tier und nahm es mit tröstenden Worten auf den Arm. »Was haben wir denn da Süßes? Du musst der Mops aus der Anzeige sein. So ein niedliches kleines Hundchen bist du.« Hugo leckte ihr dankbar die ungeschminkte Wange. Eindeutig Liebe auf den ersten Blick! Vielleicht sollte sie es doch wagen mit der Wohnung? Der Hund war derart niedlich, dass er möglicherweise sogar den gruseligen Anblick der hässlichen Vorhänge vergessen lassen konnte. »Wann kann ich denn einziehen?«, fragte sie Antonella, die mit einem halb angewiderten, halb faszinierten Gesichtsausdruck das Geschehen beobachtete.

»Je früher, desto besser!« Kaum zu fassen – das unförmige Hundeknäuel hatte geschafft, was ihren kulinarischen Verheißungen nicht gelungen war. Egal, Hauptsache, sie hatte eine Mitbewohnerin. Antonella lief begeistert in die Küche und zerrte eine Flasche Prosecco aus dem Kühlschrank. Gestern Abend hatte sie sich noch schnell mit dem Nötigsten eingedeckt. »Das müssen wir feiern!«

Georgia folgte ihr mit Hugo und setzte sich an den Küchentisch.

»Prost! Auf unsere WG!«, jauchzte Antonella.

»Ja, auf die WG.« Georgias Stimme klang ein bisschen brüchig. Sie trank einen Schluck und kuschelte sich an den Hund, den sie immer noch auf dem Arm hatte.

»Hast du eigentlich viele Möbel?«, fragte Antonella. Sie war überglücklich und voller Tatendrang. In Gedanken plante sie schon die Umgestaltung der Wohnung. Georgia jedoch vergrub bei dieser Frage ihre Nase in Hugos Fell und brach in Tränen aus.

»Habe ich etwas Falsches gesagt?« Antonella musterte besorgt ihre neue Mitbewohnerin.

»Nein. Es ist nur so, mein Freund – mein Freund hat mich betrogen …« Immer wieder von heftigem Schluchzen unterbrochen schilderte Georgia kurz, was am Vortag passiert war. Hugo, offenbar ein Tier mit feinem Gespür, kuschelte sich enger an sie und ließ die stete Tränenflut auf sein Fell stoisch über sich ergehen.

Antonella war entsetzt. Das war ja eine unglaubliche Sauerei. Wie konnte dieser Kerl es wagen? Männer waren solche Idioten, und dieser Konstantin schien ein besonders abgebrühtes Exemplar seiner Spezies zu sein. So ein Verhalten durfte nicht ungestraft bleiben. »Das ist ja das Allerletzte! Das darfst du dir auf keinen Fall bieten lassen! Komm, wir verwüsten seine Wohnung oder zerkratzen sein Auto oder klauen irgendwelche wertvollen Sachen von ihm!«

Georgia lächelte gerührt über so viel weibliche Solidarität und kriminelle Energie. Von Letzterem wollte sie aber definitiv nichts wissen. Von plumper Rache hielt sie grundsätzlich nichts, aber vor allem wollte sie ihre verletzte Seele nicht bloßlegen und Konstantin mit einer unbeherrschten Aktion auch noch zeigen, wie sehr sein Verhalten sie getroffen hatte. Das kam nicht in Frage, da machte ihr Stolz nicht mit. »Das möchte ich nicht. Rache ist nicht mein Ding. Das finde ich peinlich. Außerdem bin ich ja selbst an allem schuld. Hätte ich mir mehr Zeit für uns genommen, wäre es gar nicht erst so weit gekommen …« Hugo leckte den neuen Schwall Tränen, der diesen Worten folgte, aus ihrem Gesicht.

Derartige Schuldkomplexe waren Antonella völlig fremd. »Wenn dein Mann dich betrügt, soll das deine Schuld sein? Was ist das denn für eine absurde Logik? Ich finde, dass er mit einer verwüsteten Wohnung noch verdammt gut wegkommen würde. Mir würden da ja noch ganz andere Dinge einfallen!« Sie schaute in Georgias trauriges Gesicht. »Aber wenn du partout nicht möchtest? Wollen wir nicht wenigstens deine Sachen abholen?«

»Eigentlich will ich gar nicht mehr in die Wohnung zurück«, entgegnete Georgia mit rauer Stimme, »aber es ist bestimmt besser, wenn ich es schnell hinter mich bringe. Also lass uns hinfahren!«

»Hast du ein Auto?«, fragte Antonella.

»Ein Auto? Nein, wir fahren Taxi«, antwortete Georgia. »Ich fahre immer Taxi.«

»Ja, aber wie soll das denn laufen? Wir brauchen doch Kartons und so Umzugszeugs. Vielleicht sollten wir uns besser einen Transporter mieten. Meinst du nicht?« Antonella fand Georgias Idee reichlich bizarr. Mit dem Taxi – also wirklich!

Es klingelte. Vor der Türe stand Giovanni, der der völlig erstaunten Antonella wie gestern versprochen ihren Hausrat aus München mitgebracht hatte. Die hatte ihren Bruder in der Aufregung völlig vergessen, doch eigentlich kam er wie gerufen. Antonella stellte ihm die neue Mitbewohnerin vor.

Giovanni musterte Georgia, die er trotz ihrer verweinten Augen ganz bezaubernd fand. »Das ging aber schnell!«, meinte er zu den beiden.

»Ein Akt der Verzweiflung!«

»Bei mir auch«, sagte Georgia – eine Spur weniger pathetisch.

»Du hast nun wirklich keinen Grund, verzweifelt zu sein«,

entgegnete er seiner kleinen Schwester, »die Wohnung ist überhaupt nicht schlimm. Da lässt sich garantiert eine Menge draus machen! Und was dich betrifft«, wandte er sich mit tiefem Blick aus seinen braunen Glutaugen schon reichlich vertraulich an Georgia, »kein Mann der Welt ist es wert, dass eine so schöne Frau seinetwegen weint!« In Giovannis Machowelt gab es für Frauen scheinbar nur einen Grund zu weinen: Männer. »So, Mädels, und nun ran an die Arbeit. Antonellas Besitztümer laufen nicht von alleine in die Wohnung.« Giovanni hatte sich das Schreinereifahrzeug seines Chefs ausgeliehen. In dem großen Lieferwagen standen drei Fahrräder und einige Umzugskisten. »Gott sei Dank ist dein Hausstand recht übersichtlich. Wir haben nur eine halbe Stunde gebraucht, um alles zu packen.«

»Ihr seid wohl ziemlich froh, dass ihr mich los seid«, murmelte Antonella düster.

»Na ja, so würde ich es nicht formulieren«, Giovanni grinste verschmitzt, »aber es wird schon Zeit, dass unser Küken endlich auf eigenen Beinen steht. So, und jetzt nimmt erst einmal jeder ein Fahrrad.«

»Die gehören alle dir?« Georgia war es schleierhaft, warum ein erwachsener Mensch überhaupt Fahrrad fuhr, aber wieso bitte brauchte man gleich drei von diesen Dingern?

»Die sind mein ganzer Stolz!« Antonella streichelte zärtlich über den knallgelben Rahmen eines recht filigran anmutenden Rennrades. »Das ist mein Wettkampfrad. Das silberne ist mein Allround-Trainingsrad, und das Mountainbike habe ich nur so zum Spaß. Ich mache Triathlon«, fügte sie hinzu, als sie Georgias fragenden Blick sah.

»Ist klar«, hauchte diese, »was auch sonst. Dumme Frage.«

Giovanni konnte sich das Lachen nicht mehr verkneifen. »Ja, ja, sie ist was ganz Besonderes, unsere kleine Antonella. Pasta, Prosecco und Sport sind das Einzige, was sie in großen Mengen verträgt. Arbeit und Beziehungen liegen ihr eher nicht so. Ihr werdet bestimmt viel Spaß miteinander haben!«

»Vielen Dank, Bruderherz!«, knurrte Antonella. »Vergraule mir nur gleich meine neue Mitbewohnerin. Der Mietvertrag ist noch nicht unterschrieben.«

»Keine Sorge, ich bleibe.« Georgia lächelte. Ein derart gründlicher Millieuwechsel war zwar nicht geplant gewesen, konnte aber auch nicht schaden. Der Umgangston der Geschwister De Anna klang in ihren Ohren ziemlich unkonventionell, doch die große Vertrautheit und echte Herzlichkeit, die trotz aller Frotzelei zwischen ihnen herrschte, blieb ihr nicht verborgen. So etwas kannte sie überhaupt nicht. Im direkten Vergleich waren selbst die netten von Teuffels steife und kühle Aristokraten. Von ihrer eigenen Familie mal ganz zu schweigen. Bei der chaotischen, aber fröhlichen Antonella und dem schnuckeligen Hund würde sie sich bestimmt sehr wohlfühlen.

Antonellas Sachen waren ruckzuck in der Wohnung. Neben den Fahrrädern gab es nur noch zwei Kisten »Sportklamotten«, drei Kisten »Klamotten«, zwei Körbe mit Handtaschen und Schuhen und einige kleine Schachteln »Bücher, CDs und persönliche Dinge«. Ganz klar, wo da die Prioritäten lagen.

Anschließend fuhren sie in Konstantins Wohnung im Westend, um Georgias Habseligkeiten einzusammeln.

»Unglaublich!« Antonella war schwer beeindruckt. »Wohnt hier überhaupt jemand? Hier sieht's ja aus wie in einem Designer-Möbelladen!«

»Immer wieder erstaunlich, wie es manche Leute schaffen, mit so vielen teuren Stücken eine derart seelenlose und sterile Wohnung einzurichten.« Giovanni sah sich mit Kennerblick um.

Georgia zuckte nur mit den Schultern und packte im Rekordtempo. Nur nicht länger als nötig hierbleiben, dachte sie.

Traurig, wie wenig sie eigentlich besaß. Die schicken Klamotten, Bücher, ein paar Bilder und zwei kleine Schachteln mit persönlichen Erinnerungen. Und natürlich ihre Schuhsammlung, die ein Vermögen wert war. »Schade, dass ich den Schuhschrank nicht mitnehmen kann, der ist eingebaut«, seufzte sie.

Antonella konnte sich beim Anblick der Manolos, Jimmy Choos und Louboutins kaum noch beruhigen. »Und alles in Größe 36!«, jammerte sie und schielte auf ihre eigenen Füße – die weit weniger zierlich in lässigen Flipflops Größe 41 steckten.

»Um das Schuhregal kümmere ich mich«, schaltete sich Giovanni ein. »Wenn du weißt, wohin du es haben willst, baue ich dir eines. Ein kleines Einzugsgeschenk von Schreinermeister De Anna aus München!« Sein Lächeln war unwiderstehlich, und Georgia wurde ein bisschen rot.

»So, das war's dann wohl!« Wenig später hatte Georgia ihre letzten Cremetöpfchen aus dem Badezimmer in das Louis Vuitton Beautycase gepackt und die Tasche zu ihren restlichen Gepäckstücken gestellt. Sie ging ein letztes Mal durch die Zimmer, und in ihren Augen glitzerten schon wieder ein paar Tränen. Sie legte ihre Schlüssel auf den Sekretär und griff gerade nach einem Zettel, um ihre neue Adresse zu hinterlassen, als ihr Blick auf die Einladung von Wiebke und Dirk fiel. Das wäre viel subtiler als jeder Kommentar! Mit einer gewissen Genugtuung zückte sie ihren Füller und schrieb ihre Adresse sowie die Bitte, ihre Post dorthin nachzusenden, mitten auf die Karte. Sonst nichts. Keine Erklärung, kein Vorwurf.

Sie luden ihre Sachen in den Lieferwagen und fuhren ins neue Domizil. Dort hatte ein empörter Mops ein unübersehbares Zeichen gesetzt. Er, Hugo von Hofmannsthal, war es schließlich nicht gewöhnt, alleine zu bleiben! Noch ehe sich Antonella richtig aufregen konnte, entfernte Georgia das Häufchen und nahm Hugo zu einem Spaziergang mit nach draußen. Zwei verwunderte Augenpaare verfolgten das Schauspiel. »Nicht zu fassen«, sagte Antonella zu ihrem Bruder, als die Tür ins Schloss fiel, »sieht aus wie eine etepetete Super-Schnepfe, aber wenn der Köter in die Wohnung kackt, ist das kein Problem.«

Drei Stunden später saßen Antonella und Georgia mit Risotto, Prosecco und voller guter Vorsätze in der Küche: Sie würden aus der miefigen Bude eine echte Traumwohnung machen! Giovanni hatte vor seiner Abfahrt noch eine ausführliche Bestandsaufnahme der Möbel gemacht. Viele Sachen waren natürlich völlig indiskutabel und nur noch für den Sperrmüll geeignet. Andere konnte man durchaus aufarbeiten oder verkaufen, und einige Schmuckstücke sollten die Mädels in jedem Fall behalten. Und ohne den ganzen sinnlosen Nippes, die muffigen Vorhänge, Teppiche und Kissen sähe die Wohnung gar nicht mal so schlecht aus. Viel Arbeit, klar. Aber diese Herausforderung sah mit zunehmendem Prickelwasser-Konsum immer weniger bedrohlich aus. Antonella war in ihrem Element. Sie saß mit glänzenden Augen und roten Wangen vor einem Meer von Zetteln, auf die sie kühne Skizzen gekritzelt hatte. Auch wenn sie sich in ihrem Leben bisher für keine Karriere im klassischen Sinn begeistern konnte, ein großes Talent war unübersehbar: Sie verfügte über reichlich Fantasie, einen Blick für Farben und Details und, was fast noch wichtiger war, über eine ausgeprägt praktische Ader. Renovierungsarbeiten aller Art waren kein Problem für sie. Es gab fast nichts, was sie nicht schon einmal gemeistert hatte. Tapezieren, streichen, Teppiche verlegen, Möbel abschleifen und lackieren – ein Klacks! Georgias Augen wurden bei den Schilderungen vergangener Heldentaten immer größer. Klar, auch sie hatte viel für ein schönes Ambiente übrig, aber selbst Hand anlegen? Das war ihr bislang noch nie in den Sinn gekommen.

Doch warum nicht? Es würde eine willkommene Abwechslung sein. Sie würde nicht so viel an ihr verkorkstes Leben und an Konstantin denken müssen. Außerdem war Antonellas Begeisterung ansteckend, auch wenn sie sich das »Dschungelzimmer«, den »Fifties-Salon« und das »Ankleidezimmer im Boudoir-Stil« noch nicht so recht vorstellen konnte. Für ihr eigenes Schlafzimmer hatte sie jedenfalls eine Idee. Da sollte ihr Kleinmädchentraum wahr werden: Sie würde ein Prinzessinnenzimmer bekommen, ganz in Weiß, Rosa und Pink!

Als Georgia am nächsten Morgen wach wurde, lag ein leise schnarchender Hugo neben ihr. Sie sah auf die Uhr. Schon halb zehn! So lange hatte sie ewig nicht mehr geschlafen. Sie fühlte sich nicht etwa verkatert, was nach dem italienischen Lebenselixier kein Wunder gewesen wäre, sondern fit und ausgeruht. Als sie die Ereignisse der letzten achtundvierzig Stunden Revue passieren ließ, verdüsterte sich ihre Stimmung jedoch merklich. Trotzig schob sie die dunklen Gedanken an Konstantins Verrat beiseite. Schließlich waren am Vortag auch viel erfreulichere Dinge passiert. Das Schicksal hatte sie in ein neues Leben katapultiert. Das sah zwar nicht ganz so aus, wie sie es sich vorgestellt hatte – mit Konstantin im Landhaus samt Baby und Labrador –, doch war es unbedingt so viel schlechter? Jetzt hatte sie die temperamentvolle Antonella, einen kapriziösen Mops und eine Wohnung, die in nächster Zeit bestimmt genauso viel Zuwendung verlangen würde wie ein Kleinkind. Sie kitzelte Hugo wach, der ihr zur Begrüßung gleich wieder voller Begeisterung die Nase ableckte, und schwang sich entschlossen aus dem Bett. Von Antonella war keine Spur zu sehen, und im Flur fehlte ein Fahrrad. Offenbar war sie unterwegs. Als Erstes rief Georgia in ihrer Firma an und nahm ihren gesamten Resturlaub. Ihr Chef wollte dieses Ansinnen sofort im Keim ersticken, doch sie blieb hart. Nach einer zähen Viertelstunde willigte er ein. Unfassbar, fünfundfünfzig Tage waren es, elf freie Wochen! So viel Freizeit hatte sie zum letzten Mal als Kind gehabt. Das sollte ausreichen, um die Wohnung herzurichten und wieder ein bisschen ins Lot zu kommen, beschloss sie. Nachdem sie ein ausführliches Bad genommen hatte, machte sie sich eine Tasse Tee und schaltete ihren Laptop an. Mit einem zufriedenen Lächeln tippte sie die ersten Worte. »Renovierung« nannte sie ihr Projekt. »Start ins neue Leben« wäre auch passend, dachte sie.

Antonella verschaffte sich währenddessen ein bisschen Bewegung auf ihrem Mountainbike. Auf ihrer Tour, die mehr eine Stadtbesichtigung als eine ernsthafte Trainingseinheit war, sinnierte auch sie über die letzten beiden Tage. Vergangene Woche war sie noch eine unbekümmerte Einunddreißigjährige gewesen, der man ihr orientierungsloses und karriereloses Leben allerdings immer weniger nachsah. Sie hatte kein Geld gehabt, keinen festen Job und auch keine großartige Perspektive, und dass sie mal wieder bei ihrer Mutter gewohnt hatte, war auch nicht gerade ideal gewesen. Jetzt war sie plötzlich in einer fremden Stadt, war Wohnungsbesitzerin und sogar Vermieterin. Hundebesitzerin war sie leider auch, aber dafür hatte sich ja im Handumdrehen eine tolle Lösung gefunden. Georgia schien wirklich lieb zu sein, auch wenn sie sich etwas eigenartig verhielt, was ihren Exfreund betraf. Immerhin war sie aus unerfindlichen Gründen in den Köter vernarrt und bereit, mit ihr die Wohnung herzurichten. Und wer weiß, vielleicht würde sie sogar zur guten Freundin werden. In diese Überlegungen versunken, achtete sie kaum darauf, wohin sie fuhr, und fand sich irgendwann am Main wieder. Im Wasser glitzerte die Morgensonne, und einige Enten stritten sich um Brotkrumen. Ein großes Frachtschiff, das unterm Eisernen Steg durchfuhr, fesselte Antontellas Aufmerksamkeit. So etwas kannte sie von der Isar nicht. Plötzlich war sie umringt von einer Seniorengruppe, die sich am Flussufer gerade an Nordic Walking versuchte. Eine Teilnehmerin hatte offenbar größere Probleme mit den Stöcken, strauchelte und wankte Antonella vors Rad. Mit einem beherzten Ausweichmanöver verhinderte Antonella im letzten Augenblick einen Zusammenstoß, stürzte jedoch selbst. Sofort tauchte ein kerniger, blonder Hüne neben ihr auf, offenbar der Trainer der Gruppe: »Ist dir was passiert?«

»Nein, keine Sorge, nur ein paar Kratzer.« Sie rappelte sich schon wieder auf und begutachtete ihr blutiges Knie. »Hab schon Schlimmeres hinter mir«, sagte sie tapfer. »Tut mir leid, ich habe wohl nicht aufgepasst. Ist deinen Schützlingen was passiert?«

»Denen geht's gut«, sagte er und schaute auf seine Gruppe, die sich, offenbar erfreut über die kleine Pause, zum Tratschen zusammengerottet hatte.

»Nicht sehr ehrgeizig«, lachte Antonella.

»Nicht ehrgeizig, aber zahlungskräftig!«, antwortete der blonde Jüngling grinsend. »Aber jetzt setz dich wieder hin und lass mal dein Knie sehen.« Er kramte aus seinem Rucksack ein kleines Erste-Hilfe-Set heraus und tupfte ihr vorsichtig den Schmutz aus der blutigen Schramme. Antonella war fasziniert von seinen muskulösen Armen und den intensiven grünen Augen, die im Moment sehr konzentriert auf ihr Knie starrten.

»Wie kommt denn jemand wie du an so einen Job?« Sie schielte zu der rüstigen Walker-Truppe.

»Wenn man als Sportlehrer nicht im Fitness-Studio landen will, gibt's ja nicht so viele Möglichkeiten. Ich betreue insgesamt vier Seniorengruppen, mache Rehagymnastik mit ihnen oder jage sie durch die Gegend. Ansonsten mach ich aber richtigen Sport! Übrigens, ich bin der Andi!« Er streckte ihr eine kräftige, braungebrannte Hand entgegen.

»Antonella. Und was meinst du mit ›richtigem‹ Sport?«

»Triathlon!« Er warf sich stolz in die Brust.

Die Zeit der Überraschungen war für Antonella noch nicht vorbei. Erst Wohnung, Mops und Mitbewohnerin, und jetzt auch noch ein wahnsinnig gut aussehender Triathlet! Auch wenn das kaum einer ihrer Freunde verstehen konnte, hegte sie seit ein paar Jahren eine große Schwäche für diesen Sport, den sie mit bemerkenswertem Ehrgeiz betrieb. In den letzten beiden Jahren hatte sie sogar an einigen Wettkämpfen teilgenommen, mit beachtlichen Erfolgen für einen spätberufenen Laien. Ihr spärliches Einkommen investierte sie fast ausschließlich in ihre Ausrüstung. Und nun war da dieser Andi, der sie, nachdem sie ein wenig miteinander gequatscht hatten, einlud, sich seiner Triathlon-Trainingsgruppe anzuschließen. Antonella versprach, heute Abend zum Lauftreff mit seiner Sportclique – »Alles Spinner, aber nett!« – zu kommen.

Bester Stimmung kehrte sie gegen elf nach Hause zurück und fand Georgia in der Küche, wo diese gerade die letzte umfangreiche To-do-Liste ausdruckte.

»Was ist denn mit dir passiert? Hattest du einen Unfall?«, fragte Georgia besorgt.

»Ich habe einen total süßen Kerl kennen gelernt! Ein Küken, höchstens fünfundzwanzig, aber ganz goldig. Heute Abend gehe ich mit ihm zum Joggen. Und was machst du hier?«

»Ich habe gearbeitet! Wir haben doch einiges vor. Also los, ab unter die Dusche und dann auf in den Baumarkt!«

KAPITEL 4
Erleuchtung für Anfänger

Das Kinn auf die Faust gestützt, sah Georgia auf den Türrahmen, durch den Antonella verschwunden war. Aus dem Badezimmer drang kurze Zeit später das Geräusch von fließendem Wasser herüber. Sie seufzte leise und wandte sich wieder dem Papierstapel auf dem Tisch vor sich zu. Geistesabwesend begann sie, die Blätter zusammenzuschieben. Sie brauchte sich nichts vorzumachen – der hektische Aktionismus von heute Morgen, dem sie die Listen zu verdanken hatte, war weniger Ausdruck ihres Organisationstalents als reine Selbstschutzmaßnahme. Immer wenn sie sich einsam oder unglücklich fühlte, stürzte sie sich noch eifriger als sonst in ihre Projekte. Offensichtlich war das in den letzten Jahren ziemlich häufig vorgekommen – bei der Karriere, die sie gemacht hatte. Und Arbeit würde ihr auch diesmal helfen, die Krise zu überstehen, auch wenn es zur Abwechslung eine ganz andere Aufgabe war, oder vielleicht gerade deshalb. Körperliche Betätigung, Renovieren noch dazu, das konnte ja heiter werden! Aber ihr war jetzt jedes Mittel recht. Hauptsache, diese Leere ging bald vorbei, die ihr immer wieder den Magen zusammenkrampfte und die Tränen in die Augen trieb, sobald sie an Konstantin denken musste.

Hugo, der die letzten Stunden schlafend auf einem Kissen in der Küchenecke verbracht hatte, rappelte sich langsam auf und schlurfte zu seinem Napf. Ein mürrisches Brummen und ein flehender Blick machten Georgia darauf aufmerksam, dass es Zeit war für sein zweites Frühstück. Sie stand auf und öffnete ihm eine Dose. Und da sie schon mal an der Arbeitsplatte stand, strich sie Antonella ein Marmeladenbrötchen. Schließlich wollten sie ja gleich los. Sie telefonierte gerade mit der Taxizentrale, als Antonella wieder in der Küche erschien.

»Sag mal, wie sollen wir denn ohne Auto überhaupt in den Baumarkt kommen? Und wie kriegen wir das ganze Zeug nach Hause? Da müssen wir einen Kombi mieten!«

»Unsinn, so viel ist es nun auch wieder nicht. Ich habe uns ein Großraumtaxi bestellt. Das ist übrigens gleich da. Hier, ich habe dir auch schon ein Brötchen gemacht.«

Sie hielt Antonella den Teller entgegen, die fassungslos auf die einsame Semmel blickte. Das sollte ihr Frühstück sein? Was hatte der blonde Floh denn für Vorstellungen? Aber noch verrückter war ja diese andere Sache. »Mit dem Taxi in den Baumarkt? So was Bescheuertes habe ich ja noch nie gehört!«

Georgia blickte gleichzeitig irritiert und gekränkt. »Wieso bescheuert? Ich fahre doch immer Taxi.« Es klingelte. »Siehst du, da ist es schon. Nimm das Brötchen einfach mit. Komm, Hugo, wir gehen.«

O mein Gott! Antonella verdrehte die Augen. Kein richtiges Frühstück, und jetzt mussten sie auch noch den Hund mitnehmen, damit er ihnen nicht wieder in die Bude machte. Na bravo, das würde ein echt gelungener Vormittag werden!

Auch der Taxifahrer schien Antonellas Meinung zu teilen. »Wo soll's hingehen???«

»In einen Baumarkt.« Georgia sprach langsam wie mit einem Begriffsstutzigen und ignorierte souverän Antonellas Grinsen. »In irgendeinen Baumarkt, am besten den mit der größten Auswahl. Da kennen Sie sich doch sicher aus.« Sie schenkte ihm ein gewinnendes Lächeln, das allerdings ein wenig gekünstelt wirkte, denn eigentlich war sie es gewohnt, dass ihre Anweisungen prompt befolgt wurden.

»Und da muss der Köter auch mit?«

Das Lächeln verschwand augenblicklich. »Ich bezahle Sie nicht dafür, dass Sie einen reinrassigen Mops als Köter bezeichnen. Wären Sie jetzt so freundlich loszufahren?«

Kopfschüttelnd ließ der Taxifahrer den Motor an. Offensichtlich nicht ganz dicht, die Kleine.

»So die Damen, da wären wir.«

»Dann würde ich sagen, Sie vertreiben sich etwas die Zeit«, Georgia reichte einen Geldschein nach vorne, »und wir treffen uns am Ausgang in – Antonella, was denkst du, wie lange wir brauchen werden?«

»Vielleicht 'ne Stunde?«, nuschelte Antonella, der die ganze Situation noch immer peinlich war.

»So was nennt man Dienstleistungsgesellschaft, nicht zu fassen! Da muss man sich rechtfertigen, bloß weil man in den Baumarkt fahren will! In New York fährt jeder mit dem Taxi zu Ikea ...« Georgia war so in Fahrt, dass Hugo in einen leichten Trab fallen musste, um Schritt zu halten.

Antonella mit ihren langen Beinen hatte weniger Probleme mit dem vorgelegten Tempo und schaffte es sogar, gleichzeitig die Gangbeschriftungen zu lesen. »Georgia, links! Da gibt's die Farben.«

Georgia hatte keine Ahnung gehabt, wie groß die Auswahl an Farben war, die es in einem Baumarkt gab. Ihre Wut auf den Taxifahrer verrauchte schnell, während sie fasziniert durch diverse Farbpaletten blätterte. Nur gut, dass Antonella auf dem Gebiet Baumarkt ein Profi war, denn sonst hätte der Ausflug sicherlich ewig gedauert. So aber kamen sie gut voran, bis Georgia merkte, dass Hugo verschwunden war. Der kleine Hund hatte scheinbar nicht die geringste Lust gehabt,

Stunden zwischen stinkenden Farbeimern zu verbringen, und sich konsequenterweise nach einem interessanteren Betätigungsfeld umgesehen. Antonella war zu Georgias großer Überraschung komplett ausgeflippt. Auf der Suche nach dem ihr so verhassten Hugo schrie sie hysterisch und panisch den halben Baumarkt zusammen. Ein junger Verkäufer hatte den Mops schließlich exakt da gefunden, wo man ihn vermuten konnte – in der Tierabteilung.

»Tu das nie wieder!« Antonella hatte sich drohend vor Hugo aufgebaut, der sich gerade eine Zwischenmahlzeit in Form von Kaninchenfutter genehmigte. Offenbar hatte ein achtloser Kunde beim Abpacken des Kleintierfutters einiges davon auf dem Boden verstreut. Sie packte die Leine und befestigte sie am Einkaufswagen. Dann atmete sie geräuschvoll aus und murmelte: »Gerettet.« Als sie Georgias irritierten Gesichtsausdruck sah, erzählte sie von den Bedingungen des Testaments. »Stell dir vor, ich hätte mein Erbe bereits am dritten Tag verloren! Das wäre bestimmt ein neuer Rekord gewesen.«

Gut zwanzig Minuten später als angekündigt standen sie mit einem vollgepackten Wagen am Ausgang. Auf einem großen Farbeimer thronte Hugo, der ganz in seiner Rolle als verlorener und wiedergefundener Schatz aufging. Nachdem sie Pinsel, Abklebmaterial, Farben – und vor allem Hugo – ins Taxi geladen hatten, war die Stimmung wesentlich besser und steckte sogar den Fahrer an, der den beiden Grazien gegen ein fürstliches Trinkgeld half, die Sachen in ihre Wohnung zu tragen.

Antonella ließ sich auf eines von Tante Elsas zahlreichen plüschigen Sofas fallen und schloss erschöpft die Augen. Das Erbe war gerettet, und sie wollte sich nur ein Momentchen ausruhen, dann würde sie in die Küche gehen und endlich etwas Anständiges zu essen machen. Pasta natürlich, am besten mit einer herzhaften Tomatensauce. Und als Vorspeise vielleicht einen Salat?

»... würde ich vorschlagen, und du könntest ja im Wohnzimmer anfangen. Wie findest du das?«

Was wollte dieses hyperaktive Terrorkommando da schon wieder von ihr? Für den Moment war es wirklich genug. Sie würde noch verhungern, wenn das hier so weiterging. »Ich mach uns jetzt erst mal was zu essen! Bevor ich nicht etwas im Magen habe, tut sich hier gar nichts!«, sagte Antonella resolut und stand vom Sofa auf.

»Also ich brauche nichts. Ich habe keinen Hunger.«

Antonella sah Georgia kritisch an. Sie war blass und hatte deutliche Ringe unter den Augen. Kein Wunder, bei dem, was sie durchgemacht hatte. Und sie hatte auch kaum etwas gegessen, seit sie da war. Nichts außer einer Spatzenportion Risotto am letzten Abend. »So geht das nicht.« Antonella schob Georgia vor sich her in Richtung Küche. »Ich versteh schon, dass du keinen Appetit hast.« Das war eine glatte Lüge, doch es handelte sich hier um einen Notfall. »Aber du musst einfach was essen, Liebeskummer hin oder her! Du musst dich ein bisschen zwingen, sonst magerst du total ab und siehst ganz schrecklich aus!«

Damit hatte sie ihre neue Mitbewohnerin intuitiv an der richtigen Stelle gepackt: ihrer Eitelkeit.

»Na gut ...« Georgia gab sich geschlagen, legte ihre Listen auf das Fensterbrett und setzte sich an den Küchentisch. Antonella begann mit wiedererwachenden Lebensgeistern munter zwischen Kühlschrank, Herd und Arbeitsplatte hin und her zu flitzen und mit diversen Gerätschaften zu hantieren. Bald schon roch es ganz köstlich, und Georgia musste zugeben, dass ein bisschen Pasta vielleicht doch keine schlechte Idee war.

»Sag mal, machst du eigentlich irgendeinen Sport?« Antonella lud sich eine zweite Portion Nudeln auf den Teller. »Ich trainiere eigentlich nur deshalb, damit ich essen kann, was und soviel ich will.« Sie grinste.

»Also du mit deinem Triathlon, das wäre gar nichts für mich.« Georgia schüttelte den Kopf. »Ich bin bestimmt seit zehn Jahren nicht mehr Fahrrad gefahren, und joggen war ich sowieso nur ein einziges Mal.«

»Aber hast du denn nie das Bedürfnis, dich so richtig zu bewegen? Ich meine schwitzen und dich austoben und so?«

Georgia war die Antwort deutlich am Gesicht abzulesen. Nein, natürlich nicht, das passte einfach gar nicht zu ihr. Antonella runzelte die Stirn. »Also gar kein Sport?«, unternahm sie einen letzten Versuch.

»Na ja, ich kann reiten und segeln, falls du das meinst. Und in New York bin ich zwei Mal in der Woche zum Pilates gegangen, das fand ich ganz gut.«

»Dann fang doch wenigstens damit wieder an!« Pilates zählte für Antonella nicht wirklich als Sport, aber das würde sie ihrer neuen Mitbewohnerin sicher nicht unter die Nase reiben.

»Mal sehen. Aber jetzt«, Georgia blickte auf Antonellas leeren Teller, »können wir ja erst mal mit den wesentlichen Dingen weitermachen. Fang du schon im Wohnzimmer mit dem Ausmisten an, damit wir da als Erstes streichen können. Und ich arbeite so lange die Telefonliste ab und mache Termine. Das wird eine ganze Weile dauern.«

Als Antonella verstaubt und zerzaust in die Küche zurückkam, hakte Georgia gerade zufrieden den letzten Posten auf ihrer Liste ab. »Ich habe für die nächsten Tage ein paar Termine arrangiert. Morgen kommt der Haushaltsauflöser. Mit dem können wir besprechen, was sich zum Verkaufen eignet. Für übermorgen habe ich den Studentenservice bestellt und einen Container, damit wir den anderen Krempel loswerden. Dann habe ich mit dem Roten Kreuz gesprochen. Denen können wir die Kleider deiner Tante einfach vorbeibringen. Und Ikea hätte die Schränke fürs Ankleidezimmer vorrätig. Da müssen wir nur einen Liefertermin absprechen.«

Antonella war verblüfft. Eigentlich hatte sie gerade stolz verkünden wollen, dass sie alle drei Schubladen der Wohnzimmerkommode ausgemistet hatte. Aber bei dem Tempo, in dem Georgia arbeitete, würde die das wohl kaum beeindrucken. Wenn sie in einer halben Stunde beim Lauftreff sein wollte, würde sie sich eine andere Taktik überlegen müssen als »Jetzt hab ich mir aber eine Belohnung verdient!«.

»Sag mal, riecht es hier komisch? Wann warst du denn das letzte Mal mit meinem Erbe draußen?«

»O je, Hugo habe ich ganz vergessen! Aber jetzt bin ich hier ja fertig, da können wir einen schönen langen Spaziergang unternehmen. Kommst du mit?«

»Ach, weißt du ...«, Antonella legte eine dramatische Kunstpause ein, »ich bin gerade so drin, da ist es wohl am besten, ich mache einfach gleich weiter.«

»Ja, das stimmt natürlich. Dann gehen wir eben allein. Hugo, komm, Schätzchen, wir gehen Gassi!«

Kaum hatte Georgia die Tür hinter sich zugezogen, spurtete Antonella in ihr Zimmer und zog ein paar Sportklamotten und ihre Laufschuhe aus einer Kiste. Georgia legte sie einen Zettel auf den Küchentisch: »Sorry, musste dringend mal weg.« Dann warf sie einen kurzen Blick auf die Straße, um zu sehen, in welche Richtung Georgia und Hugo gegangen waren, schwang sich auf ihr Rad und sauste los, zum Lauftreff am Main und dem erfreulichen Andi.

Georgia schlenderte derweil in Hugos Tempo die Straßen entlang. Natürlich kannte sie die Gegend vom gelegentlichen Bummeln oder abendlichen Ausgehen, aber ansonsten waren ihr das Nordend und Bornheim doch recht fremd. Eigentlich nett hier, dachte sie, als sie auf der Berger Straße an den vielen kleinen Geschäftchen vorbeilief. Zumindest war hier viel mehr Leben als im Westend mit seinen Stilaltbauten. Weniger schick vielleicht, aber doch großstädtischer. Moment mal, vielleicht gab es hier doch echten Chic! Dieser Laden mit der orange-weißen Aufmachung auf der anderen Straßenseite sah definitiv sehr stylish aus. Georgia überquerte die Straße und erkannte im Näherkommen, dass der Laden gar kein Geschäft, sondern ein Yogastudio war. Worüber hatte sie sich mit Antonella beim Mittagessen unterhalten? Pilates, richtig! Ob die das wohl auch anboten? Kurzentschlossen betrat Georgia mit Hugo das Studio, und als sie eine Viertelstunde später den Heimweg antrat, hatte sie eine Zehnerkarte des »Nordend Yogaloft« im Geldbeutel.

»Jetzt schau dich doch hier mal um! Ist das nicht der reine Wahnsinn, was wir in knapp einem Monat geschafft haben? Wenn Giovanni demnächst kommt, sind wir bestimmt schon komplett fertig.« Antonella stellte einen Stapel des neuen, bunten Geschirrs in den Schrank. »Ich hätte nie gedacht, dass es in Frankfurt so schön sein könnte!«

Georgia blickte von dem Gläserkarton auf, den sie gerade leerte, und grinste. »Liegt das jetzt an der Wohnung oder doch eher an Andi?«

»Also ich habe die Wohnung gemeint! Der Andi ist schon sehr süß, aber irgendwie geht da nichts vorwärts! Ich sehe ihn zwei, drei Mal in der Woche beim Sport, aber nichts passiert, weil er sich um alle kümmert.« Mit gefährlich viel Schwung brachte Antonella die nächsten Teller im Schrank unter.

Georgia, in größter Sorge um das neue Geschirr, hoffte nur, dass sich schnell eine Lösung für das aufziehende Stimmungstief finden würde. »Dann musst du dich eben mal so mit ihm verabreden«, sagte sie.

»Ich weiß nicht … Die sind eine feste Sportclique. Da wäre es komisch, wenn ich ihn fragen würde, ob wir abends mal was allein machen.«

»Na, dann müsst ihr eben alle zusammen etwas anderes unternehmen. Du schaffst einfach eine Gelegenheit, bei der du ihm näherkommen kannst.«

Antonellas Gesicht erhellte sich mit einem Schlag. Freudestrahlend sprang sie über den Tellerberg zu ihren Füßen und umarmte die überraschte Georgia. »Georgia, du bist genial! Wir machen eine Einweihungsparty! Total nett und unverfänglich! Ich lade einfach alle ein, und wenn du noch deine ganzen Leute dazuholst, fällt überhaupt nicht auf, dass ich das nur wegen Andi organisiert habe!«

Georgia seufzte. Die schlechte Laune war gebannt, aber um was für einen Preis! Eine Party war wirklich nicht das, woran sie gedacht hatte, eher eine Radtour oder so. Wen sollte sie überhaupt einladen? Ihre ganzen Leute – das Feld hatte sich in den letzten Wochen drastisch verkleinert. Seit der Konstantin-Katastrophe hatte sie sich bei niemandem aus ihrem Frankfurter Freundeskreis mehr gemeldet. Schließlich hatten bestimmt alle von dem Betrug gewusst, und keiner hatte es für nötig befunden, sie zu warnen. Und man konnte wirklich nicht sagen, dass ihr Handy nach der Trennung Sturm geklingelt hätte. Offensichtlich wurde sie nicht vermisst, und sie würde sich den Leuten mit Sicherheit nicht aufdrängen. Sollten die sich ruhig mit der ach-so-tollen Yvonne verabreden, auch gut. Ihr machte das rein gar nichts aus! »Eine Party? Ich glaube, das ist keine so gute Idee. Da sind einfach zu viele Leute. Was hältst du von einer Radtour in den Rheingau?«

»Unsinn, eine Party ist ideal! Außerdem hab ich doch auch bald Geburtstag. Das lässt sich super kombinieren!« Trotz allen Überschwangs fiel Antonella auf, dass es Georgia an der nötigen Begeisterung mangelte. So kurz nach einer Trennung war das wahrscheinlich normal, aber es würde ihr nur guttun, wieder ein paar Leute um sich zu haben. »Georgia, das wird bestimmt lustig! Ganz sicher sogar. Und du musst dich um gar nichts kümmern, wenn du nicht willst. Ich schaff das alles ganz alleine. Du lädst nur ein paar nette Leute ein, deine Kollegen zum Beispiel. Ansonsten kannst du dich benehmen wie ein Gast. Ich verspreche dir, du musst nichts machen.« Sie hoffte nur, dass Georgia den letzten Satz schnell wieder vergessen würde, aber jetzt brauchte sie dringend ihr Okay.

Georgia gab sich seufzend geschlagen. »Also gut, wenn dir so viel daran liegt. Wann hast du denn Geburtstag?«

»Am 18. Juni, Samstag in zwei Wochen. Jetzt haben wir so eine tolle Wohnung und so viel neues Geschirr, wäre doch zu schade, wenn wir das niemandem zeigen könnten!«

In dem Punkt zumindest musste Georgia ihr recht geben. Die Küche war inzwischen ein echtes Schmuckstück: Gott sei Dank war sie sehr groß, und Tante Elsa hatte offensichtlich vor wenigen Jahren in gute Geräte und einen klassischen Fliesenboden investiert. Trotzdem war es ein hartes Stück Arbeit gewesen. Die Wände waren jetzt passend zum Boden terracottafarben gestrichen, die Einbauküche in Eiche rustikal hatten sie abgeschliffen und weiß lasiert. Und das Glanzstück des Raums war ein riesiger alter Bauerntisch mit zehn Stühlen vom Flohmarkt.

Am nächsten Morgen ging Antonella eine Runde laufen, während Georgia wie gewohnt den morgenmuffeligen Hugo um den Block scheuchte. Erst als sie die Haustür wieder aufschloss, erwachte Leben in ihm.

»Hugo, warte doch mal! Ich muss nur die Post mitnehmen, dann bekommst du etwas zu fressen.« Georgia kramte mit einer Hand in ihrer Tasche nach dem Briefkastenschlüssel, während an ihrer anderen Hugo mit wachsender Dringlichkeit an seiner Leine in Richtung Wohnung zog. Das zweite Frühstück war definitiv seine Lieblingsmahlzeit. Endlich hatte Georgia den richtigen Schlüssel gefunden. Bepackt mit einem ganzen Stapel Post und Zeitschriften, gab sie Hugos Drängen nach und eilte die paar Stufen hinauf, um ihren Begleiter vor dem sicheren Hungertod zu retten.

Der weiße DIN-A4-Umschlag stach aus der übrigen Post heraus, und Georgia erkannte Konstantins Handschrift sofort. Sie ließ die anderen Sachen auf den Küchentisch fallen und riss das Kuvert auf – ihre Post, ja natürlich, was hatte sie denn erwartet? Dazu ein feiner, hellgrauer Briefbogen – wie geschmacklos! Der stammte aus einer Schachtel Briefpapier, die sie ihm in Tokio gekauft hatte. Aber das hieß immerhin, dass er sich die Mühe gemacht hatte, ihr etwas Persönliches zu schreiben. Georgia faltete den Bogen auseinander.

Liebe Georgia,
anbei Deine Post. Bitte denke daran, die entsprechenden Firmen oder Behörden über Deine neue Anschrift zu informieren. Was hier noch eintrifft, werde ich selbstverständlich weiterleiten.

Ich hoffe, Du kannst verstehen, dass ich als Politiker eine Frau brauche, die stets an meiner Seite ist und nicht die meiste Zeit in New York verbringt.

»Wir irrten uns aneinander, es war eine schöne Zeit.« (Goethe)
Ich wünsche Dir alles Gute!
Herzliche Grüße, Konstantin

Georgia starrte fassungslos den Brief an. Das war es? Kein Wort der Entschuldigung, keine Rechtfertigung, sondern auch noch ein Vorwurf? Und dazu dieses abgedroschene Goethe-Zitat. In einer Mischung aus Wut und Enttäuschung zerriss sie das Papier in tausend kleine Fetzen, die auf den Küchenboden hinunterschneiten. Doch auch als sie nach dem Stein des Anstoßes noch sämtliche Werbesendungen zerrissen hatte, fühlte sie sich noch nicht besser. Jetzt konnte sie sich einmal beweisen, ob Yoga wirklich so gut für die Seele war, wie sie es sich einbildete. Seit sie nämlich vor drei Wochen aus Versehen statt beim Pilates in einer Yoga-Stunde gelandet war, fühlte sie sich wie verwandelt. Sie hatte gleich gemerkt, dass Yoga genau das war, was sie im Augenblick brauchte. Sogar das Mantra-Singen und Meditieren, das den eigentlichen Übungen vorausging, hatte sie begeistert. Bereits nach der ersten Stunde hatte sie sich so ruhig und ausgeglichen gefühlt wie seit Jahren nicht mehr. Sie war so stark von den Worten ihres Yoga-Trainers über den Einzelnen und sein Eingebundensein in das Ganze ergriffen gewesen, dass ihr ihre Probleme plötzlich ein ganzes Stück kleiner und unbedeutender erschienen. Seitdem ging sie spätestens jeden zweiten Tag ins Studio, und auch für zuhause war sie bestens ausgestattet. In ihrer Schlafzimmerkommode stapelten sich neben der Yogamatte nicht nur entsprechende Outfits, sondern sogar eine kleine Yoga-Bibliothek, die von *Jivamukti Yoga. Übungen zur Befreiung von Körper und Geist* über *Mantras – die Sprache der Götter* bis zu *Learn Sanskrit in 30 days through English* reichte. Wenn Antonella das wüsste! Bisher hatte sie ihr nämlich noch nichts von ihrer neuen Leidenschaft erzählt, weil sie keine Lust hatte auf die zu erwartende spöttische Reaktion. In ihrem Schlafzimmer zog sie sich um, rollte die Matte aus und legte eine Mantra-CD auf. Als sie gerade die Räucherstäbchen angezündet hatte, klingelte es an der Tür. Mist, aber sie musste wohl hingehen. Vielleicht hatte Antonella ihren Schlüssel vergessen.

»Ja bitte?«, fragte sie höflich den Mann vor der Tür.

»Ähm … Guten Tag, mein Name ist Adrian Stern. Ich wollte eigentlich zu Frau De Anna.«

Dr. Stern hatte bei seinem ersten »Kontrollbesuch« mit allem möglichen gerechnet. In seinen schlimmsten Gedanken hatte er schon Hugo vor sich gesehen, der in einem Chaos aus Möbeln und Umzugskisten halbverhungert vor sich hinvegetieren musste. Aber eine kleine, blonde, barfüßige Person in engelsgleichem weißen Outfit, bei dem nur die Flügel fehlten? Und wonach roch es hier eigentlich? Er hatte vorgehabt, seine unangenehme Pflicht mit etwas Erfreulichem zu verbinden und seine charmant-chaotische neue Klientin zum Essen einzuladen, aber wo steckte die denn?

»Ach, nett, Sie kennen zu lernen. Ich bin Georgia Holtau, Antonellas Mitbewohnerin. Antonella ist gerade beim Sport, aber kommen Sie doch rein.« Ganz offensichtlich war das der Nachlassverwalter. Aber hatte Antonella nicht behauptet, dass der ein richtig »fieser, spießiger Typ« sei? Der Mann, der jetzt zögernd die Wohnung betrat, sah keineswegs fies aus. Und sein Anzug mochte zwar klassisch sein, als Spießer würde sie ihn deshalb nicht gleich bezeichnen.

»Ich bin mir nicht sicher, ob Sie mit den Bedingungen des Testaments von Frau De Annas Großtante vertraut sind? Ich will Sie auch nicht lange aufhalten, aber würde mich gerne vom Wohlergehen Hugo von Hofmannsthals überzeugen, wenn es Ihnen nichts ausmacht.«

Georgia musste lächeln. Die gedrechselte Sprache war sicher eine Erklärung für Antonellas Urteil. Aber alles in allem machte dieser Dr. Stern doch einen sehr sympathischen Eindruck. »Sicher, kein Problem.«

»Wie lange wohnen Sie denn schon hier?«

»Seit ein paar Wochen. Ich bin normalerweise als Unternehmensberaterin ständig im Ausland unterwegs. Aber zurzeit mache ich ein kurzes Sabbatical in Frankfurt, und da wollte ich mal eine komplette Klimaveränderung, wenn man es so sagen kann.«

Während Georgia eine Konstantin-freie Version der letzten

Wochen zum Besten gab, sah Adrian Stern sich interessiert um. Die Wohnung war kaum wiederzuerkennen. Von der gemütlichen Küche führte Georgia ihn charmant plaudernd in das Wohnzimmer: »Zwei Zimmer sind noch nicht fertig, aber der Rest ist uns, finde ich, ganz gut gelungen. In meinem Zimmer und hier im Wohnzimmer haben wir die alten Möbel behalten. Ist dieses Fünfzigerjahre-Ensemble nicht einfach entzückend?«

Adrian sah sich fasziniert um. Trotz der alten Möbel machte der Raum einen durch und durch modernen Eindruck. Wenn er sich recht erinnerte, war dieses Zimmer beige-braun gewesen, aber jetzt strahlten nicht nur die Wände in hellem Gelb, auch Sofa und Sessel hatten den gleichen freundlichen Farbton. »Da hatten Sie ja sicher in der letzten Zeit eine Menge Handwerker in der Wohnung.«

»Nein, gar keine. Ich war ja auch erst skeptisch, als Antonella meinte, wir könnten das alles alleine machen, doch es hat tatsächlich funktioniert. Ich habe hauptsächlich Hilfsdienste geleistet, aber Antonella kann alles, was mit Renovieren zu tun hat. Sogar die Polstermöbel hat sie selbst bezogen.« In Georgias Stimme schwangen Stolz und Bewunderung mit.

»Erstaunlich. Ich bin sehr beeindruckt.« Der Anwalt schien wirklich angetan. »Aber wo ist denn jetzt unser Schützling?«

»Wahrscheinlich schläft er irgendwo, dann reagiert er auf gar nichts. Bestimmt ist er in meinem Zimmer.« Sie öffnete die Tür, und der merkwürdige Duft wurde stärker.

Adrians Verblüffung wuchs ins Unermessliche. Das Schlafzimmer, in das er blickte, sah aus wie die Kulisse für eine Puppenwerbung: weiße Schleiflackmöbel vor pinkfarbenen Wänden, dazu ein Bett mit Unmengen von Kissen und Decken in Weiß, Pink und Rosa. Und inmitten dieser Pracht lag Hugo, alle viere von sich gestreckt, auf einem weißen Rüschenkissen. Wenn er atmete, hob und senkte sich leicht die Spitze über seinem Kopf.

»Da ist er ja! Ich kann ihm einfach nicht abgewöhnen, in meinem Bett zu schlafen. Wahrscheinlich durfte er das früher auch. Ist er nicht zu süß?«

»Nun ja, zumindest scheint es ihm sehr gut zu gehen. Dann habe ich wohl für heute meinen Auftrag erfüllt«, sagte er lächelnd und fügte hinzu: »Schade, dass ich Frau De Anna nicht getroffen habe, ich wollte sie eigentlich zum Essen einladen. Richten Sie ihr doch bitte herzliche Grüße von mir aus.«

Georgia begleitete den Besucher zur Tür. Dann kam ihr eine Idee: »Haben Sie nicht Lust, am 18. Juni zu unserer Einweihungsparty zu kommen? Es ist außerdem Antonellas Geburtstag, und sie würde sich sicher freuen.«

Zwanzig Minuten später kam Antonella nach Hause, und auch sie folgte dem komischen Geruch. Ob Georgia angefangen hatte, Joints zu rauchen? Das passte doch gar nicht zu ihr. Aber wer weiß? Es ging ihr zwar besser, doch sie war immer noch ziemlich durch den Wind. Antonella betrat Georgias Schlafzimmer – und war mindestens so verblüfft wie Adrian kurz zuvor, obwohl sie längst an »Barbieworld« gewöhnt war. Der Anblick, der sich ihr bot, war einfach zu absurd: Georgia, ganz in Weiß gekleidet, stand auf dem Kopf, während Hugo mit sphärisch verdrehten Augen sanft brummend neben ihr lag.

»Was ist denn hier los?« Sie ging in die Knie, um zu sehen, in was Hugo da gewickelt war. Ein Hunde-T-Shirt? Das durfte doch wohl nicht wahr sein! War sie denn die einzig Normale hier? Durch ihr unsensibles Gepolter erschreckt, kläffte Hugo nervös und Georgia kippte nach vorne weg.

»Bekomme ich jetzt mal eine Erklärung? Hugo hat ein Buddha-T-Shirt an! Und wieso stehst du auf dem Kopf?«

Georgia rappelte sich auf und setzte sich in den Lotussitz.

»Du hast selbst gesagt, dass ich Sport machen soll. Ich wollte zum Pilates, bin aber aus Versehen in eine Yoga-Stunde geraten, und da habe ich gleich gemerkt, dass es das Richtige für mich ist. Die Suche nach der inneren Mitte, meine ich. Und mein Trainer Simon sagt, dass es für Hugo auch wichtig sei, sein Trauma zu verarbeiten.«

Antonella traute ihren Ohren nicht. Innere Mitte finden? Trauma verarbeiten? Mopsyoga für den Seelenfrieden, oder was war das hier? Kiffen wäre ja noch akzeptabel gewesen, aber für diese esoterischen Ausführungen fehlte ihr definitiv der Sinn. »Weißt du was? Ich geh jetzt duschen. Das macht nämlich schön klar im Kopf. Solltet ihr beide auch mal ausprobieren …«

KAPITEL 5
Gastspiele

»Das ist ja der Wahnsinn!« Giovanni war beeindruckt, als er nach einem Rundgang durch die Wohnung bei einer Tasse Espresso in der Küche saß. Wie versprochen war er mit seinem Lieferwagen voller Einzelteile aus München gekommen, um das maßgearbeitete Schuhregal im Ankleidezimmer einzubauen. »Da habt ihr ja richtig Arbeit reingesteckt! Schwesterchen, ich bin stolz auf dich«, sagte er augenzwinkernd und klopfte Antonella kräftig auf die Schulter. »Das hätte ich euch wirklich nicht zugetraut!«

»Vielen Dank!«, motzte Antonella. »Das ist wieder mal typisch. Nie traut ihr mir was zu. Ich habe diese Unterstellungen wirklich satt. Immer werde ich von meiner lieben Familie als totale Versagerin hingestellt, die nichts auf die Reihe kriegt.« Mit einem wütenden Funkeln in den Augen verließ sie die Küche.

Georgia, völlig überrascht von diesem heftigen Ausbruch, wandte sich ratlos an Giovanni, der ebenfalls ein wenig bedröppelt aus der Wäsche schaute: »Was war das denn? Du hast ihr doch ein Kompliment gemacht. Warum regt sie sich so auf?«, und, als Giovanni nur stumm mit den Schultern zuckte, fügte sie hinzu: »Sie hat wirklich das Meiste gemacht. Ich habe keine Ahnung von handwerklichen Dingen. Sie hat mir gezeigt, wie man streicht und Möbel abschleift, sie hat die Sofas und Stühle neu bezogen und sogar das verwegene Teppichmosaik im Kaminzimmer gemacht. Meist war ich nur

Handlanger, und von externer Unterstützung wollte sie nichts wissen. Wir haben wochenlang Schwerstarbeit geleistet. Antonella kann stolz auf sich sein! Ich bin es jedenfalls. Wenn mir jemand vor drei Monaten erzählt hätte, dass es mir riesigen Spaß machen würde, in völlig verkleckerten Klamotten stilisierte Blätter an eine Wand zu pinseln, hätte ich nur ungläubig den Kopf geschüttelt.«

»Ich glaube, das sitzt irgendwie tiefer bei ihr.« Giovanni kratzte sich nachdenklich die Stirn. Psychologisieren gehörte nicht zu seinen Stärken, aber er versuchte es trotzdem: »Sie kam sieben Jahre nach mir zur Welt, und als Nesthäkchen war sie immer die verwöhnte Prinzessin. Während mein Bruder und ich gleich nach der Schule angefangen haben zu arbeiten, hat sie nie richtig die Kurve gekriegt. Sie hat alles Mögliche ausprobiert und wieder hingeschmissen, und dass Mama ihr regelmäßig ›Du bist wie dein Vater!‹ um die Ohren schleuderte, hat es sicherlich auch nicht besser gemacht. Aber irgendwie ist sie schon …« Er stoppte abrupt, als Antonella wieder in die Küche gerauscht kam.

»Und? Lästerst du mal wieder über mich? Soweit ich weiß, bist du nicht zum Vergnügen hier, und die kostbare Freizeit von Mister Super-Busy ist doch sicher recht begrenzt. Vielleicht solltest du langsam mal das Regal aufbauen!« Mit abwehrend verschränkten Armen stand sie im Türrahmen. Georgia hatte die sonst immer fröhliche Antonella noch nie so zickig erlebt und sagte lieber gar nichts.

Giovanni erhob sich seufzend und nahm seine störrische kleine Schwester in den Arm. »Principessa, jetzt beruhige dich. Keiner lästert über dich! Und noch mal fürs Protokoll: Ich bin sehr stolz auf dich! Das hast du ganz toll hingekriegt. Da hat sich die Schreinerlehre doch wirklich gelohnt. Und ich werde es Mama und Gianluca haarklein erzählen. Die sind bestimmt auch total begeistert.«

Antonella entspannte sich ein wenig.

»Aber vielleicht magst du sie ja auch selbst mal anrufen und es ihnen erzählen. Mama macht sich wirklich Sorgen, weil du dich nie bei ihr meldest.«

Bei diesen Worten versteifte sie sich wieder. »Was soll ich ihr denn sagen? ›Mama, ich kann ganz toll renovieren, du brauchst dir keine Sorgen machen und kannst mich ruhig mal loben.‹ Das würde sie doch gar nicht verstehen, für sie zählt nur ein solider, anstrengender Beruf und ein regelmäßiges Einkommen. Und ein bisschen mit Farbe rumklecksen ist sicher nicht ihre Vorstellung von Karriere. Ich habe von ihrem ewigen dramatischen ›Ach, Mädel ...‹ die Nase gestrichen voll! Und jetzt lass uns endlich dieses Thema beenden und die Regale aufbauen!« Energisch machte sie sich von Giovanni los und ging zum Lieferwagen, um die ersten Bretter zu holen. Achselzuckend folgten ihr die beiden anderen, und zusammen trugen sie die Einzelteile hinein. Die »Ankleide« war ein Durchgangszimmer zwischen Antonellas und Georgias Schlafzimmern. Der knapp zwanzig Quadratmeter große Raum erstrahlte in einem sahnigen Creme-Ton. Der hochflorige Kuschelteppich hatte die gleiche Farbe wie die Wände, und dazu passten perfekt die zarten Vorhänge vor dem Fenster und die mit Seidensatin bezogene Polsterbank in der Mitte des Raumes. An den beiden langen Seiten standen, jeweils rechts und links neben den Türen zu den Schlafzimmern, die offenen Schränke aus Buchenholz, in denen schon die Kleidung der zwei Frauen hing. Georgias Outfits passten auch optisch prima ins Gesamtkonzept – sie bevorzugte Naturfarben und Pastelltöne. Antonellas farbenfrohe Garderobe brachte dagegen ein wenig »angeschlampten Bohème-Schick« in die Bude, wie Georgia es charmant ausdrückte. An beiden Seiten der Flurtüre war noch Platz für die Schuhregale. Die schmeichelhafte Beleuchtung setzte sowohl Schränke als auch den riesigen antiken Spiegel, der noch aus Tante Elsas Beständen stammte, geschickt in Szene. Nach einer knappen Stunde standen die Rahmen der Regale an ihren Plätzen, und Giovanni justierte die ersten Fächer.

Georgia stand mit glühenden Wangen daneben und konnte sich vor Begeisterung kaum zurückhalten. Das neue Schuhregal war viel schöner als ihr altes in Konstantins Wohnung. »So etwas Tolles habe ich ja noch nie gesehen!« Sie strahlte Giovanni an, der sich in so viel weiblicher Bewunderung wohlig sonnte.

»Jetzt beruhig dich doch wieder. Es ist nicht das achte Weltwunder, es ist ein Schuhregal!« Mit Antonellas Laune stand es offenbar immer noch nicht zum Besten. Außerdem gingen ihr Georgias überspannter Enthusiasmus und Giovannis gockeliges Flirtverhalten gehörig auf die Nerven. »Ich muss jetzt zum Sport. Ihr kommt ja offensichtlich wunderbar ohne mich klar!« Sie schnappte sich eine Radlerhose und ein Sporttop, küsste ihren Bruder auf die Wangen – »Bussi, Bruderherz, und danke fürs Regal. Ciao, ciao!« – und verschwand in ihrem Zimmer. Kurze Zeit später war sie auch zur Wohnungstür hinaus.

»Mannomann …«, murmelte Giovanni, »die ist ja heute ganz schön in Fahrt!«

»Die Bewegung wird ihr guttun. Wenn sie sich ausgetobt hat, ist sie eigentlich immer bester Laune. Muss wohl an den Endorphinen liegen.« Georgia lächelte ihn an. »Wollen wir weitermachen? Ich kann es kaum erwarten, meine Lieblinge einzuräumen. Du hast ja so ein großartiges Regal gebaut!«

Während Giovanni ein Fach nach dem anderen montierte, begann er von seiner und Antonellas Familie zu erzählen. Von dem Restaurant, von den Sorgen der Mutter, nachdem der Vater aus heiterem Himmel das Weite gesucht hatte und sich seitdem nur noch sporadisch blicken ließ, davon, wie ihre Kindheit trotzdem schön und lustig gewesen war. Er erzählte von dem ältesten Bruder Gianluca, der inzwischen das Ristorante Milano übernommen hatte. Er beschrieb die gemeinsamen Weihnachtsfeste, die immer laut und chaotisch waren, die aber niemand aus der Familie missen wollte.

Georgia hörte interessiert zu. »Das hört sich wirklich schön an. Das hört sich vor allem richtig nach Familie an«, sagte sie und fügte hinzu, »bei mir war das anders.«

»Wie denn?« Giovanni sah sie gespannt an.

»Na ja, ich hatte eine Nanny und kam mit acht Jahren nach England ins Internat. Meine Eltern habe ich nur in den Ferien gesehen und auch nicht in allen. Im Sommer war ich nämlich meistens bei der Familie einer Freundin auf deren Landgut. Das war schön, denn Geschwister habe ich keine. Ich habe dann auch in England studiert und bin anschließend in die Staaten gegangen.«

»Das ist ja schauerlich!« Giovanni schüttelte es. Diese Geschichte entsprach nun gar nicht seinen Vorstellungen von Familienleben. »Was machen denn deine Eltern?«

»Mein Vater ist Unternehmer.«

»Unternehmer? Und was unternimmt er so?«

»Er macht in Kaffee und Tee.« Sie hatte irgendwie das Gefühl, dass das den handfesten Schreiner nicht sonderlich beeindruckte. Den meisten anderen Leute, die sie kennen lernte, war »Holtau-Kaffee« natürlich ein Begriff, und sie reagierten entsprechend.

»Mhmm«, war dagegen Giovannis einziger Kommentar. »Und deine Mutter?«

»Mutter spielt Golf und tut Gutes!« Sie konnte den ironisch-kühlen Unterton nicht verbergen. »Nein wirklich, sie hat unglaublich anstrengende Tage: Immer dieses Golfen, immer diese Lady-Lunches und dann auch noch regelmäßige Charity-Veranstaltungen, die immer nach dem gleichen Schema ablaufen – Papa bezahlt, und Mutter hält lächelnd ihr makelloses

Näschen in die Kamera. Was sie so alles treibt, kann ich dann regelmäßig in Bunte und Gala nachlesen.«

»Geschafft!« Giovanni wusste nicht recht, wie er auf diese Enthüllungen reagieren sollte, und wechselte sicherheitshalber das Thema. Georgia war das durchaus angenehm, und das Regal war ein Traum. Ihre Schuhe fanden in angeschrägten Fächern Platz, und kleine Spots beleuchteten sie wie Schauspieler auf einer Bühne.

Zwei Stunden später, Giovanni war bereits wieder auf dem Heimweg, kam Antonella von ihrer Radtour nach Hause. Allerdings hatte die Trainingseinheit nicht den von Georgia gewünschten Effekt gehabt. Mit einem Stapel Kontoauszügen und einem missmutigen Gesichtsausdruck ließ sich Antonella auf einen Küchenstuhl fallen.

»Was ist denn los?«, fragte Georgia, die langsam wirklich irritiert war ob Antonellas konstant schlechter Laune.

»Ach, nichts! Außer dass mein Leben völlig verkorkst ist, dass ich nichts auf die Reihe kriege und dass mein Konto trotz deiner Miete und der monatlichen Zahlung von diesem blöden Anwalt schon wieder in den Miesen hängt. Ich verstehe einfach nicht, wo das Geld immer hingeht. Und heute ist erst der 11.! Dabei wollte ich nächste Woche doch eine echt coole Party schmeißen. Jetzt werde ich mir nur Chips und Erdnüsse leisten können. Und das tolle Lederpolsterbett, das ich so gerne hätte, kann ich wohl endgültig abschreiben. Von dem Sideboard ganz zu schweigen. Ich werde bestimmt ewig mit Matratze und Obstkisten leben müssen …«

»Selbstmitleid hilft da auch nicht weiter! Wenn dir dein Geld nicht reicht, musst du dir eben einen Job suchen.«

Georgias sachlich-pragmatische Einstellung zu dem Thema war allerdings nur Salz auf Antonellas Wunden. »Du hörst dich schon genauso an wie meine Familie! Ich frage mich wirklich, womit ich das verdient habe!« Aufgebracht sprang sie auf. »Ich werde mich jetzt ertränken!«, kündigte sie melodramatisch aus dem Flur an, bevor sie im Bad verschwand.

»Was machen wir denn mit unserer Vermieterin?« Georgia hatte sich Hugo geschnappt und kraulte ihn liebevoll zwischen den Ohren, was er mit einem wohligen Brummen quittierte. »Ich glaube, wir müssen sie ein bisschen aufheitern …«

»Hör zu, ich habe eine Idee«, sagte sie, als Antonella eine Stunde später frisch gebadet und mit nassen Haaren wieder in der Küche erschien. »Wir haben noch eine Woche, um unser grünes Kaminzimmer fertig zu machen. Gestern sind die Möbelstoffe gekommen, und die Regale müssen wir auch noch aufbauen. Das schaffen wir problemlos bis zum Wochenende. Nach dem Fest können wir uns Gedanken machen, welche Arbeit du dir suchst. Und was die Party betrifft: Darum kümmere ich mich! Das wird mein Geburtstagsgeschenk für dich! Ich kenne einen tollen Partyservice, der sensationelles Fingerfood zaubert, und was hältst du davon, auch noch einen Sushi-Koch zu engagieren?« Georgia sah Antonella erwartungsvoll an.

»Das hört sich nach einem vernünftigen Plan an.« Antonella wollte offensichtlich noch knurrig sein, aber so ganz gelang es ihr nicht mehr, denn ein Strahlen machte sich auf ihrem Gesicht breit. »Du willst wirklich einen Sushi-Koch holen? Das wäre ja obercool!!«

»Gut, dann wäre das also ausgemacht.« Georgia klang recht geschäftsmäßig, als sie aufstand. »Ich würde vorschlagen, du ziehst dich an und machst uns etwas zu essen, und ich gehe mit Hugo eine Runde um den Block.«

»Happy birthday to you, happy birthday to you, happy birthday, Antonella, happy birthday to you!« Georgia kam gegen neun Uhr morgens in Antonellas Zimmer, um das Geburtstagskind zu wecken. Sie scheuchte den mit Blumen geschmückten Hugo ans Bett, damit er Antonella übers Gesicht leckte. Doch der Mops beließ es lieber bei einem missmutigen Knurren. Und Antonella war froh darüber, denn allen Befriedungsversuchen von Georgia zum Trotz teilten sie und der Hund immer noch eine herzhafte Abneigung gegeneinander.

»Aufstehen, Schlafmütze! Es ist dein Geburtstag, und wir haben noch viel zu tun!«

Antonella klappte vorsichtig ein Auge auf. Sie hatten gestern feucht-fröhlich in ihren Geburtstag hineingefeiert, und der Prosecco steckte ihr noch ein wenig in den Gliedern. »Guten Morgen«, murmelte sie und hievte sich völlig zerknautscht von ihrem Matratzenlager. »Irgendwie ist man doch keine fünfundzwanzig mehr ...«

Georgia – wohlriechend und wie aus dem Ei gepellt – umarmte Antonella. »Deine zweiunddreißig Jährchen sieht man dir spätestens nach der Dusche auch nicht mehr an! Alles Gute noch mal, und jetzt husch husch.«

Antonella war gerade auf dem Weg ins Bad, als es an der Tür klingelte. »Hilfe, wer ist das denn?«, entfuhr es ihr entsetzt. »Mach du auf, bitte. Ist das schon der Partyservice?«

»Der kommt erst am Nachmittag«, beruhigte sie Georgia und ging zur Tür, »vielleicht ein heimlicher Verehrer?«

»Doch nicht der Andi?« Antonella sprintete ins Bad.

Doch vor der Tür stand nicht Andi, sondern Giovanni, der einen riesigen Kuchen in den Händen hielt.

»Das gibt's doch nicht!«, kreischte Antonella begeistert. Sie hatte aus dem Bad auf den Flur gespäht und kam jetzt nur mit ihrem Donald-Duck-T-Shirt bekleidet zu ihrem Bruder gerannt. »Das ist ja Mamas Geburtstagskuchen!« Sie fiel Giovanni um den Hals, der den Kuchen gerade noch an Georgia weiterreichen konnte. Die betrachtete das Prachtstück mit einem amüsierten Lächeln. Ein riesiger Gugelhupf mit Schokoglasur, die über und über mit bunten Smarties verziert war, und in der Mitte stand eine dicke, sonnengelbe Kerze. Wie bei einem Kindergeburtstag. Antonella, der Georgias amüsierter Gesichtsausdruck nicht entgangen war, erklärte: »Der schmeckt echt toll! Wir Kinder haben ihn zu jedem Geburtstag bekommen und bestehen auch heute noch darauf.«

»Selbst Gianluca hat sich letztes Jahr einen zu seinem Vierzigsten gewünscht!«, fügte Giovanni lächelnd hinzu. »Wir konnten Antonella doch unmöglich ohne Kuchen ihren Geburtstag feiern lassen.«

»Ihr seid ja so süß!« Antonella war wirklich gerührt.

»Ich habe noch mehr dabei«, sagte Giovanni, »aber das muss ich erst aus dem Auto holen.«

»Geschenke?« Antonella hüpfte verzückt auf und ab wie ein kleines Mädchen.

»Auch, aber die gibt es später. Ich habe frische Weißwürste und Brezeln dabei, für ein richtig zünftiges Geburtstagsfrühstück.«

Nach der deftigen Brotzeit, an der sich Georgia nur misstrauisch und sehr zurückhaltend beteiligte, verschwand Giovanni wieder zu seinem Auto und schleppte kurze Zeit später einige große Einzelteile in Antonellas Schlafzimmer. Eine schweißtreibende Stunde und viele deftige Flüche später war das wunderbare, flache Wenge-Sideboard fertig. Antonella war selig, als sie dieses prachtvolle Geburtstagsgeschenk sah. »Du bist der allerbeste Bruder der Welt!«, jubelte sie und umarmte den stolz grinsenden Giovanni stürmisch.

Um zwei Uhr kam der Partyservice und stellte das Büfett auf. In großen Kühlboxen warteten die Platten mit den hübschen Häppchen auf ihren abendlichen Auftritt. Die Getränke landeten im Kühlschrank, der, Tante Elsa sei Dank, üppig dimensioniert war. Zwischenfälle gab es keine – wenn man von der Tatsache absah, dass Hugo sich ein halbes Tablett der Mini-Frikadellen gemopst hatte und nun kugelrund in seinem Körbchen schlief und ziemlich laut schnarchte. Munter wurde er erst wieder, als gegen sieben Uhr der Sushi-Koch ankam und sich mit seinen Zutaten und martialischen Werkzeugen in der Küche breitmachte. Der Eindringling war Hugo äußerst suspekt, und sofort begann er wild kläffend sein Revier zu verteidigen. Nachdem Georgia ihm sein zorniges Bellen verboten hatte, schnüffelte er misstrauisch an den Hosenbeinen des kleinen Japaners herum und hopste schließlich auf einen Stuhl, um den armen Koch dauerknurrend zu fixieren. Das sieht jetzt doch nach einem Patt aus, dachte Georgia und verließ die Küche, um sich endlich umzuziehen.

Um neun Uhr war die Party bereits in vollem Gange. Einige von Georgias Frankfurter Kollegen waren gekommen und chillten im gelben Fünfzigerjahre-Wohnzimmer. Sie waren von der Wohnung hingerissen und diskutierten nun anstelle der sonst üblichen Jobgeschichten darüber, dass ihre eigenen Wohnungen auch etwas Farbe nötig hätten. Georgia sonnte sich in der Bewunderung ihrer Kollegen. Sonst war sie von ihnen immer nur als die kühle Projektleiterin wahrgenommen worden, nun mutierte sie unversehens zur hippen Style-Expertin. Eine der Junior-Beraterinnen hatte gleich zu Beginn ihre sündteuren, aber traumschönen rosa Satin-Manolos erkannt und mit unverkennbarem Neid in der Stimme kommentiert. Und zwei ihrer männlichen Kollegen sparten nicht mit Komplimenten für ihr restliches Outfit. Sie trug ein roséfarbenes, zweilagiges Spaghettiträger-Kleidchen, knielang, weit schwingend und mit glitzernder Goldstickerei. Die Haare hatte sie locker hochgesteckt, so dass sich zarte Löckchen wie ungeplant den Weg in die Freiheit bahnten. Aber nicht nur ihr Look, auch sie selbst hatte sich verändert in den letzten Wochen. Andere Dinge waren in den Fokus gerückt, und von ihrem alten Leben fühlte sie sich weiter entfernt als je zuvor.

Im Kaminzimmer, dem größten und spektakulärsten Raum der ganzen Wohnung, hatten sich Antonellas Triathleten niedergelassen. Das Zimmer wirkte wie ein geheimnisvoller Dschungel. Die Wände waren mit stilisierten Blättern in verschiedenen Grüntönen bemalt. Davor standen auf einer Seite halbhohe weiße Regale, die mit Tante Elsas alten Büchern bestückt waren. Im offenen Kamin brannten große weiße Altarkerzen. Ein Sofa und zwei gemütliche Sessel waren mit Stoffen in unterschiedlichen Grüntönen bezogen. Vor dem Fenster, wo das alte Fischgrätparkett beschädigt war, hatte Antonella das Muster der Wände mit Teppichintarsien fortgesetzt. Georgia und Antonella nannten den Raum inzwischen »die Bibliothek«. Eine Tatsache, die Harry, seines Zeichens Journalist und Hobbysportler, zu der Bemerkung inspirierte: »Spitzendeko für Simmels gesammelte Werke!« Antonella überhörte den ironisch-ätzenden Unterton großzügig und widmete sich lieber wieder Andi. Mit knappen weißen Hotpants, einer roten Tunika mit verwegenem Dekolleté und blitzendem BH hatte sie genau das richtige Jagd-Outfit gewählt – hoffte sie jedenfalls. Die gebräunten, durchtrainierten Endlosbeine steckten in roten Absatz-Espandrilles mit hochgeschnürten Stoffbändern. Und statt ihres sonst üblichen Pferdeschwanzes trug sie die Haare heute offen.

Es klingelte, und Antonella sauste zur Tür. Draußen stand Adrian Stern mit einem großen, bunten Ranunkelstrauß für Antonella und Brot mit Salz für beide Gastgeberinnen. Antonella war bass erstaunt und fuhr ihn auch gleich entsprechend harsch an: »Was machen Sie denn hier?«

»Ich bin eingeladen!«, antwortete er, eine Spur irritiert.

»Herzlichen Glückwunsch übrigens.« Damit drückte er ihr den Strauß in die Hand.

Ehe Antonella weiter ausfallend werden konnte, kam Georgia dazu. »Schön, dass Sie kommen konnten!«, sagte sie freundlich und bat ihn herein. Antonella machte hinter Adrians Rücken wilde Abwehrgesten, die ihre Freundin jedoch komplett ignorierte. Georgia nahm ihm charmant die Geschenke ab, platzierte sie auf Antonellas Gabentisch und machte ihn plaudernd mit den anderen Gästen bekannt. Wenige Minuten später stellte Antonella Georgia in der Küche erbost zur Rede, wo immer noch ein stummer Konflikt zwischen Hugo und dem Sushi-Koch schwelte. »Bist du wahnsinnig? Den Feind einzuladen, noch dazu an meinem Geburtstag!«

»Ich habe völlig vergessen, es dir zu sagen. Tut mir leid!« Georgia versuchte, zerknirscht zu klingen. »Ist doch aber nicht so schlimm. Er ist wirklich nett und hat Stil!«

»Stil? Wo bitte hat der Mann Stil? Und dann bringt er auch noch Brot mit – als ob es hier nichts zu essen gäbe!«, empörte sich Antonella.

»Salz und Brot mitzubringen ist ein alter Brauch. Und ich finde es sehr aufmerksam von ihm.« Georgia klang jetzt, als spräche sie mit einer Erstklässlerin. »Außerdem mag er dich. Du solltest ein bisschen netter zu ihm sein.«

»Ich? Nett zu ihm? Nie im Leben! Dieser Mann hat mich schwer beleidigt. Und wie kommst du überhaupt auf die Idee, dass er mich mag?«

»Die Blumen!«

»Ja und? Grünzeug mitzubringen ist doch auch nur höflicher Standard.« Antonella redete sich richtig in Rage.

»Es sind Ranunkeln, und die bedeuten ›Ich finde dich zauberhaft‹. Das war kein Zufall, jede Wette!«

»Okay, ich gebe auf. Blumensprache und altmodische Bräuche sind mir echt zu viel.« Damit schwirrte sie ab und suchte Andi.

Wenige Minuten später alarmierten sie jedoch ein lautes Bellen und wütende Schreie aus der Küche. Sie rannte los und stieß im Flur fast mit Georgia zusammen, die ebenfalls zum Tatort unterwegs war. Ihnen bot sich ein groteskes Bild: ein geifernder Hugo, der sich ins Bein des Koches verbissen hatte, und ein wütender Japaner, der mit seinem großen Sushi-Messer herumfuchtelte und irgendetwas von »kantonesischem Mops-Eintopf« brüllte. Hugo hatte offenbar seine stundenlange Lauerposition aufgegeben und war zum Angriff übergegangen. Nur mit Mühe waren die Kontrahenten zu trennen. Der Koch hatte alle asiatische Höflichkeit abgelegt und schäumte vor Wut. Georgia nahm den immer noch knurrenden Hugo auf den Arm und flötete ihm Tröstendes ins Ohr: »Hat dir der Mann Angst gemacht, mein kleiner Liebling? Und du warst so tapfer und wolltest uns verteidigen?«

Der fassungslose Japaner packte daraufhin seine Siebensachen zusammen und verließ mit den Worten »So kann ich nicht arbeiten! Sie hören von meinem Agenten!« die Party.

»Kapriziöse Diva!«, sagte Georgia verärgert. »Er braucht nicht zu denken, dass er das komplette Honorar bekommt. Erst den armen Hugo bedrohen und dann auch noch fahnenflüchtig werden. Und sein Sushi war auch nicht so besonders. Kein großer Verlust, dass er weg ist. Ich werde mich jedenfalls bei dieser Gastro-Agentur über ihn beschweren! Das ist ungeheuerlich!«

»Hast du sie noch alle?«, fuhr Antonella Georgia an. »Kantonesischer Mops-Eintopf wäre doch die Lösung all meiner Probleme gewesen. Und mit der Fleischeinlage hätte man ein ganzes chinesisches Dorf problemlos eine Woche lang ernähren können!« Von der Tür kam ein Lachen, und sie drehte sich um. Im Rahmen gelehnt stand Adrian, der die Szene offenbar sehr amüsant fand. Schon wieder dieser Kerl! Wie peinlich. Gott sei Dank läutete es abermals, und sie drängte sich eilig an ihm vorbei. Diesmal stand ein ziemlich sonderbarer Trupp vor der Tür: Vier kleine, drahtige Männer in Designerjeans und trendigen Ethnohemden umrahmten einen sehr schlanken, größeren Inder, der einen edlen schwarzen Armani-Anzug trug. Antonella trat sprachlos zur Seite, als eines der Flatterhemden mit sanfter Stimme nach Georgia fragte. Die kam gerade aus dem Wohnzimmer. Der zarte Flattermann, der sich als ihr Yoga-Lehrer Simon entpuppte, hauchte ihr lächelnd ein Begrüßungsküsschen auf die Wange und sagte: »Ich hoffe, du hast nichts dagegen, dass wir Kem mitgebracht haben, aber er ist schon heute gekommen, um die Workshopserie vorzubereiten. Deshalb sind wir auch so spät dran.«

Wenige Minuten später versorgte Georgia Antonella wispernd mit einigen Hintergrundinformationen. Kemdahl Vayuananda, genannt Kem, war der Armani-Mann und außerdem der geistige Vater des »Nordend Yogaloft«, ihrer Yoga-Schule. Er hatte ein eigenes, dynamisches Yoga-Konzept entwickelt, und seine Schüler gründeten inzwischen in vielen Städten Trainingszentren nach seiner Lehre. Und natürlich war es eine ganz besondere Ehre, dass er jetzt hier zu dieser Party gekommen war.

Antonella war milde beeindruckt. »Und der Typ hat keinen Sex?«

»Wie kommst du denn auf die Idee?«, fragte Georgia irritiert.

»Na ja, da gab's doch mal diese Folge mit dem enthaltsamen Yogi in *Sex And The City,* oder?«

»Das kann ich mir nicht vorstellen, so asketisch sieht er nicht aus. Eher sehr sexy. Schade wäre es jedenfalls.« Georgia seufzte vielsagend.

»Du bist ja heute wirklich schwer in Fahrt!« Antonella kicherte. »Erst betörst du meinen Bruder, dann liegt dir mein Kumpel Harry zu Füßen, und jetzt erscheint hier auch noch dieser Yoga-Guru.«

»Ach, hör auf. Dein Bruder ist ein netter Kerl, aber nichts für mich, und dieser Harry ist ja eine ziemlich schmierige Type. Und Kem – Kem, den kenne ich ja auch noch gar nicht und überhaupt …« Sie errötete ein bisschen.

Antonella verschwand lachend und begab sich wieder auf die Suche nach Andi, der leider lange nicht so anschmiegsam war, wie sie es sich erhofft hatte.

Gegen Mitternacht tauchte Adrian wieder auf. Er hatte sich die meiste Zeit mit einer von Georgias Kolleginnen unterhalten, mit der er studiert hatte. Aus dem Augenwinkel hatte er jedoch stets Antonellas engagiertes Balzverhalten mit Andi beobachtet. Jetzt wollte er sich von seiner Gastgeberin verabschieden. »Sie haben ja recht flott Anschluss in Frankfurt gefunden.«

»Damit haben Sie wohl nicht gerechnet, Herr Stern«, sagte Antonella in schnippischem Ton. »Ich hoffe, Sie hatten einen netten Abend. Danke für die Blumen und auf Wiedersehen.« Sie reichte ihm kurz die Hand, drehte sich aber gleich wieder um und warf sich Andi praktisch an den Hals.

KAPITEL 6

Schweißtreibende Angelegenheiten

Das mit der Party war eine Spitzenidee! So viel Spaß hatte ich schon lange nicht mehr, und dass so viele Leute da waren!« Antonella freute sich immer noch.

»Du warst ja eigentlich nur mit einem Gast beschäftigt …« Georgia grinste.

»Ach, der Andi! Der spinnt doch komplett, kein Sex vor dem Ironman! ›Muss meine Kräfte für den Triathlon aufsparen‹«, äffte sie ihn nach. »Das sind noch drei Wochen bis dahin! Also wirklich!«

»Aber vielleicht ist es dann umso schöner.« Georgia war ausgesprochen dankbar dafür, dass sie dieses Nach-Party-Frühstück nicht mit einem unrasierten jugendlichen Fitnesstrainer verbringen musste.

Es klingelte. Wie elektrisiert sprang Antonella von ihrem Stuhl auf und raste zur Wohnungstür – es könnte ja ein verspätetes Geburtstagsgeschenk sein, oder ihr Lover in spe hatte seine Bedenken doch über Bord geworfen. Als sie zwei Minuten später mit einem kleinen Päckchen in der Hand wieder in der Küche erschien, war der Ausdruck glückseliger Erwartung allerdings von ihrem Gesicht verschwunden. »Das Ding da hat ein Fahrradkurier für dich abgegeben.«

Offensichtlich enttäuscht reichte sie Georgia das Päckchen über den Tisch. »Das Ding« entpuppte sich als ein Buch.

»Von Kem! Wie aufmerksam …« Georgia runzelte irritiert die Stirn. Dann schlug sie *Kem's Ultimate Guide to Spiritual Ful-*

filment auf und las die Widmung auf der ersten Seite. »Hör dir das mal an: ›Für eine wunderschöne Frau mit einer wunderschönen, tiefen Seele.‹ Was für ein Mann!«

»Sag bloß, du hast dich gestern in den Yogi verknallt? Das hab ich überhaupt nicht mitgekriegt. Erzähl mal, was habe ich versäumt?« Antonella, die ihre Enttäuschung schnell überwunden hatte, starrte ihre Mitbewohnerin voller Neugier an.

»Nichts hast du versäumt. Wir haben uns nur sehr nett unterhalten. Du glaubst ja gar nicht, was der Mann schon alles erlebt hat.«

»Wie – nur unterhalten? Und da schickt Mr. Sexy Armani dir gleich ein Geschenk? Das glaub ich nicht. Ich finde, als deine Vermieterin habe ich ein Recht, über deine Männergeschichten informiert zu werden!« Sie zog ein betont ernstes Gesicht, und beide mussten herzlich lachen.

»Nein, da gibt es wirklich nichts zu erzählen. Kem ist einfach ein unglaublich faszinierender Mann. Weißt du, so gebildet und interessant und weltgewandt. Ich hätte ihm stundenlang zuhören können. Und das hätte ich auch getan, wenn nicht dein seltsamer Freund Harry ständig versucht hätte, das Gespräch an sich zu reißen. Der Mensch ist ja wirklich eine Zumutung, keinerlei Manieren!« Georgia stand auf, um die erste Ladung Geschirr aus der Spülmaschine zu nehmen und den nächsten Schwung Teller und Gläser einzusortieren. Eigentlich wollte sie mit Antonella nicht über Kem reden. Wie sollte sie ihr denn erklären, was sie an diesem Mann so faszinierte – abgesehen davon natürlich, dass er wirklich ausgesprochen erfreulich aussah. »Mr. Sexy Armani« traf es eigentlich recht gut, musste sie zugeben. Diese unwiderstehliche Kombination aus Coolness und Sensibilität hatte sie noch nie bei einem Mann erlebt. Wenn man ihn besser kannte, wäre er bestimmt …

»Das darfst du dem Harry nicht übelnehmen«, riss Antonella sie aus ihren Tagträumen. »Ich meine, es war ja total offensichtlich, dass er dich scharf fand. Und da hat er halt mal versucht, ob was geht. So übel ist er auch gar nicht, für einen Pressefuzzi zumindest.«

»Es ist mir wirklich ein Rätsel, wie jemand bei TOP NEWS arbeiten kann, diesem Schundblatt!«

»Na ja, irgendwie muss ja jeder sein Geld verdienen. Apropos, meine Gnadenfrist ist abgelaufen. Ab morgen muss ich mich um einen Job bemühen.« Antonella seufzte schicksalsschwanger.

»Komm, so schlimm ist es nun auch wieder nicht! Wie wär's – lass uns eine Liste machen und alles aufschreiben, was du besonders gut kannst und was dir Spaß macht. Daraus entwickeln wir ein Jobprofil. Das wird dir die Sache enorm erleichtern.«

Antonella starrte sie entgeistert an. »Georgia, wir sind hier nicht in der Unternehmensberatung, und ich bin keine Harvard-Absolventin! Ich habe nicht einmal ein abgeschlossenes Studium. Ich hab nur vor tausend Jahren eine Schreinerlehre gemacht. Ich kann mir nicht einfach aussuchen, was ich machen will.«

»Unsinn! Ich denke, jeder Mensch kann einen Job finden, der seinen Talenten und Neigungen entspricht und ihn ausfüllt.«

»Ach, so wie du oder was?«

Der ironische Unterton in Antonellas Stimme war kaum zu überhören gewesen. Und natürlich hatte sie irgendwie Recht. Georgia musste zugeben, dass sie im Glashaus saß und mit Steinen warf. Aber immerhin hatte *sie* eine feste Anstellung, und Antonellas Problem hatte im Moment einfach eine höhere Priorität. »So meine ich das nicht«, sagte sie versöhnlich und setzte sich wieder an den Küchentisch. »Jetzt lass uns doch einfach mal ein bisschen brainstormen. Also – was kannst du am besten?«

Auch Antonella hatte das Gefühl, dass sie mit ihrer letzten Bemerkung zu weit gegangen war und lenkte ein. »Handwerkliche Sachen kann ich eigentlich alle gut. Aber ohne Meistertitel ist damit ja nicht wirklich Geld zu verdienen. Ein Bürojob kommt überhaupt nicht in Frage, da drehe ich durch! Ich nehme an, es läuft auf den Klassiker hinaus: kellnern. Das macht nicht wirklich Spaß, aber immerhin gibt es eine Menge Trinkgeld, und ich habe genug Zeit für Sport.«

»Also das ist definitiv nur die Notlösung! Was würde dir denn wirklich Spaß machen?«

»Das ist doch ganz klar! Wohnungen herrichten! Aber ›Wohnungsherrichter‹ – das ist doch kein echter Job.«

»Wieso nicht? Gestern waren alle ganz begeistert von unserer Wohnung. Da ließe sich vielleicht der ein oder andere Auftrag an Land ziehen … Weißt du was? Ich denke jetzt mal ein bisschen nach, und du gehst eine Runde laufen oder Fahrrad fahren oder was du sonst so treibst. Vielleicht habe ich schon eine Lösung gefunden, bis du zurückkommst.«

Leicht verwundert verließ Antonella kurz darauf die gemeinsame Wohnung. Was Georgia wohl ausbrütete?

Kaum war Antonella verschwunden, griff Georgia zum Telefon und rief ihren Kollegen Christoph Buck an. »Buck, hallo, hier ist Georgia. Störe ich?«

»Hi, George, keine Spur. Wieso bist du denn schon wach? Das war eine Superparty, die ihr da gestern hattet! Was gibt's?«

»Ich rufe an, weil du doch gestern gesagt hast, dass deine Wohnung dringend mal überholt werden müsste. Meine Mitbewohnerin macht so was ja beruflich, und vorgestern hat ihr jemand abgesagt, weil er nun doch ins Ausland zieht. Da dachte ich, du hättest sicher Interesse, jetzt, wo sie ausnahmsweise Zeit hat.« Georgia hoffte inständig, dass Buck sich auf der Party nicht mit Antonella unterhalten hatte. Sie hatte Glück: »Ich habe mir schon gedacht, dass sie Designerin oder Innenarchitektin ist, und wollte eigentlich auch mal mit ihr reden. Sie hätte jetzt tatsächlich Zeit?«

»Ja, eigentlich sofort, wenn dir das passen würde.«

»Passen würde es super, weil ich die nächsten zwei, drei Wochen auf Projekt bin. Aber ist sie nicht ziemlich teuer?«

»Sie gibt dir sicher einen Freundschaftspreis, keine Sorge.«

»Ja dann, super! Es wäre am besten, wenn sie morgen Vormittag vorbeikommen könnte. Abends fliege ich schon.«

»Kein Problem. Wie wäre es um elf?«

»Elf geht klar. Komm doch auch mit, wenn du magst. Wir hatten ja gestern kaum Gelegenheit zum Quatschen. Ich weiß gar nicht, wie es dir im Moment so geht.«

»Mache ich. Dann bis morgen!« Georgia legte auf und lächelte triumphierend. Das war ja noch viel einfacher gewesen, als sie gedacht hatte! Dann ging sie zur Weinhandlung am Eck, um eine Flasche Champagner zu holen. Prosecco war für diesen Anlass definitiv nicht das richtige Getränk.

»*Was* hast du gemacht? Bist du total verrückt geworden?«

»Antonella, jetzt reg dich wieder ab. Du hast gesagt, du willst Wohnungen gestalten, und ich habe dir deinen ersten Kunden besorgt! Er weiß allerdings nicht, dass er dein erster Kunde ist. Christoph hält dich nämlich für einen echten Profi – und das nur, weil er unsere Wohnung gesehen hat. Also stell dich nicht so an!«

»Aber ich habe doch keine Ahnung, was ich dafür verlangen kann. Und dann weiß ich auch gar nicht, wie er sich alles vorstellt und so.« Aber Antonellas Widerstand bröckelte merklich. Dass jemand sie für einen Einrichtungsprofi hielt …

»Das wird er dir morgen schon sagen. Und um die Kalkulation kümmere ich mich, versprochen. So, und jetzt stoßen wir endlich an. Auf deinen ersten Auftrag als Interior Designer!«

»Männlich sollte es sein. Keine grellen Farben, aber schon so, dass Frauen es gut finden«, beschrieb Christoph Buck seine Vorstellungen. Antonella musterte ihn interessiert. Sollte dieser Mann etwa ein Weiberheld sein? Eigentlich sah Georgias Kollege ganz gut aus, für ihren Geschmack vielleicht nicht groß und sportlich genug, aber seine strubbeligen mittelblonden Haare und die braunen Dackelaugen fanden sicher etliche Frauen sexy. Und nett war er auch. Gut, er wollte eine Aufreißerwohnung mit Stil, das sollte sich machen lassen! Seine Zwei-Zimmer-Wohnung in einem 80er-Jahre-Bau im Westend war auf jeden Fall Material, mit dem sich arbeiten ließ. Sie war zwar nicht schön, aber prima in Schuss. Zwei Wochen Zeit waren mehr als genug, da sie sich nicht um Bad und Küche kümmern musste. Während Georgia sich mit Buck über den neuesten Firmenklatsch unterhielt, sah Antonella sich die Möbel genauer an. Ihr Urteil war drastisch: Bis auf das braune Filzsofa fiel wahrscheinlich fast alles in die Kategorie unbrauchbar. Das Prachtstück hatte sicherlich nicht er, sondern eine Exfreundin ausgesucht. So langsam kamen ihr einige Ideen, wie man die Wohnung umgestalten könnte. Vielleicht war Georgias Plan doch gar nicht so schlecht. Auf jeden Fall würde sie sich Mühe geben und die Wohnung toll gestalten. Außerdem war es die ideale Ablenkung für die erotikfreie Zeit bis zum Ironman.

»Tata! Das ist es!« Stolz führte Antonella Georgia in Christoph Bucks umgestaltete Wohnung. Georgia war sprachlos. Sie wusste ja, dass Antonella ein Genie war, was Wohnungen anbetraf, aber was sie in zwei Wochen aus dieser durchschnittlichen Männerbude gemacht hatte, war wirklich unglaublich.

»Schau dich schnell um und sag mir, wie du alles findest. Christoph müsste jeden Moment kommen.« Antonella wurde nun doch ein wenig unsicher. Ob sie wirklich den Geschmack ihres ersten Kunden getroffen hatte? Aber Georgias Kommentar zerstreute alle Zweifel.

»Antonella, das ist großartig geworden! Ich bin mir sicher, er wird begeistert sein!«

Die Wohnung war jetzt alles andere als durchschnittlich. Im Wohnzimmer hatte Antonella doch etliche der schlichten Möbel behalten und als Kontrast den Raum selbst orientalisch gestaltet. Drei Wände waren cremefarben, und vor der vierten, weinroten Wand lagen riesige Kissen mit verschiedenen Mustern auf dem Boden. Eine alte Truhe mit Kerzen darauf vervollständigte das Ensemble. Vor die Hi-Fi-Ecke hatte Antonella einen schmiedeeisernen Raumteiler gestellt. Klar, es sollte ja schließlich frauenfreundlich werden, dachte Georgia und schmunzelte. Christoph kam nach Hause, während sie sich gerade im Schlafzimmer umsah. Auch hier zeigte sich Antonellas Talent in jedem Detail. Der ganze Raum war in männerverträglichen Beige- und Brauntönen gehalten. Die Wände waren cappuccinofarben, und vor dem Holzbett lag ein neuer heller Teppich. Das absolute Highlight war die Wand gegenüber dem Bett. Georgia hatte oft mit anderen Kollegen über Bucks Schwäche für Leuchttürme gescherzt. Aber was Antonella daraus gemacht hatte! In legerer Reihe hingen hier nun gerahmte Sepia-Abzüge von seinen Leuchtturmfotos und sahen gleichzeitig sehr schick und ein klein wenig anzüglich aus.

»Das ist ja echt der Hammer!« Offensichtlich war er genauso angetan wie sie. Georgia trat zu einer strahlenden Antonella und einem begeisterten Christoph Buck ins Wohnzimmer.

»Mädels, seid ihr euch sicher, dass das meine Wohnung ist? Also ehrlich, so super habe ich mir das nicht vorgestellt! Darauf müssen wir erst mal anstoßen!«

Georgia schaute auf die Uhr. »Kinder, leider ohne mich.

Kem gibt heute im Studio eine offene Stunde, und da muss ich unbedingt hin.«

Am nächsten Sonntagmorgen wurde Georgia von lautem Geschrei geweckt. Das war eindeutig Antonella, aber was war denn jetzt wieder los? Hugos unwilliges Brummen ignorierend, quälte sie sich aus dem Bett. Sie fand Antonella mit ihrem Laptop in der Bibliothek.

»Der Andi war beim Schwimmen Fünfzehnter! Und dabei ist doch Laufen seine beste Disziplin.«

Der Ironman! Den hatte Georgia völlig verdrängt. Wenigstens hatte Harry Antonella schon vor Tagen ausgeredet, dass sie an den See fahren müssten, um Andi anzufeuern. Bei einem Massenstart von zweitausend Menschen sei nicht damit zu rechnen, dass man ihn sehen könne. Der Mann war also doch zu etwas gut! Immerhin hatte sie Harry drei Extrastunden Schlaf zu verdanken. Offensichtlich hatte Antonella aber die Internetseite ausfindig gemacht, auf der man sich ständig über den Fortschritt des Wettkampfs auf dem Laufenden halten konnte.

»Ach bitte, du musst einfach mitmachen! Das ist doch lustig. Und die T-Shirts sind so nett geworden.« Antonella setzte ihren Bettelblick auf, dem Georgia kaum widerstehen konnte. Inzwischen war es Mittag, und die Mädels machten sich fertig, um mit dem Rest der Sportclique Andi beim Laufen anzufeuern und im Ziel gebührend in Empfang zu nehmen. Antonella hatte T-Shirts drucken lassen, und wie es aussah, würden sich alle mit den albernen Fähnchen zum Affen machen. Georgia hoffte nur, dass sie niemandem begegnete, den sie kannte. Wie sah das denn aus? Georgia Holtau in einem gelben T-Shirt mit dem absurden Aufdruck auf der Brust: »ANDI – unser Eisenmann aus Fleisch und Blut«.

Als sie wenig später mit Antonellas Sportclique am Main saß, stellte sie jedoch fest, dass ihre Sorgen unbegründet gewesen waren. Bisher hatte sie noch keine Bekannten oder Kollegen getroffen. Und das Picknick selbst war sogar eine ganz gemütliche Sache, fand sie. Georgia musste zugeben, dass die Atmosphäre der Veranstaltung sie erstaunlicherweise gefangennahm. Sogar Harrys blöde Anmachsprüche gingen ihr relativ wenig auf die Nerven. Nur Hugo schien in dem Massenauflauf nicht wirklich glücklich zu sein. Plötzlich tippte ihr jemand von hinten auf die Schulter. Sie drehte sich um: »Das ist ja eine Überraschung! Herr Dr. Stern, nett, Sie zu treffen!« Georgia schüttelte dem Anwalt die Hand.

Wie sich herausstellte, war auch er hier, um einen Freund anzufeuern. »Der ist aber noch auf der Radstrecke, fürchte ich.«

Antonella hatte dafür nur ein arrogantes »Tja …« übrig, und entsprechend gezwungen gestaltete sich trotz Georgias Bemühungen der weitere Smalltalk.

»Hugo! Um Gottes willen!« Georgia hatte ihren Liebling nur einen Moment aus den Augen gelassen, und schon war der Mops mitsamt seiner Leine wie ein Blitz über die Uferpromenade an den Main gerast.

»Was macht der Köter denn da?«, schrie Antonella auf. Sie war ebenso entsetzt wie Georgia, wenn auch aus ganz anderem Grund. Fast hätte das Biest mit der Leine einen Läufer zu Fall gebracht! Während sie neben dem gestrauchelten Triathleten herjoggte, um sich nach seinem Befinden zu erkundigen, versuchten Georgia und Adrian Stern, sich einen Weg auf die andere Seite der Strecke zu bahnen. Bis der nächste Trupp Läufer vorbei war, herrschte bereits ein kleiner Tumult an der Stelle, an der Hugo zu vermuten war.

»Gehst du weg! Geh weg, du blöder Zwergenköter! Das könnte dir so passen! Nichts da!«

Als sie es endlich auf die andere Seite geschafft hatten, bot sich Georgia und Adrian ein absurdes Bild: Hugo versuchte allen Ernstes, sich auf ausgesprochen unsittliche Art und Weise einer Dalmatinerhündin zu nähern, deren Herrchen wutentbrannt herumfuchtelte und versuchte, den Winzling von seiner mehr als willigen Zuchtschönheit fernzuhalten. Hugo ließ sich allerdings weder durch Geschrei noch Gestikulieren von seinem Ziel abbringen. Mit einem Tritt, der wohl nur als Schubser gedacht war, beförderte der Dalmatiner-Besitzer den ungeeigneten Begatter in die Luft. Georgia schrie auf und rannte los, aber es war unmöglich, Hugo noch aufzufangen, und mit einem lauten Platscher landete er im Main.

»Machen Sie doch was! Der Hund ertrinkt!« Georgia war in reiner Panik. Glücklicherweise tauchte Hugo binnen Sekunden wieder an der Wasseroberfläche auf. Antonella, die gerade zurückgelaufen kam, genügte ein Blick auf Adrians Gesicht. Ihr Erbe! Ohne zu zögern, sprang sie dem Mistvieh hinterher in den Fluss.

Adrian war beeindruckt. Da war diese verrückte Italienerin doch tatsächlich in den Main gesprungen, um Hugo – oder ihr Erbe – zu retten. Beachtlich! Der Anwalt in ihm wusste jedoch, dass hier noch etwas anderes zu regeln war: »Entschuldigen Sie, mein Herr. Ich bin der Anwalt der Dame, die gerade ins Wasser gesprungen ist, um ihren reinrassigen Mops vor dem Ertrinken zu retten. Wären Sie bitte so freundlich, mir Ihre Adresse zu geben? Ich befürchte, wir müssen uns eventuell wegen dieser unangenehmen Sache noch einmal in Verbindung setzen. Es ist durchaus möglich, dass meine Mandantin oder ihr Hund gesundheitliche Schäden davongetragen haben.«

»Herr Dr. Stern, lassen Sie es gut sein«, schaltete sich Georgia ein. »Es ist ja nichts passiert. Sehen Sie, Antonella hat Hugo heil wieder an Land gebracht.«

»Heil« war vielleicht nicht ganz der korrekte Ausdruck. Hugo sah nicht nur wie eine nasse Ratte aus, sein Gesichtsausdruck konnte wohlwollend nur als indigniert bezeichnet werden. Und Antonella war zwar ebenfalls unverletzt, aber auch völlig durchnässt. Doch auch ihr war die Angelegenheit ziemlich unangenehm. »Wir halten jetzt die Hunde einfach auseinander und schauen, dass wir wieder trocken werden, würde ich sagen. Wenn Sie möchten, ziehen wir einfach ein Stück weiter. Unser Ironman ist eh praktisch fertig.«

»Wir wollten sowieso gerade gehen«, erwiderte der Besitzer der Dalmatinerhündin gereizt. »Machen Sie sich keine Mühe.« Und damit zog er von dannen.

»Gut, dass das Wetter so schön ist! Da trocknet man ja schnell.« Antonella überprüfte ihr Outfit und grinste. Was man nicht alles machen musste, um seinen Lebensunterhalt zu finanzieren.

Gott sei Dank hatte sich dieser blöde Anwalt kurz nach der peinlichen Episode verabschiedet und ihr die Stimmung nicht weiter vermiest. Und jetzt war sowieso anderes wichtiger. Sie standen bereits am Römer, um Andi auf der Zielgeraden in Empfang zu nehmen. Da kam er auch schon!

»Ins Ziel läuft ein Andi Obermaier, fünfundzwanzigster in der Gesamtwertung, sechster seiner Altersklasse. Das ist die Qualifikation für Hawaii! Herzlichen Glückwunsch!«

Die Durchsage war noch nicht zu Ende, als sich Antonella bereits jubelnd durch die Menge kämpfte, um Andi gebührend in Empfang zu nehmen. Die anderen folgten ihr, Harry selbstverständlich mit gezückter Kamera. Andi kam mit erhobenen Armen über die Ziellinie gelaufen und umarmte Antonella, die für diesen Moment einige Streckenposten unsanft beiseitegestoßen hatte. Dann sah er sich um, und in Ermangelung eines Pokals riss er Georgia die Leine aus der Hand, packte Hugo am Bauch und hob den geplagten Vierbeiner triumphierend in die Höhe, während Harrys Kamera ununterbrochen klickte. »Das bring ich morgen im Blatt!«, rief Harry begeistert, während er weiter auf den Auslöser drückte. »Unser Ironman mit einem Mopspokal, super!«

Endlich setzte Andi den gestressten Hund wieder zurück auf die sichere Erde und verkündete zu Antonellas Enttäuschung: »Also ihr könnt gern einen Schampus trinken gehen. Aber seid mir nicht bös, ich bin total platt. Ich will einfach nur heim und pennen.« Zu Antonella gewandt fügte er noch augenzwinkernd hinzu: »Keine Sorge, morgen, spätestens übermorgen bin ich wieder fit und für alles zu haben.«

KAPITEL 7
Coitus Intermoptus

Zwei Tage später räumte Antonella aufgeregt in der Wohnung herum. Am Morgen war schließlich die ersehnte SMS gekommen. Andi fühlte sich nach den vergangenen Strapazen endlich fit genug für die nächste Herausforderung und wollte sich am Abend die Ehre geben. Gestern hatte sie sich noch mit Harrys Artikel trösten müssen. »Eisenharter Lokalmatador schafft Hawaii-Qualifikation im ersten Versuch«, dazu ein Foto von Andi mit dem dicken Hugo. Sie schaute lächelnd auf das Foto, das sie sofort an den Kühlschrank geklebt hatte, und sagte dann drohend zum Original, das in seinem Körbchen lag und bekümmert dreinschaute: »Dass du dich heute bloß benimmst! Ich möchte keine Scherereien mit dir haben! Verstanden?«

Es war wirklich ärgerlich. Endlich kam der Tag der Tage, und dann hatte sie den Köter an der Backe. Georgia war gleich nach dem Frühstück zu einem Yoga-Workshop mit Kem abgerauscht und hatte Hugo und Antonella sich selbst überlassen. Antonella seufzte und machte sich ans Kochen. Ihr tapferer Held sollte etwas ganz Besonderes bekommen.

Am späten Nachmittag duftete die Wohnung köstlich nach Schweinebraten mit Kartoffelknödeln und Antonella nach Rosen. Sie hatte sich ein wenig von Georgias teurem Ölbad gegönnt und sich mit ihrem neuen weißen Neckholder-Kleidchen sehr sexy gestylt. Schließlich sollte es heute Abend richtig zur Sache gehen.

Alles lief perfekt. Das Festmahl war ausgesprochen gelungen, und Andi flirtete höchst motiviert. Nach der Bayrisch Creme ließ sich Andi sehr willig in Antonellas Schlafzimmer und auch gleich aus seinen Klamotten lotsen. Leidenschaftlich und voll jugendlichem Enthusiasmus stürzte sich Andi zwischen die Laken und auf Antonella. Aber was war das für ein Geräusch? Hugo war den beiden unbemerkt ins Schlafzimmer gefolgt und hatte sich nun demonstrativ auf der Polsterbank vor Antonellas nagelneuem Bett, das sie von ihrem ersten Honorar gekauft hatte, platziert. Von dort aus kommentierte er mit eindeutiger Missbilligung und lautem Gebrumm das wilde Treiben.

»Was soll das???« Andi war entsetzt.

»Hugo, hau ab!« Antonella fauchte den Hund an und versuchte vergeblich, ihn mit einem Fuß von der Bank zu stoßen. Der Mops zeigte sich jedoch völlig unbeeindruckt, rührte sich nicht von der Stelle und brummte weiter.

»Ach, was soll's.« Antonella war nicht bereit, sich die Stimmung verderben zu lassen, und flüsterte ihrem feurigen Liebhaber verführerisch ins Ohr: »Andilein, ignorier doch das blöde Vieh und mach weiter!«

»Ich kann ihn nicht ignorieren!« Von feurig keine Spur mehr. Andi klang eindeutig panisch. »Er schaut aus, als wollte er mir eine Note geben!«

Und es wäre wohl keine Topnote geworden, denn Andis stolze Männlichkeit schrumpfte erschütternd schnell zum jämmerlichen Würmchen. Hugo gähnte demonstrativ! Die Situation war völlig absurd.

»Du wirst dich doch von dem dämlichen Köter nicht so aus der Fassung bringen lassen!« Antonella lachte.

Offenbar doch und nachhaltig obendrein! So eine Demütigung hatte Andi mit seinen fünfundzwanzig Jahren und seiner erfolgreichen Sportlerkarriere noch nicht erlebt. Und dann auch noch in der ersten gemeinsamen Nacht! Er war völlig fassungslos, und Antonellas Kichern verbesserte die Situation auch nicht gerade. Mit einem panischen »Ich muss los!« verließ er eilig den Ort seiner schwersten Schlappe.

Ratlos und wütend sah Antonella ihm nach. »Vielen Dank, Hugo!« Denn dass das hier ein endgültiger Abgang war, daran gab es keinen Zweifel.

Um sieben Uhr morgens riss das Telefon sie aus dem Schlaf. Wer um alles in der Welt konnte das denn sein? Kaum war sie ein wenig wach, fiel Antonella der letzte Abend ein, und sie war sofort wieder auf hundertachtzig. Hugo, diese verdammte Kreatur, sollte sich bloß nicht trauen, ihr heute unter die Augen zu treten! Um ihn konnte sich von nun an Georgia ganz alleine kümmern. Was war mit der eigentlich los? Normalerweise war sie spätestens beim dritten Klingeln am Telefon, egal um welche Uhrzeit es läutete. Aber jetzt würde sich hoffentlich gleich der Anrufbeantworter einschalten, und sie könnte versuchen, noch eine Runde zu schlafen.

»Antonella, bist du da? Bitte geh ran! Es ist wirklich dringend! Antonella!!!«

Wie der Blitz sprintete sie in den Gang und griff sich das Telefon. »Georgia, was ist denn los? Wo bist du überhaupt?«

»In der Uniklinik. Kannst du mich abholen?«, sagte Georgia mit schwacher Stimme.

»O Gott, Georgilein, geht's dir gut?«

»Könnte besser sein … Holst du mich jetzt bitte gleich ab? Ich stehe schon an der Anmeldung.«

»Natürlich! Bin schon unterwegs.«

Antonella ließ das Telefon fallen, sprang in Jeans und T-Shirt, schnappte sich ihr Fahrrad und sauste los. Während der Fahrt versuchte sie sich auszumalen, was denn passiert sein könnte. Hatte sich Georgia beim Yoga verletzt? Nein, dann hätte dieser Simon bestimmt gleich angerufen und Bescheid gesagt. Ein Unfall! Bestimmt hatte Georgia auf dem Rückweg einen Unfall gehabt und war bewusstlos gewesen. Wie schrecklich! Als sie im Krankenhaus eintraf, wartete Georgia wie angekündigt im Eingangsbereich auf sie. Antonella hatte alle Mühe, ihr Entsetzen zu verbergen. So elend hatte sie Georgia bisher noch nie gesehen. Und ihre eigenartige Aufmachung tat ein Übriges: Der rechte Arm steckte in einer Schlinge, und sie selbst war nur notdürftig mit einem merkwürdigen schwarzen Laken bekleidet. An den Füßen trug sie Hotelschlappen, die ihr etwa fünf Nummern zu groß waren. Es war also noch schlimmer, als Antonella es sich ausgemalt hatte – ganz offensichtlich war Georgia überfallen worden! »Georgilein, um Himmels willen! Jetzt erzähl doch, was ist passiert?«

»Zuhause«, gab Georgia matt zurück. Ihr erschöpfter Gesichtsausdruck ließ Antonella sofort verstummen. Behutsam führte sie ihre Freundin nach draußen.

»Wo ist denn das Taxi?«, fragte Georgia, die sich suchend umsah.

Antonella schielte verstohlen zu ihrem Rad. »Frechheit, der muss wohl abgehauen sein!« Schnell rief sie einen Wagen. Das Rad würde sie später heimlich abholen. Zuhause steckte sie die Patientin gleich ins Bett. Auf dem Weg in die Küche stolperte sie fast über Hugo, der mit reinstem Gewissen ruhig und tief geschlafen hatte, bis er Georgia im Flur gehört hatte. Als Antonella zwanzig Minuten später mit einem vollbeladenen Frühstückstablett wieder in Georgias Schlafzimmer erschien, lag der fiese schwarze Wicht bereits in die Bettdecke gekuschelt und ließ sich von Georgia mit der unverletzten Linken den Bauch kraulen.

»Jetzt iss erst mal was!« Antonella schenkte Georgia Tee ein und setzte sich auf den Bettrand. »Und dann musst du mir erzählen, was passiert ist.«

Es war ziemlich offensichtlich, dass Georgia diesen Moment so lange wie möglich hinauszögern wollte, denn seit wann schaffte sie es, zum Frühstück gleich zwei Brötchen zu verspeisen?

»Komm, jetzt sag schon, was los ist«, insistierte Antonella schließlich, als Georgia sie bat, ihr auch noch ein drittes Brötchen zu machen. »Und was hast du da eigentlich an? So bist du gestern nicht aus dem Haus gegangen.«

»Nein, natürlich nicht. Das ist ein Sari von Kem. Mit einem ausgekugelten Arm kann man ja nichts anderes anziehen ...«

»Ich versteh kein Wort! Wenn Kem dabei war, wieso hat er dich denn dann nicht verteidigt? Oder machen Yogis das nicht, von wegen gewaltfrei und so?«

»Gegen wen hätte er mich denn bitte verteidigen sollen?« Georgia sah nun genauso irritiert aus wie Antonella.

»Ja, du bist doch überfallen worden, oder nicht?«

Antonellas dramatische Schlussfolgerung entlockte Georgia ein leichtes Schmunzeln. Da war mal wieder die wilde Fantasie mit ihrer Freundin durchgegangen. »Nein, ein Überfall war das nicht, zumindest nicht im klassischen Sinne. Das ist alles so peinlich, ich mag es gar nicht erzählen.«

»Jetzt zier dich nicht so! Ich schwör dir, es kann definitiv nicht peinlicher sein als das, was ich gestern Abend erlebt habe! Also erzähl einfach, und danach bekommst du ein paar Schmerztabletten und zur Aufheiterung meine Story.«

»Also gut. Ich war doch gestern bei diesem Yoga- und Meditationsseminar von Kem und Simon. Das war wirklich ganz unglaublich, weißt du, fürchterlich anstrengend, aber total bewusstseinserweiternd ...«

»Können wir diesen Teil vielleicht ein bisschen abkürzen«, unterbrach Antonella, die Georgias Yogaspleen weiterhin für ziemlichen Hokuspokus hielt, »und gleich zum entscheidenden Teil kommen?«

»Schon gut! Also, in der Mittagspause hat so ein indischer Koch gecatert, ein ganz hervorragendes ayurvedisches Menü«, Georgia ignorierte Antonellas eindringliches Räuspern, »und als ich das Essen gelobt habe, meinte Kem, er wüsste ein indisches Restaurant hier in Frankfurt, das noch viel besser sei, und da könnten wir ja nach dem Seminar hingehen.«

»Nein, sag bloß, Mr. Sexy Armani hat deinetwegen seine ganzen Jünger versetzt?«

»Sie sind nicht seine Jünger«, korrigierte sie Georgia leicht entrüstet, »aber ja, wir waren alleine essen. Und es war alles perfekt, das kannst du mir glauben, sonst hätte ich doch nie eingewilligt, mit in sein Hotel zu fahren …«

»Wie??? Du bist mit ihm in sein Hotel?« Jetzt war Antonella voll und ganz bei der Sache. Georgia war wohl eines von diesen sprichwörtlich stillen tiefen Wassern!

»Ja, das hätte ich normalerweise bestimmt nicht gemacht«, fuhr Georgia zögernd fort, »aber ich habe wirklich gedacht, das ist es! Das ist der Mann für mich, weißt du, so kultiviert und gebildet und so einfühlsam und …«

»… sexy«, ergänzte Antonella trocken. »Aber inzwischen weißt du, dass er doch nicht der Richtige ist, oder was?«

»Ganz sicher nicht!« Georgia stand das Entsetzen deutlich ins Gesicht geschrieben. »Ich meine, er sieht doch aus wie der perfekte Gentleman, oder? Und so hat er sich auch verhalten, bis wir im Hotel waren. Er hat natürlich eine Suite im ArtHouse, du weißt schon.« Antonella nickte, selbstverständlich kannte sie das neue Designhotel. »Also mir war schon klar, dass er mir nicht seine Briefmarkensammlung zeigen wollte. Aber nach diesem Seminar hatte ich irgendwas Tantrisches erwartet, bewusstseinserweiternd! Und nicht so etwas …«

»Ach, sag bloß, unser cooler Yogi hat eine dunkle Seite?« Antonellas Gesicht strahlte vor Entzücken. Für einen kurzen

Moment schien sie glatt vergessen zu haben, dass Georgia ernsthaft verletzt war.

»Nein, es ist bloß … er hat diese Schwäche für das Kamasutra! Ich meine, kannst du dir das vorstellen? Da habe ich einen ganzen Tag lang bis zur Erschöpfung Asanas durchgeturnt, so dass ich schon beim Essen vor Anstrengung kaum noch die Gabel halten konnte. Und dann kommt Kem tatsächlich auf die Idee, dass ich Spaß daran haben könnte, die ganze Nacht Sport zu treiben!«

»Wie – die ganze Nacht?«, fragte Antonella neugierig nach.

»Na ja, irgendwas Bewusstseinserweiterndes macht er wohl schon. Dieser Mensch hat ein … ähm, Durchhaltevermögen … Das ist doch nicht normal!« Georgia klang ernsthaft empört. »Langer Rede kurzer Sinn: Irgendwann war ich so erschöpft, dass mir einfach die Knie weggesackt sind. Dummerweise standen wir da gerade auf den Stufen zum Schlafzimmer. Ich bin gestolpert, und Kem wollte mich noch auffangen, aber da hat er nur noch meinen Arm erwischt. Und das war's dann. Ich lag am Boden und habe gedacht, ich muss sterben vor Schmerz. Aber ich war sogar zu k.o., um zu schreien, und habe mir nur gedacht: Gott sei Dank, jetzt ist es endlich vorbei.«

Georgia unterbrach sich, weil Antonella – trotz ernsthafter Versuche – das Lachen nicht länger zurückhalten konnte. »Sorry«, gluckste sie, »tut mir echt leid, dass er dir den Arm ausgekugelt hat, aber die Geschichte ist der Knüller! ›Gefahren des Kamasutras. Betroffene erzählen ihre Geschichten‹ – das wäre glatt ein Artikel für eine Frauenzeitschrift, findest du nicht?« Und erneut brach sie in Lachen aus.

Mit etwas mehr Selbstironie erzählte Georgia den Rest der peinlichen Geschichte: Kem hatte gleich erkannt, um was für eine Art von Verletzung es sich handelte, und einen Krankenwagen gerufen. Erst da war wieder Leben in Georgia gekommen, die keinesfalls nackt von zwei Sanitätern auf eine Trage verfrachtet werden wollte. Aber die Schmerzen waren so stark gewesen, dass es Kem trotz eifrigster Bemühungen nicht gelungen war, ihr mehr als den Slip anzuziehen. Daraufhin hatte er sie gerade noch rechtzeitig in seinen schwarzen Seidensari gewickelt. »Ich wäre vor Scham am liebsten im Boden versunken, als der eine Sanitäter Kem nach dem Unfallhergang befragt hat. Aber da war er wieder ganz der Gentleman! Kein Wort von wildem Sex. Sie haben ihm dann noch gesagt, dass es keinen Sinn macht, mit ins Krankenhaus zu kommen, weil mir nur der Arm wieder eingerenkt wird und ich Schmerzmittel bekomme. Aber weißt du, was das Abstruseste an der ganzen Geschichte ist?«, beendete Georgia ihre Berichterstattung nun schon mit breitem Grinsen. »Das ist mir auch erst beim Warten im Krankenhaus aufgefallen. Kem ist so sehr ans Unterrichten gewöhnt, dass er mir den Namen jeder Position genannt hat, auf Sanskrit und Englisch, genau wie beim Yoga! Kannst du dir das vorstellen?«

Beide mussten herzhaft lachen, bis Antonella fragte: »Und, in welcher Position bist du ins Straucheln geraten?«

Georgia errötete beschämt und nuschelte: »In der Kuhstellung – aber ich war ja wohl auch eine dumme Kuh …«

»Ach Quatsch!« Antonella musste immer noch lachen. »Aber jetzt erzähl ich dir, wer sich gestern wirklich zum Ochsen gemacht hat …«

Georgia kicherte wie ein alberner Teenager, als sie die farbenfroh ausgeschmückte Geschichte hörte. Die Schmerzen waren beinahe vergessen. Irgendwie, stellte sie fest, hatten diese absurden Erlebnisse auch etwas Gutes: Aus Schicksalsbekannten waren echte Freundinnen geworden.

Georgia verschlief den größten Teil des Tages und wachte erst auf, als es am späten Nachmittag an der Tür läutete. Kurz darauf steckte Antonella vorsichtig den Kopf in ihr Schlafzimmer. »Ah, du bist wach! Da war gerade einer von den Yogis, der hat das für dich gebracht.«

Sie streckte Georgia einen Strauß Blumen und ihre Sporttasche entgegen, die in dem Trubel in Kems Suite zurückgeblieben war.

»Bist du so lieb und stellst die Blumen in eine Vase? Halt, warte mal, da ist ein Brief dran!« Georgia deutete mit der linken Hand auf den Umschlag.

»Ich mach das schon.« Antonella öffnete das Kuvert. »Soll ich's vorlesen?« Georgia nickte. »Da bin ich ja mal gespannt … So: *Liebe Georgia, ich hoffe, dass die Schulterverletzung nicht allzu schwerwiegend ist. Dieses Unglück ist passiert, weil es zwischen uns karmische Differenzen gab, und es tut mir sehr leid, dass ich sie nicht rechtzeitig bemerkt habe, um Schlimmeres zu verhindern. Leider muss ich gleich nach London abreisen – Termine … Aber ich hoffe, Dich im nächsten Workshop wiederzusehen. Ich wünsche Dir, dass Deine Aura bald zu ihrer alten Stärke zurückfindet. Alles Gute, Kem*«

»Im nächsten Workshop wiedersehen? Der hat Nerven! In Zukunft halte ich mich lieber an Simons Klassen, also wenn ich die Krankengymnastik hinter mir habe.«

»Hey, keine Sorge! Du bist in null Komma nichts wieder auf den Beinen, da bin ich mir sicher«, tröstete Antonella.

Nach einer guten Woche war Georgia tatsächlich einigermaßen wiederhergestellt. Auf die Schlinge konnte sie schon nach ein paar Tagen verzichten, und die Physiotherapie schien gut anzuschlagen. Nur an Yoga war momentan nicht zu denken. Auch Antonella hing ein bisschen in den Seilen. Zu ihrer Sportgruppe wollte sie nach dem verheerenden Abend mit Andi nicht mehr gehen, und der nächste Auftrag würde erst in zwei Wochen beginnen. Sie traf sich ab und zu mit Harry zum Joggen oder auf eine kleine Kneipentour – inzwischen war ihr der schräge Reporter wirklich ans Herz gewachsen. Aber irgendwie nagte die Unruhe an den beiden Freundinnen.

»Lass uns was unternehmen!« Georgia tigerte nach dem ausgedehnten Sonntagsfrühstück unternehmungslustig durch die Wohnung. »Mir fällt die Decke auf den Kopf!«

»Gerne, aber was?«

»Ich habe eine Idee! Komm, zieh dir was Schickes an, wir gehen zum Pferderennen!«

»Zum Pferderennen?« Antonella schaute Georgia entgeistert an. »Hat die Kamasutra-Nummer doch einen schlimmeren Schaden hinterlassen?«

»Unsinn! Ich war mit meinen Eltern früher oft bei Pferderennen und habe gewettet. Das habe ich seit ewigen Zeiten nicht mehr getan. Aber heute ist genau der richtige Tag dafür. Ich glaube, wir werden gewinnen!« Ihre Augen glänzten. »Außerdem können wir Hugo mitnehmen.«

Antonella zuckte mit den Schultern: »Na gut, dann also zum Pferderennen.«

Aufgedreht und ein bisschen beschwipst kehrten sie am späten Abend wieder nach Hause zurück. Antonella war völlig berauscht. Georgia hatte kühl wie immer recht ordentliche Summen auf nervöse Tiere mit merkwürdigen Namen gesetzt. Und sehr oft hatte sie den richtigen Riecher bewiesen und üppig abkassiert. Von dem Gewinn waren sie anschließend edel essen gegangen und hatten danach noch eine Flasche Champagner geleert. Kichernd öffneten sie die Wohnungstür. Im dunklen Flur blinkte der Anrufbeantworter: »Hi, George. Hier ist Sophie. Sci so lieb und ruf mich mal zurück. Es ist wichtig.«

Georgia wählte die Nummer ihrer besten Freundin. »Sophie, ich bin's. Wie geht's dir? Du glaubst nicht, was ich heute gemacht habe! Antonella und ich waren beim Pferderennen, und wir haben 3700 Euro gewonnen! Das war total aufregend, vielleicht sollte ich das professionell machen …« Georgia sprach begeistert ohne Punkt und Komma, bis Sophie sie zögernd unterbrach.

»George, es tut mir sehr leid, dass ich dir jetzt die gute Laune verderbe. Aber ich finde, du solltest es gleich erfahren. Setz dich doch mal!«

Sophies Tonfall verhieß nichts Gutes, und Georgia ließ sich auf einen Küchenstuhl fallen. »Was gibt es denn? Ist was passiert?«

»Könnte man so sagen. Lass es mich kurz machen: Yvonne ist schwanger. Konstantin wollte doch schon immer Familie, das weißt du ja, und deshalb hat er jetzt ein Haus in Kronberg gekauft. Und heiraten werden sie auch.«

Georgia schnappte nach Luft.

»Und damit Yvonne sich nicht so einsam fühlt, wenn er nicht da ist, hat er ihr ein Labradorbaby geschenkt.«

»Danke, dass du es mir gleich gesagt hast«, war alles, was Georgia noch in den Hörer nuscheln konnte, dann ließ sie das Telefon auf den Tisch fallen. Antonella starrte sie neugierig an.

»Ein Labradorbaby! Das ist einfach nicht fair!« Ohne weitere Erklärungen brach Georgia in heftiges Schluchzen aus.

KAPITEL 8

Ausgebremst

Das Schwein muss bluten!« Antonella hatte die Stirn in wütende Falten gezogen. Sie flößte der traumatisierten Georgia Tee ein. Dass es draußen dreißig Grad im Schatten waren, schien Georgia gar nicht zu bemerken. Leichenblass und zitternd lag sie unter einer dicken Decke auf dem Sofa in der Bibliothek. Letzte Nacht hatte sie Antonella nicht mehr erzählen können, was sie von Sophie erfahren hatte. Ihr war plötzlich furchtbar übel geworden, und sie hatte das ganze feudale Abendessen wieder erbrochen. Anschließend war sie in einen unruhigen, erschöpften Schlaf gefallen.

»Du darfst dieses Ekel auf gar keinen Fall ungeschoren davonkommen lassen. Das verlangt doch wirklich nach Rache! Das muss ihm richtig wehtun!«

Georgia unterbrach sie mit leiser Stimme: »Ich bin aber kein Freund von primitiven Racheaktionen. Das ist einfach nicht mein Stil.«

»Ach so, es ist eine Frage von Stil! Du bist also lieber stilvoll unglücklich? Das ist doch total albern!« Antonella fing gerade erst an, sich in Rage zu reden. »Wenn er auch leidet, wird es dir gleich besser gehen! Weißt du was? Ich rufe meinen Vater an. Der hat bestimmt irgendwelche sizilianischen Freunde. Wir könnten ihm einen blutigen Pferdekopf ins Bett legen lassen oder, noch besser, diesen Köter vergiften.«

»Nein! Keinesfalls das Hundebaby!«, schrie Georgia entsetzt auf. »Das kann doch wirklich nichts dafür.«

»Wie du meinst.« Antonella klang enttäuscht. »Aber ich werde mir etwas einfallen lassen.«

Georgia antwortete nicht. Sie hatte Hugo fest in den Arm genommen und sich die Decke über den Kopf gezogen. Der kleine Mops bewährte sich wieder einmal als Held in der Krise und stand seinem geliebten Frauchen stoisch als Tröster und Tränenkissen zur Verfügung.

Das Telefon klingelte. Antonella griff nach dem Hörer, meldete sich, würgte den Anrufer aber sehr schnell ab. »Vielen Dank, aber ich glaube nicht, dass das momentan so eine gute Idee ist. Ich frag' sie aber. Bis dann, ciao, ciao! – Das war Harry. Er hat gefragt, ob wir mit ihm heute Abend ins Kino-Open-Air gehen wollen. Er hat irgendwie VIP-Tickets organisiert.« Keine Reaktion vom Sofa. »Ich hab ihm schon gesagt, dass es wahrscheinlich nicht geht, aber vielleicht würde es dich aufheitern.«

Georgia rappelte sich ein wenig hoch und verkündete depressiv: »Mich kann gar nichts mehr aufheitern!«

»Ach komm, das wird schon wieder. Ganz bestimmt.« Antonella war wieder bei Georgia und streichelte ihrer unglücklichen Freundin sanft über den Arm.

»Das glaube ich nicht!« Schon wieder liefen Tränen über ihre Wangen. »Weißt du, wir hatten es wirklich schön, vor allem, wenn wir zusammen verreist sind. Ostern haben wir auf Dunkersen verbracht und mit Konstantins und Sophies Familie gefeiert.« Georgia schluchzte bei dem Gedanken daran. »Er hat mich oft auf ein Wochenende in New York oder bei anderen Projekten besucht. Und auf den Caymans waren wir auch dreimal. Das waren die schönsten Urlaube überhaupt …«

»Auf den Caymans?« Antonella runzelte interessiert die Stirn. Sie hatte gerade den neuesten Roman eines amerikanischen Bestsellerautors gelesen, in dem neben einer kruden Verschwörungstheorie auch eine pikante Geldwäscherszene auf den beschaulichen Karibikinseln vorkam. »Da habt ihr doch bestimmt nicht nur Urlaub gemacht?«, fragte sie sensationslüstern. »Eher regelmäßig das Nummernkonto gefüttert, oder?«

»Ehrlich gesagt habe ich mich nie darum gekümmert, was Konstantin und Falk bei ihren Meetings getrieben haben. Ich war jedenfalls immer den ganzen Tag mit Falks Frau am Strand, und abends waren wir alle zusammen schick essen.« Georgia seufzte tief.

»Was ist denn ›Falk‹ für ein komischer Name?«, fragte Antonella.

»Ach, das ist ein Schulfreund von Konstantin, alter Adel hier aus der Gegend. Lebt in Wiesbaden.«

»Mhmm.« Antonella rutschte aufgeregt hin und her. Plötzlich lächelte sie triumphierend. »Ich habe eine brillante Idee! Überlass nur alles mir!« Sie sprang auf und fügte mit einem Blick auf Georgias verstörten Gesichtsausdruck noch rasch hinzu: »Ich verspreche dir, es kommt keiner zu Schaden. Zumindest nicht physisch.« Sie lief ins Bad und kam mit einer Packung Baldrian zurück. »Du nimmst jetzt ein paar von den Tabletten und legst dich ins Bett.« Sie drückte Georgia die Schachtel in die Hand. »Alles wird gut! Das verspreche ich dir!« Mit einem letzten aufmunternden Lächeln schnappte sie sich ihre Tasche und verließ die Wohnung.

Nach einem kurzen Telefonat traf sie sich mit Harry in einer kleinen Kneipe in Sachsenhausen. Die Kinokarten hatte er inzwischen anderen Freunden geschenkt, aber Antonella war ohnehin eher nach Reden zumute. Dramatisch schmückte sie die Geschichte mit dem untreuen Konstantin aus und ließ auch sein auffälliges Reiseverhalten nicht unerwähnt. »Er hat einen Denkzettel verdient! Und du bist der Einzige, der uns weiterhelfen kann!« Sie sah ihn erwartungsvoll an.

»Was soll ich da schon tun können?«, fragte Harry misstrauisch.

»Jetzt stell dich nicht so an! Als Reporter hast du Macht und Einfluss!«

Harry lächelte geschmeichelt, sagte jedoch: »Überschätz mich nicht. TOP NEWS ist nicht die BILD-Zeitung.«

»Ja, aber mit einer tollen Enthüllungsstory könntest du doch groß rauskommen.« Antonella ließ sich nicht beirren. »Und der Kerl hat garantiert Dreck am Stecken! Du musst nur ein bisschen rumwühlen, da findest du bestimmt was!«

Harry zögerte und trank schweigend sein Bier, während ihn Antonella mit schlauen Ideen bombardierte. Beim zweiten Bier gab er sich geschlagen: »Na gut, ich werde sehen, was ich tun kann. Wie heißt noch mal dieser andere Typ? Falk?«

»Ja. Ist wohl auch so ein Adeliger und war mit Konstantin in der Schule!«

Harry lächelte über Antonellas eifrige Antwort. »Aber versprechen kann ich nichts! Wahrscheinlich haben die wirklich nur Urlaub gemacht.«

»Das glaub ich nicht!« Antonella war sich ihrer Sache sicher. »Und Harry, Georgia wird dir dafür sehr dankbar sein!« Sie blickte Harry eindringlich in die Augen.

»Was meinst du, würde sie mit mir ausgehen?«, fragte er vorsichtig.

»Kommt ganz auf deine Geschichte an, Kumpel!« Mit diesen Worten stand sie auf. »Ich muss jetzt wieder heim. Nicht dass sie sich etwas antut … Wann können wir mit ersten Ergebnissen rechnen?«

»Frühestens übermorgen«, sagte er, »aber ich kann wirklich nichts versprechen!«

»Denk an dein Abendessen mit Georgia! Ciao, ciao!« Sie drückte ihm einen Kuss auf die Wange und verschwand.

Der nächste Tag passte perfekt zu Georgias Stimmung. Nach einem heftigen Gewitter in der Nacht hingen nun dicke Wolken auf halbmast, und Regen prasselte auf die erhitzte Stadt. Georgia lag im Bett und war sich sicher, dass sie nie wieder aufstehen wollte. Die Leere in ihr war so übermächtig, dass sie nur wie gelähmt daliegen konnte. Nicht einmal Hugos Bedürfnisse waren ihr wichtig. Füttern und Gassi gehen musste Antonella übernehmen – sehr zum Missfallen der beiden. In den letzten Wochen hatten sie sich gegenseitig als notwendiges Übel angesehen und sich halbwegs miteinander arrangiert. Aber mehr auch nicht. Gerade waren sie aus dem Park zurückgekommen, und lautes Fluchen und Knurren drang aus dem Flur in Georgias Schlafzimmer. Hugo wollte im Grunde mit Antonella überhaupt nirgendwohin gehen, doch gewisse Körperfunktionen forderten nun mal ihren Tribut. Dass es aber gleich ein Gewaltmarsch von einer Stunde sein musste, war nicht einzusehen. Unwillig ließ er sich nur von den Hundekeksen locken, die Antonella in regelmäßigen Abständen auf den Weg warf, um überhaupt von der Stelle zu kommen. Im Park selbst hatte er sich dann gerächt: Als Antonella sich ein Weilchen mit einer Joggerin unterhielt, die sie flüchtig kannte, wälzte er sich genüsslich in den bestialisch stinkenden Überresten einer toten Taube. Seine tobende Besitzerin ignorierend, trabte er hoch erhobenen Hauptes wieder nach Hause.

»Du widerliche, stinkende Bestie!«, schrie Antonella den Hund an. »Du rührst dich nicht von der Stelle! Wäre ja noch schöner, wenn du hier alles einsaust!« Sie öffnete Georgias Schlafzimmertür und fragte mit deutlich freundlicherer Stimme: »Georgia, was soll ich mit dem Hund machen? Er hat sich in Aas gewälzt und stinkt zum Himmel.«

»Du musst ihn baden«, kam es schwach unter der Decke hervor. »Und nimm mein mildes Pflegeshampoo!« Der Ton wurde eine Spur bestimmter. »Und dann musst du ihn unbedingt gut abtrocknen und ein bisschen föhnen, damit er sich nicht erkältet, der arme Liebling.«

»Der arme Liebling«, äffte Antonella entnervt, aber leise Georgia nach, als sie die Tür wieder geschlossen hatte. Der arme Liebling war äußerst ungehalten und zeigte sich sehr unkooperativ. Nach einer mittleren Überschwemmung, einem zerfetzten Handtuch und etwa einstündigem Kampfgebrüll verzog sich Hugo – wohlriechend zwar, aber schlecht gelaunt – zu Georgia in den Schmollwinkel. Antonella hoffte inständig, dass Harrys Coup bereits morgen in der Zeitung zu lesen war, denn viele weitere Tage in diesem Stil brauchte sie wirklich nicht.

Der nächste Morgen sah schon bedeutend freundlicher aus. Nach dem Joggen hatte Antonella eine vielversprechende E-Mail von Harry vorgefunden. Mit einem Ausdruck der Mail und einem triumphierenden Grinsen im Gesicht ging sie zu Georgia, die immer noch im Bett lag – sie hatte es jetzt seit knapp zwei Tagen kaum verlassen. Antonella riss ihre Zimmertür auf und meinte vorwurfsvoll: »So kann es wirklich nicht weitergehen mit dir. Du musst auch wieder mal aufstehen. Und schau mal: Die Show beginnt!« Sie legte Georgia das Blatt Papier auf den Bauch.

Bin auf Gold gestoßen! Du hattest Recht mit Deiner Theorie. Die Cayman-Trips waren sicher keine reinen Vergnügungsurlaube. Wobei – es kommt immer drauf an, wie man ›Vergnügen‹ definiert!;–) Georgias feiner Teuf(f)el ist jedenfalls kein Unschuldslamm. Kauf Dir morgen unbedingt die Zeitung!

LG, Harry

Georgia war skeptisch. »Was soll das denn? Warum recherchiert dieser Harry Konstantins Leben? Das ist ja ekelhaft!«, sagte sie. »Ich weiß überhaupt nicht, was das bringen soll.«

»Georgilein, das ist nicht ekelhaft, das ist Rache! Kannst du dir denn gar nicht vorstellen, was das für dieses Ekelpaket bedeuten wird?« Antonella war enttäuscht von der ablehnenden Reaktion ihrer Freundin. Doch Georgia hatte sich schon wieder unter ihre Decke vergraben, und Hugo schaute Antonella nur vorwurfsvoll an.

»Ihr werdet schon sehen!«, sagte sie seufzend. »Und du«, sie wandte sich mit drohendem Unterton an den Hund, »du kannst dich schon mal seelisch auf unseren nächsten Spaziergang einstellen. Ich dusche jetzt kurz, und dann gehen wir raus.«

Diesmal gingen sie nicht in den Park, sondern schlenderten in Richtung Berger Straße, wo Antonella in einem Einrichtungsladen Accessoires für kommende Wohnungsprojekte ansehen wollte. Auch heute war es nicht gerade die helle Freude, doch Hugo zeigte sich nicht ganz so widerspenstig wie am Vortag, und tote Tauben waren auch nicht zu befürchten. Kurz vor dem Geschäft blieb Hugo jedoch wie angewurzelt stehen und drängte Richtung Eingangstür eines anderen Ladens. Antonella zerrte ungeduldig an der Leine, doch Hugo stemmte sich mit aller Kraft dagegen. Mitten in dieses Gerangel platzte eine exotische junge Dame und beugte sich zu Hugo hinunter. »Hallo, mein Schatz. Da bist du ja wieder. Wo warst du denn so lange? Wir haben dich schon sehr vermisst.« Antonella räusperte sich. Erstaunlich, da führte ihr Hund offenbar ein Doppelleben. Wenn das mal nicht Dr. Stern erfuhr …

»Hallo«, sagte die Exotin irritiert. »Wer sind Sie denn?« Das wurde ja immer besser. »Wo ist denn Hugos Frauchen?«

»Ich bin Antonella De Anna, und ich bin Hugos Besitzerin!«

Antonella beugte sich jetzt ihrerseits zum Mops herunter, tätschelte ihm besitzergreifend den Kopf und handelte sich damit ein unfreundliches Knurren ein. »Verräter!«, murmelte sie und richtete sich wieder auf.

»Nein, ich meine Georgia! Wo ist sie denn? Sie kommt doch sonst fast jeden Tag zum Yoga, und ich passe währenddessen auf Hugo auf. Ist ihre Schulter immer noch verletzt?« Die Exotin wirkte besorgt.

Antonella sah sich den Laden genauer an. Über dem Eingang prangte ein Schild mit der Aufschrift »Nordend Yogaloft«. Dort trieb sich ihre Mitbewohnerin also dauernd herum! »Nein«, sagte sie, »die Schulter ist wieder o.k. Es ist schlimmer! Sie ist total deprimiert, weil ihr Ex eine andere geschwängert und der auch noch einen Hund gekauft hat.« Diskretion gehörte wahrlich nicht zu Antonellas Stärken.

»Das ist ja furchtbar! Kommt doch kurz rein. Das muss ich unbedingt Simon erzählen. Ich bin übrigens Sirima.« Sie reichte Antonella die Hand und lotste sie in die Yogaschule. Hugo bahnte sich zielstrebig seinen Weg zu Sirimas Schreibtisch, wo er in einer Schublade – völlig zu Recht – Leckerlis vermutete.

Inzwischen tauchte auch Simon, Georgias Lieblingsyogalehrer, auf. Auch er zeigte sich betroffen von Antonellas Geschichte. »Ich habe schon die ganze Zeit geahnt, dass eine große Last auf ihrer Seele ruht«, schwadronierte er, »aber dass es so schlimm ist? Sie hat nie etwas gesagt … Und jetzt liegt sie die ganze Zeit im Bett, sagst du? Das ist nicht gut! Da müssen wir unbedingt etwas tun.«

Da war Antonella ganz seiner Meinung, hatte allerdings keine Idee, was für eine Aktion das sein sollte. Ihre großartige Initiative hatte bislang nicht viel Eindruck gemacht.

Simon dachte ein Weilchen nach und kündigte dann an: »Ich komme heute Nachmittag vorbei und spreche mit ihr!«

Das tat er auch. Mit einer großen Tasche verschwand er in Georgias Schlafzimmer und schickte den Mops hinaus. Bald darauf hörte man eigenartige Musik, und ein schwerer, süßlicher Geruch bahnte sich seinen Weg in den Flur. Zwei Stunden später tauchte Simon mit einem zufriedenen Gesichtsausdruck wieder auf. »Keine Sorge mehr!«, sagte er mit sanfter Stimme zu Antonella. »Ich habe mit ihr eine geführte Herz-Chakra-Meditation gemacht. Das sollte ihr helfen, Körper, Geist und Seele wieder in Einklang zu bringen. Jetzt muss sie sich erst mal ausruhen. Morgen geht es ihr dann bestimmt wieder besser!« Er lächelte zuversichtlich und verabschiedete sich.

Antonella hatte keine Ahnung, was eine »geführte Herz-Chakra-Meditation« sein könnte, und im Grunde war es ihr auch egal. Die Hauptsache war, dass sich Georgia wieder weltlichen Dingen und vor allem dem kleinen Mistvieh zuwenden würde. Außerdem hatte Harry vorhin angerufen und weitere spannende Details für die morgige TOP NEWS-Ausgabe angekündigt. Das versprach interessant zu werden.

Als Antonella am nächsten Tag von ihrer morgendlichen Laufrunde nach Hause kam, traf sie Georgia in der Küche an. »He, das sind ja echte Fortschritte!«, freute sie sich. »Und das hier wird deine Laune noch weiter heben!« Sie reichte ihr die Zeitung.

Die Geschichte in TOP NEWS war schier unglaublich:

Aufbau Ost unter karibischer Sonne

Wiesbadener Bauunternehmer veruntreut öffentliche Gelder in Millionenhöhe

Die hessische Baufirma »KlingTecno« kassierte jahrelang öffentliche Fördergelder in Millionenhöhe für den Aufbau eines Tochterunternehmens in Gartz an der polnischen

Grenze. Rund 200 Arbeitsplätze sollten in der strukturschwachen Gegend entstehen. Nach der Grundsteinlegung vor zwei Jahren ist allerdings nicht mehr viel passiert. Im Mai dieses Jahres wurde das Projekt offiziell gekippt, die geflossenen Gelder allerdings nicht zurückgezahlt. Bauunternehmer Falk von Klingenburg, 38, gab damals an, eine zweite Standortanalyse sei negativ ausgefallen. Das kostspielige Prüfverfahren sowie weitere Komplikationen in der Planungsphase hätten die bisher ausgezahlte Fördersumme komplett aufgebraucht.

Doch wohin sind die Steuergelder wirklich versickert? Unserer Quelle zufolge könnte von Klingenburg über geheime Konten auf den Cayman-Inseln verfügen. Erwiesenermaßen verbrachte er dort in den letzten Jahren viel Zeit. Pikant ist, dass in diesem Zusammenhang auch der Name Konstantin von Teuffel, 37, genannt wird. Der Landesbank-Manager mit großen Politambitionen sitzt im Aufsichtsrat der »KlingTecno« und war mindestens dreimal gemeinsam mit von Klingenburg in der Karibik. Von Teuffel, seit der letzten Wahl auch Landtagsabgeordneter, wird schon seit einiger Zeit als neuer Finanzminister gehandelt. Welche Rolle spielt er bei der mutmaßlichen Veruntreuung öffentlicher Gelder? Weder von Klingenburg noch von Teuffel waren bislang zu Stellungnahmen bereit.

Georgias Augen weiteten sich bei der Lektüre des Artikels vor Aufregung und Entsetzen. »Mein Gott, das ist ja schrecklich!«

»Ich habe dir ja gesagt, dass dein geliebter Konstantin keine ganz blütenweiße Weste hat«, konstatierte Antonella triumphierend. »Kein Mensch macht einfach so auf den Caymans Urlaub! Hast du denn wirklich nichts davon gewusst?«

»Irgendwie habe ich mir schon gedacht, dass die Männer nicht zum Kartenspielen in die Karibik fliegen wollten, aber so eine Sauerei hätte ich nicht vermutet.« Georgia war erschüttert. »Das hätte ich Falk nicht zugetraut. Und Konstantin – nicht zu fassen …«

»Du hast doch jetzt nicht etwa Mitleid? Ich meine, wenn der Kerl sich mit meinen und deinen Steuern ein schönes Leben am tropischen Strand macht, dann ist das doch das Allerletzte! Und nachdem er das mit dir abgezogen hat, verdient er wirklich einen gehörigen Denkzettel! Ich hoffe, sie können ihm tatsächlich etwas nachweisen!« Antonella redete sich wieder in Rage.

»Natürlich habe ich kein Mitleid«, Georgia war immer noch schockiert, »die Geschichte ist schon ziemlich hart. Wenn da wirklich etwas dran ist«, sie klang nun schon entschlossener und fast eine Spur wütend, »dann soll er auch ruhig dafür bezahlen! Dann hat er ja nicht nur mich betrogen!«

Was auch immer Simon gestern mit ihr angestellt hatte, es war äußerst wirksam. Denn Georgia verhielt sich endlich völlig normal und zeigte wenigstens ein bisschen Rachsucht.

In der folgenden Woche überschlugen sich die Medien. Nach Harrys Bericht hatte die Staatsanwaltschaft Ermittlungen aufgenommen, und Falk von Klingenburg saß wegen Fluchtgefahr in Untersuchungshaft. Die Beweislage gegen ihn war erdrückend. Konstantin hatte man bisher nichts nachweisen können, doch trotz oder wegen seiner zahlreichen Dementis stand sein Name jeden Tag in der Zeitung. Der Imageschaden war katastrophal. Seinen Bankposten hatte er zwar behalten, politisch jedoch, wurde gemunkelt, würde er den Ball zukünftig flacher halten müssen. Und sein Traum, Finanzminister zu werden, war wohl endgültig ausgeträumt, wie Harry am Rande einer Pressekonferenz herausgefunden hatte und genüsslich in TOP NEWS berichtete.

Georgias Reaktion auf die ganze Geschichte war zwar lange nicht so enthusiastisch, wie Antonella erwartet hatte, doch immerhin hatte sie ihre distanzierte Haltung inzwischen ganz aufgegeben und meinte sogar ein wenig hämisch: »Pech für ihn! Er wollte so gerne Finanzminister werden, das war sein Lebenstraum, und dafür wäre er wahrscheinlich auch über Leichen gegangen. Das geschieht ihm wirklich recht! Und weißt du, was das Beste ist?«, fügte sie schadenfroh hinzu. »Das Beste ist, dass er nie erfahren wird, aus welcher Richtung der Schuss kam!« Sie lächelte Antonella an, die ein bisschen enttäuscht deswegen aussah. »Außerdem wird er bestimmt nicht mit Yvonne auf den Caymans flittern können …«

»Da wäre nur noch eine Kleinigkeit«, Antonella zögerte, »du solltest mal den Harry anrufen.«

»Ja klar, mache ich, das war echt nett von ihm.« Georgia zeigte sich großzügig.

»Ähm«, Antonella hüstelte, »ich glaube, ein Danke reicht ihm nicht ganz. Ich habe ihm versprochen, dass du mit ihm ausgehst …«

KAPITEL 9
Hundstage

Wie siehst du denn aus? Du hast doch gleich dein Date mit Harry.« Antonella war fassungslos. Seit wann verließ Georgia ungeschminkt das Haus? Und noch dazu in Jeans und einem weiten T-Shirt? Da war sie ja schicker zurechtgemacht, wenn sie nur zu den Yogis ging!

»Eben drum! Ich möchte vermeiden, dass er auf falsche Gedanken kommt. Ich gehe mit ihm aus, weil er dafür gesorgt hat, dass Konstantin einen verdienten Dämpfer bekommen hat, und weil du es ihm versprochen hast. Er soll keinesfalls denken, ich hätte mich für ihn schick gemacht.«

»Keine Sorge, Georgilein, das wird er bestimmt nicht!«

Doch selbst Antonella hätte Harrys Reaktion nicht vorhersehen können, als er pünktlich um halb acht erschien. Der Schuss war klar nach hinten losgegangen. »Also Georgia, du siehst ja super aus!«, begrüßte Harry sie erfreut und drückte ihr linkisch einen Strauß Sonnenblumen in die Hand. »Ich finde das echt gut, wenn Frauen sich nicht immer so aufbrezeln, sondern auch mal natürlich aussehen. Manchmal ist das ja angebracht, und einen kurzen Rock sieht man als Mann immer gern, aber wahre Schönheit braucht so etwas nicht. Um ehrlich zu sein, mir war dein Outfit auf der Party schon fast zu aufgedonnert. So etwas wirkt doch immer ein bisschen überheblich.«

»Ach, daher die Blumen?« Georgias Stimme klang eisig.

»Wieso, was haben denn die damit zu tun?«, fragte Harry verwirrt.

»Sonnenblumen bedeuten: Du bist zu stolz und anspruchsvoll.«

»Oh, das wusste ich nicht.« Harry war ernsthaft bedrückt.

»Das ist doch alles total überholt. Darauf achtet heutzutage kein Mensch mehr«, schaltete sich Antonella rettend ein. »Jetzt gib mir mal die Blumen, damit ich sie in eine Vase stellen kann. Die sehen im Wohnzimmer bestimmt klasse aus. Und ihr macht euch einen schönen Abend.« Sie konnte sich ein anzügliches Grinsen nicht verkneifen, als sie Georgia Richtung Wohnungstür schob.

»Moment mal«, Georgia drehte sich abrupt um. »Hugo fehlt noch!«

»Wie, der Hund kommt mit? Wieso das denn? Ist doch Antonellas Hund.« Dieser Abend begann ganz anders, als Harry sich das vorgestellt hatte.

»Selbstverständlich kommt er mit. Hugo mag rechtlich betrachtet vielleicht Antonellas Hund sein, aber ich bin seine Bezugsperson. Ich würde ihn nie länger als eine Stunde alleine lassen. Aber wenn du damit ein Problem hast, gehen wir eben nicht essen, sondern nur schnell einen Cocktail trinken.«

Georgias Hoffnung, den Abend so abzukürzen, wurde allerdings sofort im Keim erstickt. »Nein, nein, ist gar kein Problem. Der Hugo ist ja ein supernetter Hund.«

»So, Schätzchen, dann lass dich mal anleinen!«

Antonella fiel auf, dass Georgia für diesen Abend ihre Lieblingsleine gewählt hatte, ein Modell von Burberry's, an dem auch ein kleines kariertes Cape befestigt war. Echt peinlich! Harry tat ihr jetzt wirklich leid. Georgia war offenbar in übelster hanseatischer Zickenlaune. Das würde kein Spaß für ihn werden.

Georgia hatte es schlicht für unmöglich gehalten, dass ihre Laune sich noch weiter verschlechtern könnte, aber das Etablissement, in das Harry sie ausführen wollte, ließ ihre Stimmung sogar noch unter den Nullpunkt sinken. Das Tres Cojotes war ein lauter TexMex-Schuppen, der sich trotz der Geruchsmischung aus ranzigem Fett und Zigaretten offensichtlich größter Beliebtheit erfreute. Die einzige Erklärung hierfür konnte nur das Schild am Eingang sein, auf dem stand: »Happy Hour jetzt täglich bis 21 Uhr!« Souverän bugsierte Harry Georgia und Hugo durch die Menge zu einem freien Tisch im hinteren Teil – »Da ist es einfach gemütlicher als vorne an der Bar.« – und bestellte unterwegs bei der Bedienung gleich einen Pitcher Piña Colada. Georgia war sich inzwischen nicht einmal mehr sicher, ob sie den Abend ohne Nervenzusammenbruch durchstehen würde. Piña Colada – am besten noch mit Ananas und Schirmchendeko! Wer trank denn so etwas? Sie selbst hielt sich in der Regel an Champagner und trockenen Weißwein. Aber es half nichts: Harry hatte Konstantin professionell und dauerhaft blamiert, und dafür war sie ihm ein Date schuldig. So einfach war das.

»... eigentlich bin ich ja Fotograf, weißt du. Ich habe da meinen ganz eigenen Stil. Der ist natürlich ein wenig ungewöhnlich, sehr individuell, das kennt das Fachpublikum so noch nicht. Deswegen habe ich auch noch keine Bilder verkauft. Aber ich bin mir sicher ...«

Georgia, die Harrys Redefluss nun seit zwanzig Minuten praktisch kommentarlos hatte über sich ergehen lassen, reichte es. Sie ließ ihr Besteck auf den Teller mit dem faden Chicken-Burrito fallen und stand auf. »Ich bin gleich wieder da. Nein, Hugo, schön dageblieben. Kein Grund zu knurren.«

Der zurückgelassene Mops starrte seinem Frauchen panisch nach und versuchte, sich von seiner Leine zu befreien, während Georgia zielstrebig in Richtung Damentoilette entschwand. Kaum dort angekommen, zückte sie ihr Handy und wählte Antonellas Nummer. »Antonella, es ist so schrecklich, das kannst du dir nicht vorstellen! Könntest du nicht rein zufällig hier vorbeikommen, wir sind im …«

»Sorry, Georgia«, schnitt Antonella ihr lachend das Wort ab, »aber ich liege gerade am Strand vor der Frankfurter Botschaft im Liegestuhl und trinke Äppler. Du stehst das bestimmt locker durch – du hast doch den Hugo dabei!«

Ja, sie hatte Hugo dabei, und der war wenigstens ein wahrer Schicksalsgenosse, ganz im Gegensatz zu Antonella, dieser treulosen Verräterin! Georgia schloss sich in eine Kabine ein und versuchte ihre Nerven mit Hilfe einer kurzen Atemmeditation wiederzugewinnen. Nach fünf Minuten gab sie auf, es war einfach aussichtslos! Um solchen Härtefällen wie Harry mit Gleichmut zu begegnen, war sie einfach noch nicht weit genug mit ihrer Yogapraxis. Wobei sie fast sicher war, dass in Gegenwart dieses Menschen sogar dem Dalai Lama das Lächeln vergehen würde.

Immer noch völlig entnervt kehrte sie an den Tisch zurück. Schon aus der Ferne sah sie, dass etwas nicht stimmte. Harrys puterrotes Gesicht biss sich unschön mit seinen rotblonden Haaren. Er gestikulierte aufgeregt, während eine Kellnerin unter dem Tisch kniete und zwei weitere herangeeilt kamen. Im Näherkommen hörte sie ein erbärmliches Wimmern. Hugo! Georgia drängte sich an einigen neugierigen Gästen vorbei. Unter dem Tisch kauerte ihr Liebling, würgte heftig und spuckte Harry Hackfleisch auf die Schuhe.

»Was hast du mit ihm gemacht?«, fuhr Georgia Harry mit kaum gezügeltem Zorn in der Stimme an.

»Es tut mir so leid! Ich wollte mich doch nur ein bisschen mit ihm anfreunden. Und der Rinder-Burrito ist wirklich gut. Mir hat er ja auch nicht geschadet.«

Georgia ignorierte Harrys zerknirschte Entschuldigungen. »Bist du wahnsinnig? Du hast ihm gewürztes Fleisch gegeben? Das ist unverantwortlich! Da könnte er Gastritis bekommen oder Schlimmeres!« Sie nahm den leidenden Hugo auf den Schoß und redete beruhigend auf ihn ein, während sie in Gedanken eine Liste der zehn grausamsten Todesarten für Harry erstellte. Der war inzwischen ganz unter dem Tisch verschwunden und versuchte, sich das erbrochene Fleisch von Schuhen und Hose zu wischen. Was Hugo betraf, so hatte auch Georgias Rückkehr kaum Wirkung gezeigt. Nach wie vor litt er melodramatisch. Da half alles nichts, der Ärmste musste sofort zum Tierarzt. Sie schob ihren Stuhl zurück und fauchte unter den Tisch: »Ich bringe den armen Hugo jetzt zum Tierarzt. Mach dir keine Mühe, ich gehe allein! Und wenn der Hund morgen nicht wieder gesund ist …« Georgia ließ die Drohung im Raum stehen und marschierte mit Hugo auf dem Arm energisch aus dem Lokal.

Typisch, mal wieder kein einziger Wagen am Taxistand! Sie telefonierte nach einem Taxi und suchte in ihrem Blackberry bereits nach der Notfallnummer des Tierarztes, als Hugos Wimmern erstarb und er so lange strampelte, bis sie ihn auf den Boden setzte. Dort schüttelte er sich putzmunter und rieb sich ein bisschen an Georgias Knöchel. Sie starrte ihn fasziniert an. Ein Hund konnte doch wohl nicht simulieren, oder? Egal, immerhin war sie den furchtbaren Harry los. Auf Hugo war Verlass! Und da offenbar ein Wunder geschehen war, konnten sie direkt nach Hause fahren und sich von diesem schrecklichen Abend erholen.

Antonella erschien zwei Stunden später auf der Bildfläche und fragte betont unschuldig: »Na, wie war's?«

»Frag nicht! Der Unmensch hätte fast den kleinen Hugo vergiftet … Und bei dir? Wie war es am Main?«

»Ganz nett, aber jetzt muss ich kreativ träumen«, antwortete Antonella, bevor sie sich gähnend in ihr Zimmer verzog. Am nächsten Morgen musste sie fit sein für die Vorbesprechung mit ihrem nächsten Kunden. »Da bin ich besser mal in Topform! Kann mir gar nicht vorstellen, dass das einer von Bucks Freunden sein soll. Dieser Mertens ist so ein total spießiger und spaßbefreiter Banker.«

Georgia blieb ein bisschen wehmütig in der Küche sitzen. Die letzten Wochen mit den Renovierungsaktionen hatten ihr trotz aller anderen Sorgen riesig Spaß gemacht. Aber am Montag war auch für sie Schluss mit lustig, dann musste sie an die Arbeit zurück.

»Fernando, jetzt hör mir doch mal zu! Ich kenne den Kunden schon seit Jahren. Der möchte das eben so.«

»Wie gut kennst du ihn denn?« Fernando Herreras, der Seniorpartner, der seit kurzem die New Yorker Niederlassung ihrer Beratungsfirma leitete, grinste anzüglich und zeigte seine frisch gebleichten Zähne. »Es wird ja sicher einen Grund geben, warum Benton ausgerechnet dich als Projektleiterin angefordert hat, oder?«

»Vielleicht, weil er meine Arbeitsweise schätzt?«, schoss Georgia giftig zurück. »Und damit das auch so bleibt, solltest du dich nicht ständig querstellen. Ich gehe gern mit dir die Projekte durch, die ich für ihn während meiner New Yorker Zeit gemacht habe. Dann können wir uns noch einmal in aller Ruhe meine Planung ansehen. Das Konzept ist absolut zielführend und zeitnah umzusetzen.«

»Vielleicht besprechen wir das heute beim Abendessen? Du hast doch sicherlich ein Abendkleid dabei.« Da war es wieder, dieses anzügliche Grinsen, das Georgia seit ihrer Ankunft ständig verfolgte. Fernando hielt sich ganz klar für unwiderstehlich. Sicher, er sah gut genug aus, um erfolgreich den Weiberhelden zu spielen, aber sie hatte für den geleckten, übereitlen Typ Mann nichts übrig – und schon gar nicht, wenn er ihr Chef war!

»Ich denke«, erwiderte sie kühl, »wir halten das lieber rein beruflich.«

»Das ist sehr schade. Ich denke, wir würden uns auf persönlicher Ebene sehr viel besser verstehen. Jede Wette, du hast ein paar Talente, mit denen du mich sehr viel mehr beeindrucken könntest als mit deinen professionellen Qualifikationen. Hinter dieser kalten Fassade schlummert bestimmt ein Vulkan, der nur zum Ausbruch gebracht werden muss, oder?« Fernandos Stimme hatte sich zu einem tiefen Flüstern gesenkt, und er näherte sich ihr. Angewidert und sprachlos wich Georgia zurück. Dann drehte sie sich um, und ohne ihn eines weiteren Blickes zu würdigen, machte sie einen möglichst souveränen Abgang.

Bebend vor Wut schloss sie die Glastür ihres Büros am anderen Ende des Ganges. In dieser aufgeladenen Stimmung zwischen dreister Anmache und offener Feindseligkeit würde sie nicht mehr lange durchhalten. Vielleicht war es überhaupt eine schlechte Idee gewesen, den Auftrag in New York anzunehmen. Die letzten drei Wochen hatte Fernando ihr das Leben zur Hölle gemacht. Er war zu ihrer Zeit noch nicht im New Yorker Büro gewesen und nahm die auswärtige Projektleiterin nicht gerade mit offenen Armen auf. Zumal er sich wohl bei einem derart wichtigen Kunden selbst gerne profilieren würde. Genervt angelte sie sich aus ihrer Handtasche die Lunchbox, die sie am Morgen in Macy's Feinkostabteilung erstanden hatte. Zeit für eine kurze Mittagspause. Als sie gerade die ersten Bissen ihres Sandwiches gegessen hatte, klingelte das Telefon.

»George, du klingst ja schrecklich!« Es war Sophie.

»Ich habe nicht mehr als Hallo gesagt …«

»Und wenn schon? Ich wollte mich eigentlich für später mit dir verabreden, aber jetzt erzähl erst mal, was los ist.«

»Ach, Fernando ist unerträglich.«

»Vergiss den Idioten! Dieser schmierige, kleine Argentinier macht es keine drei Monate mehr. Ich habe gehört, dass Helen vom Accounting bei einem Anwalt war und vorhat, ihn zu verklagen. Der ist hier schneller raus, als er sexuelle Belästigung buchstabieren kann. Weißt du, was du brauchst? Eine nette kleine Shoppingtour und ein schickes Restaurant! Das hilft doch immer gegen schlechte Laune.«

»Ich weiß nicht. Irgendwie steht mir der Sinn nicht danach ...«

»Was? Das gibt's doch gar nicht! Georgia Holtau will nicht shoppen gehen? Du darfst dir den Stress mit diesem Ekelpaket wirklich nicht so zu Herzen nehmen.«

Sophie hatte natürlich Recht, aber Georgia wollte ihr am Telefon nicht sagen, dass Fernando nicht das einzige Problem war. Früher hatte ihr das Leben hier so viel Spaß gemacht, die Shopping-Exzesse, die Bars und Restaurants, die ganze große Glitzerwelt von New York City eben. Aber jetzt hatte sie das Gefühl, eine Außenseiterin zu sein, als gehöre sie nicht mehr hierher. Es war einfach nicht mehr dasselbe. Ihre Zeit in New York war vorbei, das spürte sie ganz deutlich. Natürlich war sie mit Sophie schon shoppen gewesen, aber diesmal hatte es ihr wenig Spaß gemacht. Sie hatte nur ein paar Kleinigkeiten für Hugo und einen Juicy-Couture-Jogginganzug für Antonella gekauft. Sie vermisste die beiden sehr. Und vor allem vermisste sie dieses neue, leicht chaotische Leben, das sie drei in den letzten Wochen in Frankfurt geführt hatten. Denn trotz des Dramas mit Konstantin hatte es viele Momente gegeben, in denen sie sich glücklich gefühlt hatte. Und diese Momente hatte sie Hugo und Antonella zu verdanken. Am liebsten wäre es ihr, wenn sie einfach so weiterleben könnte mit Spaziergängen, Yoga und Renovierungsaktionen. Sie sah auf die Uhr. Zehn nach zwei, das hieß, in Deutschland war es jetzt kurz nach acht. Vielleicht sollte sie Antonella anrufen. »Sei mir nicht böse, Sophie, wir reden später. Jetzt muss ich noch mal kurz telefonieren, bevor ich weitermache.«

»Alles wird gut, George, keine Sorge!«

Georgia räumte schnell die Reste des Mittagessens beiseite und wählte die Frankfurter Nummer.

»… das Chaos ist doch nur ein Zwischenstadium, morgen sieht hier alles ganz wunderbar aus! Sie müssen mir schon ein bisschen vertrauen! Und der Elektriker kommt auch ganz sicher, ich habe gerade mit ihm telefoniert.« Antonella war mit ihren Nerven fast am Ende. Sie hatte gleich ein schlechtes Gefühl gehabt, als sie den Auftrag von diesem fürchterlichen Banker übernommen hatte. Wie konnte der Mann sich nur über jede Kleinigkeit so aufregen! Ob die Renovierung jetzt ein paar Tage länger dauerte oder ein paar Hunderter mehr kostete, war doch wirklich nicht der Punkt. In diesem Projekt war einfach der Wurm drin. Gut, sie musste zugeben, dass einige Probleme ihre Schuld waren. Mit dem neuen Parkett hatte sie Mist gebaut, und deshalb war es zu der kleinen Verzögerung gekommen. Aber was waren denn schon vier Tage? Und irgendwie hatte sie vergessen, dass ihr Kunde bei der Vorbesprechung etwas von »kein Grün« gesagt hatte. Aber mit diesem Spießer ohne Geschmack war einfach nicht zu reden. Der verstand kein Wort von dem, was sie ihm sagte. Es war ganz so, als sprächen sie zwei unterschiedliche Sprachen. Nicht einmal auf ihr Flirten sprach der Mensch an. Das klappte doch sonst immer! So machte das jedenfalls nicht den geringsten Spaß! Bei der Renovierung ihrer eigenen Wohnung und bei Christoph Buck war alles prima gelaufen, aber da hatte sie sich auch nicht mit Kosten und sonstigem Quatsch herumschlagen müssen. Das hatte praktischerweise Georgia übernommen, die mit diesem grauenhaften Menschen bestimmt auch viel besser klar käme.

»… ist wohl das Mindeste, was ich verlangen kann. Aber wenigstens haben Sie heute nicht diesen Hund dabei!«, fauchte Mertens sie an.

O Gott, Hugo! Sie hatte ihn heute Morgen zuhause gelassen, weil sie keine weiteren peinlichen Zusammenstöße riskieren wollte. Aber eigentlich war der Plan gewesen, mittags kurz heim zu radeln, mit ihm Gassi zu gehen und die Töle dann an Harry zu übergeben. Der hatte sich tatsächlich erweichen lassen, es noch einmal mit Hugo zu versuchen. Das hatte sie ja total vergessen! Hektisch kramte sie ihre Sachen zusammen, verabschiedete sich von ihrem verdatterten Kunden und raste nach Hause. Mit der Post in der Hand betrat sie die Wohnung und fiel fast um – es stank bestialisch! Und dann saß das kleine Miststück auch noch wie die steingewordene Anklage vor Georgias Schlafzimmertür und drehte ihr beleidigt den Rücken zu. Das war wirklich die Höhe!

Erst als er Antonella mit dem Dosenöffner hantieren hörte, bequemte Hugo sich in die Küche und würgte mit Todesverachtung das Fertigfutter hinunter, das sie ihm hinstellte. So eine unangemessene Behandlung war er weder von Tante Elsa noch von Georgia gewohnt! Während er fraß, putzte Antonella gereizt die Bescherung im Gang auf. Dann zerrte sie Hugo zu einem kurzen Abendspaziergang auf die Straße. Als sie nach Hause zurückkehrte, hatte ihre Laune den Tiefpunkt erreicht. Der elende Köter hatte zwar lustlos an mehreren Bäumen geschnüffelt, aber offensichtlich keinen gefunden, der seiner Hoheit für ein abendliches Geschäft angemessen erschienen war. Das hieß wohl oder übel, dass sie vor dem Schlafengehen eine weitere Runde mit ihm drehen musste. Entnervt und hungrig machte sich Antonella an die Vorbereitung ihres Abendessens und setzte einen Topf Wasser für Nudeln auf. Klar, genau jetzt musste das Telefon läuten! Wenn das wieder dieser Bankfritze war, würde sie nicht abheben.

Aber es war Georgias New Yorker Büronummer. »Georgia, hallo! Gott sei Dank, ein normaler Mensch! Hier ist echt die Hölle los. Wie läuft es im Big Apple?«

»Frag nicht! Mein Boss ist einfach unerträglich. Ständig legt er mir Steine in den Weg. Und statt vernünftig mit mir zu reden, macht er mich auf widerwärtige Weise an …« In epischer Breite wiederholte sie aufgebracht ihre Streitereien mit Fernando.

Derweil warf Antonella eine Portion Nudeln in das kochende Wasser und schob sich zur ersten notdürftigen Befriedigung ihres Hungers ein paar Kirschtomaten in den Mund. »O Mann, das klingt echt übel«, nuschelte sie. »Aber falls es dich tröstet, hier sieht es auch nicht besser aus. Dieser Mertens, dem ich gerade seine spießige Bude auf Vordermann bringe, ist ein Vollidiot. Er quatscht mir ständig rein und redet irgendwelchen Unsinn von wegen Zeitplan und Kostenkalkulation. Und als ich vorhin nach Hause kam, hatte Hugo mal wieder sein Revier im Gang markiert. Widerwärtig! Ich komm einfach nicht klar mit ihm. Ich glaube, er vermisst dich sehr, und ich natürlich auch! Du würdest mit diesem Bankheini viel besser zurechtkommen als ich.«

»Der arme kleine Hugo! Geht es ihm denn sonst halbwegs gut? Und frisst er ordentlich? Ihr fehlt mir auch ganz schrecklich … Aber, Antonella«, Georgias Tonfall war nun wieder geschäftsmäßig, »du musst dich wirklich zusammenreißen, das ist ein wichtiger Auftrag! Herr Mertens kennt Gott und die Welt und kann dich wunderbar weiterempfehlen, wenn alles glattläuft. Schick mir doch die Rechnungen, dann schaue ich mir die Kalkulation noch einmal an. Ist übrigens wichtige Post gekommen?«

Antonella zog den Stapel zu sich herüber, den sie vorhin einfach auf den Küchentisch geworfen hatte, und blätterte ihn durch. »Ich schau nach. – Nein, nix für dich. Aber da ist ein Brief von Stern! Ohne Briefmarke, den hat er wohl heute selbst eingeworfen. Warte, ich mache ihn gleich auf. Vielleicht bekomme ich ja mehr Geld!« Sie öffnete den Brief und begann, ihn laut vorzulesen: »*Sehr geehrte Frau De Anna, ich bedauere sehr, Ihnen heute eine Abmahnung schicken zu müssen. Wie Sie wissen, wurde ich von Ihrer Großtante zu regelmäßigen Kontrollbesuchen beauftragt. Bei der letzten Durchführung meiner diesbezüglichen Verpflichtung am heutigen Nachmittag traf ich Sie leider nicht zuhause an. Allerdings konnte ich aus der Wohnung sehr klar Hugo von Hofmannsthals Wimmern und Jaulen vernehmen. Zudem hing im Treppenhaus ein Geruch, der den Schluss nahelegt, dass der Hund nicht nur kurze Zeit allein gelassen worden war (was im Rahmen des Testaments durchaus akzeptabel wäre), sondern dass ganz im Gegenteil das Tier nicht den erforderlichen Ausgang zur Erfüllung seiner Bedürfnisse bekommt. Ich muss Sie dringlich auffordern, dem Hund mehr Aufmerksamkeit zu widmen und sich sorgfältig um sein Wohlergehen zu bemühen. Ich denke, ein Hinweis auf die Verfügungen im Testament Ihrer Großtante erübrigt sich an dieser Stelle. Beste Grüße, Dr. Adrian Stern.* Ach du Scheiße! Das hat mir gerade noch gefehlt!«

»Wie, du hast Hugo den ganzen Tag allein gelassen? Das kannst du doch nicht machen!«

»Du hast leicht reden«, raunzte Antonella ihre Freundin an. »Was meinst du denn, wie es hier zugeht? Ich arbeite praktisch Tag und Nacht. Beim Sport war ich auch nur ein einziges Mal. Und jetzt habe ich schon wieder drei Leute auf dem Anrufbeantworter, die wollen, dass ich ihre Wohnungen verschönere. Wie soll ich das denn auf die Reihe kriegen? Das wird mir alles zu viel! Und du machst dir nur Sorgen, ob es Hugo gut geht! Zu dem Bankheini kann ich ihn nicht mehr mitnehmen, da hat er an einer Stelle die frische Tapete von der Wand gerissen, und ich musste alles noch mal machen. Und dann kommt natürlich prompt dieser Typ nach Hause und sieht das ganze Chaos. Also, nachdem er es geschafft hatte, an Hugo vorbei überhaupt in seine Wohnung zu kommen. Da ist er komplett ausgerastet!«

Doch Georgia hatte keine Zeit, Antonella zu beruhigen. Ein Blick aus ihrem Glaskastenbüro genügte, und sie wusste, dass ihre kurze Mittagspause ein abruptes Ende nehmen würde. Fernando Herreras näherte sich im Stechschritt, wild mit einigen Bogen Papier in der Hand fuchtelnd. »Sorry, Antonella, ich muss aufhören. Fernando macht schon wieder Stress.«

Kaum hatte sie aufgelegt, stürmte der Seniorpartner schon in ihr Büro: »Wo steckst du denn? Du hast dieses Projekt absolut nicht unter Kontrolle! Eins sag ich dir, ich bin mit deiner Performance alles andere als zufrieden!«

»Jetzt reicht es mir aber!« Georgia platzte der Kragen. »Du ziehst dieses ganze Theater doch nur ab, weil ich nicht mit dir ausgehe!«

»Was erlaubst du dir eigentlich?«, tobte Fernando weiter. »Meinst du, ich kann dich hier nicht rauswerfen, bloß weil du einen Vertrag mit dem Frankfurter Büro hast?«

Georgia holte tief Luft und richtete sich kerzengerade auf. Sie hatte in den letzten Tagen viel nachgedacht, und jetzt war der richtige Zeitpunkt für eine endgültige Entscheidung gekommen. Als sie ihm antwortete, war ihre Stimme eiskalt. »Es wird nicht nötig sein, dass du mich rauswirfst. Ich gehe nämlich – freiwillig und endgültig. Frankfurt bekommt meine Kündigung am Montag.«

»Was? Das kannst du doch nicht machen!« Fernando sah aus, als wäre ihm sein Hemdkragen plötzlich mehrere Nummern zu klein. »Und was wird aus dem Projekt? Benton will unbedingt mit dir arbeiten!«

»Das, mein Lieber, hättest du dir etwas früher überlegen müssen. Aber ich bin mir sicher, mit deiner charmanten Art wirst du ihn leicht davon überzeugen können, dass es am besten ist, wenn du das Projekt selbst betreust. Du willst doch nicht einen deiner wichtigsten Kunden verlieren, oder?« Damit griff sie nach Mantel und Tasche und ließ Fernando stehen. In der Tür drehte sie sich noch einmal um, fischte aus einem Seitenfach ihrer Tasche die Büroschlüssel – »Die brauche ich ja nicht mehr!« – und warf sie ihm zu. Mit hocherhobenem Kopf rauschte sie aus dem Büro.

Im Taxi auf dem Weg zum Hotel buchte Georgia telefonisch ein Ticket für den Nachtflug nach Hause. Sollte sie Antonella Bescheid sagen? Nein, entschied sie, das war wohl nicht nötig. Diesmal war sie sicher, dass sie in Frankfurt keine Überraschungen zu erwarten hatte. Ganz im Gegenteil, sie war diejenige, die eine Überraschung parat hatte. Georgia klappte ihr Notebook auf, öffnete eine neue Datei und dachte kurz nach. Dann tippte sie »Hugo's Affairs« …

KAPITEL 10

Neuanfänge

Nun geh schon hin!«, flehte Antonella mit dem Telefon am Ohr. Doch am anderen Ende sprang nur der Anrufbeantworter an: »Harry Kowalski ist gerade auf Recherche. Insider-Informationen bitte nach dem Pfeifton.«

»Harry? Harry, bist du da? Harry, du musst mir unbedingt helfen! Kannst du bitte heute den Hugo versorgen? Bitte!! Jetzt geh doch schon ran. Wo bist du denn?« Doch es hatte keinen Zweck. Harry meldete sich nicht. Sie versuchte es auf seinem Handy, doch auch da war nur die Mailbox gesprächsbereit. Antonella war verzweifelt. Es war Freitagmorgen, kurz vor halb neun. In einer guten halben Stunde musste sie bei diesem Erbsenzähler Mertens sein und den letzten Schliff in seine Wohnung bringen. Hoffentlich hatte wenigstens der verdammte Elektriker ein Einsehen und kam diesmal auch wirklich! Denn ohne professionelle Verkabelung würde ihr spektakuläres Beleuchtungskonzept ziemlich düster aussehen – von der Laune des einflussreichen Bankers ganz zu schweigen. Im Stehen schlang sie ihr Müsli hinunter. Was sollte sie denn nur tun? Plötzlich hörte sie erst ein Klingeln, dann ein Rumoren an der Wohnungstüre. Bitte nicht schon wieder dieser Stern, dachte Antonella entsetzt. Es war aber Georgia, die in den Untiefen ihrer Riesenhandtasche doch noch den Wohnungsschlüssel gefunden hatte und nun ein wenig zerknautscht vom Flug, aber mit einem strahlenden Lächeln in der Diele stand.

»Georgia! Was machst du denn hier?« Antonella war völlig perplex, wartete aber nicht einmal eine Antwort ab, sondern plapperte los. »Dich schickt der Himmel! Ich kann den Harry nämlich nicht erreichen. Ich wollte ihn fragen, ob er sich heute um den Hund kümmert. Ich muss unbedingt in einer halben Stunde wieder bei meinem Kunden sein und seine Wohnung fertig machen. Der Elektriker hat mir hoch und heilig versprochen, dass er heute kommt und endlich die Lampen anschließt. Dann kann ich noch die Deko machen und aufräumen. Um zwei wollte seine Putzfrau kommen und sauber machen. Und wenn ich ganz viel Glück habe, ist um fünf alles fertig und auch mein Kunde glücklich! Wenn nicht – ich mag gar nicht daran denken … Kannst du nicht mitkommen, bitte? Zu zweit würden wir es auf jeden Fall schaffen! Bitte!« Sie sah Georgia mit ihrem typischen Dackelblick an.

Die lächelte, schüttelte jedoch den Kopf. »Tut mir leid, ich bin völlig groggy und muss erst ausschlafen. Außerdem wirst du alles ausgezeichnet alleine hinbekommen, da bin ich sicher. Das ist gut fürs Selbstwertgefühl.«

»Na gut«, Antonella klang ein bisschen enttäuscht, »aber kümmerst du dich wenigstens um Hugo?«

Die Frage erübrigte sich. Hugo war, als er Georgia gehört hatte, im gestreckten Galopp in den Flur gerast und kuschelte sich nun laut fiepend wie liebeskrank an Georgias Fesseln.

»Natürlich kümmere ich mich um meinen kleinen Liebling!« Sie beugte sich hinunter und nahm Hugo auf den Arm. »Ich habe dir auch etwas mitgebracht.«

»Wem denn?« Antonella war sich nicht sicher, wer eigentlich gemeint war.

»Euch beiden natürlich. Aber dein Geschenk ist noch im Koffer, das kriegst du später.« Sie setzte Hugo auf den Boden zurück, wo er seinen ekstatischen Freudentaumel fortsetzte.

»Toll, aber ich muss jetzt los!« Mit diesen Worten hob Antonella ihr Mountainbike von seiner Halterung im Flur, trug es zur Tür und war verschwunden.

»Hugolein, mein süßer, kleiner Schatz, hast du mich denn sehr vermisst?« Georgia ging in die Küche und kramte in einer hübschen Keramikdose nach Hugos Lieblingsleckerlis. Sie war zwar erschöpft von dem langen Flug, aber ansonsten bester Dinge. Kein Vergleich zum letzten Mal, als sie von einem Auslandsprojekt nach Hause gekommen war. Sie lächelte versonnen, denn Hugo hatte sich inzwischen auf den Rücken geworfen und wollte am Bauch gekitzelt werden. Auch wenn Antonella und Hugo nicht gerade ihrem Idealbild von Familie entsprachen, waren sie ihr doch viel mehr ein Zuhause, als es Konstantin mit seiner schicken Designer-Wohnung in all den Jahren gewesen war. Und ihren Job, auf den sie lange so stolz gewesen war, würde sie mit Sicherheit nicht vermissen. Sie freute sich auf das vor ihr liegende Abenteuer. Ihr Plan war schon ziemlich ausgereift: Sie wollte sich mit Antonella zusammen selbstständig machen und mit professionellem Interior Design ein ernsthaftes Business aufziehen. Endlich würde sie auf die Bedürfnisse von echten Menschen eingehen können, statt immer nur Unternehmen zu Tode zu optimieren. Gut, sie wusste nicht, wie Antonella auf diese Idee reagieren würde, aber warum sollte sie dagegen sein? Wenn sie sich nur auf den kreativen Part konzentrieren dürfte, ohne Angebote, Kalkulationen und Verhandlungen – das müsste sie eigentlich in Begeisterung versetzen.

»So, mein Süßer. Ich packe jetzt mal meinen Koffer aus und ziehe mich um, und dann geht's los!« Sie riss sich von Hugos weichem Bäuchlein los und ging in ihr Schlafzimmer. Wenige Minuten später war sie mit ihrem Laptop bewaffnet wieder in der Küche. Auf dem Tisch sichtete sie den chaotischen Poststapel, den Antonella hinterlassen hatte. Da lag auch der

Brief von Dr. Stern. Darum würde sie sich auch noch kümmern, aber zunächst machte sie sich mit einer großen Tasse Tee an die Arbeit. Gegen Mittag stand das Grundgerüst ihres Konzepts. Zufrieden streckte sie sich und gähnte herzhaft. »Hugolein, aufstehen. Zeit für eine kleine Runde!« Der kleine Hund hatte in seinem Körbchen geschlafen – er litt zwar nicht unter Jetlag, die überschäumende Freude hatte ihn aber offenbar völlig ausgelaugt. Georgia band ihm das pinkfarbene Strasshalsband um, das sie bei Saks Fifth Avenue gekauft hatte. Sie selbst trug dazu passend ein rosafarbenes T-Shirt mit appliziertem Strass-Mops. Sie hatte einfach nicht widerstehen können, als sie das Shirt entdeckt hatte, und grinste jetzt ihr Spiegelbild im Flur an. »Wir sind schon ein tolles Paar! Und jetzt werden wir Antonellas Problem aus der Welt räumen.«

Glücklicherweise war der Anwalt in seiner Kanzlei. Seine Sekretärin war zwar nur wenig begeistert, als Georgia samt Hugo ohne Termin auftauchte, ließ sich aber doch erweichen und führte sie zu ihrem Chef ins Büro.

»Hallo, Herr Dr. Stern, danke, dass Sie eine Minute Zeit für mich haben. Wie geht es Ihnen?« Sie schenkte ihm ihr charmantestes Lächeln und reichte ihm die Hand.

»Danke gut, und Ihnen? Sind Sie wieder im Lande?« Auch er lächelte.

»Ich wollte Ihnen nur sagen, dass Sie sich nicht mehr um Hugo sorgen müssen. Ab sofort werde ich von zuhause aus arbeiten, so dass er nicht mehr alleine bleiben wird. Antonella hatte ein schwieriges berufliches Projekt und konnte ihn leider nicht immer mitnehmen.«

»Es freut mich außerordentlich, dass Frau De Anna so beschäftigt ist, aber Frau Fried hat ganz klare Anweisungen in ihrem Testament hinterlassen. Hugo muss es gut gehen! Wie sie das bewerkstelligt, ist ihre Sache, aber sicher nicht dadurch, dass sie das arme Tier stundenlang alleine in der Wohnung lässt.« Adrian plusterte sich mächtig auf.

»Sicher, ich verstehe Sie ja, Herr Dr. Stern. Ich finde es auch sehr schön, dass Sie die Interessen Ihrer Mandanten – auch der verstorbenen – so ernst nehmen. Aber musste es denn gleich eine harsche, schriftliche Abmahnung sein? Antonella war völlig erschüttert. Sie hätten sie ja auch anrufen können, dann hätte sie Ihnen die Situation erklärt.« Georgia lächelte immer noch zuckersüß.

»Nun, das mit dem Anrufen ist so eine Sache. Ich habe ihr in den letzten zwei Wochen bestimmt dreimal auf den Anrufbeantworter gesprochen. Leider hat sie nie zurückgerufen.« Er klang ein bisschen vorwurfsvoll.

»Das war bestimmt keine Absicht«, log Georgia, die sich sicher war, dass Antonella nicht im Traum daran gedacht hatte, Adrian Stern anzurufen. »Sie hatte, wie schon gesagt, einen wichtigen Auftrag und war fast rund um die Uhr beschäftigt. Aber wie auch immer: Ich bin ja jetzt da, und für Hugo wird zukünftig bestens gesorgt sein!«

»Sehr schön«, Adrian schien beschwichtigt, »dann hätten wir das geklärt. Ich sehe ja, wie sehr das Tier an Ihnen hängt. Aber es wäre doch gut, wenn Frau De Anna sich mit mir zusammensetzen würde. Es gibt da einiges mit dem Haus zu klären. Wir müssten das auch nicht unbedingt in der Kanzlei besprechen, sondern vielleicht bei einem Essen.« Die letzten Worte wirkten ein wenig unsicher.

Georgia musste schmunzeln. Das sah doch eindeutig nach persönlichem Interesse aus. Sie hatte also schon auf der Party mit ihrer Vermutung Recht gehabt. »Das halte ich auch für eine sehr gute Idee. Ich sage ihr Bescheid. Auf Wiedersehen, Herr Dr. Stern, und nochmals danke!«

Als Antonella sich gegen sieben Uhr abends auf den Heimweg machte, sah auch für sie die Welt wieder rosig aus. Mit Georgias plötzlichem Auftauchen hatte eine echte Glückssträhne begonnen. Die letzten Handgriffe in der Wohnung ihres Kunden hatten problemlos geklappt. Der Elektriker war tatsächlich pünktlich gewesen und hatte Antonellas kühnen Lichtentwurf tadellos umgesetzt. In Wohn- und Schlafzimmer war keine einzige Lampe mehr zu sehen. Sie hatte jedoch an vielen Möbeln fast unsichtbare Lichtquellen befestigen lassen, die nun die beiden Zimmer höchst stimmungsvoll indirekt beleuchteten. So wirkten die eigentlich wuchtigen Sideboards im Wohnzimmer fast schwerelos. Während die Putzfrau durch die Wohnung tobte, war sie schnell in die Stadt gegangen und hatte frisches Obst für die flache Holzschale in der Küche und einen Arm voller Glücks-Bambusstäbe für die riesige neue Glasvase im Wohnzimmer gekauft. Um halb sechs war schließlich Herr Mertens mit sehr misstrauischem Blick nach Hause gekommen. Bei der Präsentation entspannte er sich aber zusehends. Er konnte kaum glauben, wie sehr sich seine Wohnung seit gestern verändert hatte. Das schlimme Chaos war schlichter Eleganz gewichen. Antonella hatte in Wohn- und Schlafzimmer die Jalousien heruntergelassen, um den spektakulären Lichteffekt zu demonstrieren. Mertens war begeistert und versprach beinahe euphorisch, Antonella und ihre Künste weiterzuempfehlen. Keine Silbe mehr von den wütenden Drohungen der letzten Tage. Ganz im Gegenteil, er hatte sich sogar entschuldigt: »Bitte verzeihen Sie meine unangemessenen Ausbrüche. Ich hätte Ihnen wirklich vertrauen sollen!«

Antonella grinste fröhlich, als sie daran dachte. Das war Balsam auf ihre Seele. Besänftigt und mit reichlich Oberwasser schloss sie pfeifend die Tür auf. In der Wohnung herrschte himmlische Ruhe, von ihren beiden Mitbewohnern war nichts zu hören und zu sehen. Antonella ging in die Küche und starrte auf den Tisch. Dort lagen neben dem Laptop einige ordentliche Stapel mit Listen voller kryptischer Zahlenkolonnen und beängstigend aussehender Tabellen. Was hatte das denn zu bedeuten? Sie machte sich auf die Suche und fand Georgia und Hugo auf dem Sofa eingekuschelt tief schlafend vor. Antonella schlich auf Zehenspitzen wieder in die Küche und fing zu kochen an. Zur Feier des Tages wollte sie Tomatensuppe als Vorspeise, gegrillte Thunfischsteaks mit Ratatouille und Reis als Hauptgericht und ein Pfirsichsorbet als Dessert zaubern.

Als eine knappe Stunde später verführerische Essensdüfte durch die Wohnung zogen, wachten Georgia und Hugo auf und kamen schlaftrunken und ein bisschen zerknittert in die Küche.

»Gut, dass du wach bist!« Antonella strahlte Georgia an und fuchtelte mit einem Kochlöffel in Richtung Tisch. »Mach mal bitte den Tisch frei. Was ist das eigentlich für ein Zeug?«

»Das ist unsere Zukunft!«, sagte Georgia würdevoll und räumte die Papierstapel beiseite.

»So viele Zahlen hatte ich ehrlich gesagt in meiner Zukunft nicht eingeplant!« Antonella klang eine Spur alarmiert und rührte hektisch in ihrem Gemüse.

»Keine Panik!« Georgia lachte. »Ich erkläre es dir beim Essen. Was gibt es denn Leckeres?«

Georgia kam aber erst beim Nachtisch dazu, ihre Pläne zu enthüllen. Vorher erzählte Antonella haarklein von ihren Heldentaten in der Banker-Wohnung und dass bestimmt Folgeaufträge zu befürchten wären.

»Das ist doch prima! Aufträge können wir gar nicht genug haben!«

»Was heißt denn in diesem Zusammenhang bitteschön

›wir‹?«, wollte Antonella mit einem Löffel Sorbet im Mund wissen.

»›Wir‹ bedeutet, dass wir beide eine Firma gründen und uns in Zukunft professionell und hauptberuflich um die Wohnsituation anderer Menschen kümmern werden!«

»Ja, aber du hast doch diesen tollen, stressigen Job! Wie soll das denn gehen?« Antonella verstand nun überhaupt nichts mehr.

»Meinen ach-so-tollen Job habe ich gestern gekündigt. Der passt nicht mehr zu mir. Aber das ist jetzt egal«, fuhr Georgia fort, als sie Antonellas erstaunten Gesichtsausdruck sah. »Ich habe bereits alles für unsere neue Karriere geplant. Schau mal hier.« Sie griff wieder nach den Listen und begann, Antonella das Konzept von Hugo's Affairs zu erklären.

Auf Antonellas Gesicht spiegelte sich während Georgias Vortrag sehr hübsch ihre Gefühlslage wider. Sie war völlig überfahren und schwankte zwischen Entsetzen und absoluter Begeisterung. Das klang richtig nach Arbeit! Anderseits klang es auch nach Spaß und vor allem nach Geld. Und wenn sich Georgia wirklich um den ganzen Planungs- und Finanzkram kümmern würde, dann könnte es vielleicht sogar etwas werden.

»Und? Sind wir nun Partner?« Georgia schaute ihre Freundin erwartungsvoll an.

»Klar«, sagte sie schwach, »das bedeutet dann wohl den endgültigen Abschied vom süßen Leben …«

»Komm schon. Das wird toll werden!« Sie prostete Antonella mit ihrem Glas Weißwein zu. »Auf Hugo's Affairs!«

»Ja, auf Hugo's Affairs und das Ende meiner Freiheit!« Doch Antonella klang schon wieder viel fröhlicher.

»Ich war heute übrigens bei Dr. Stern«, wechselte Georgia das Thema.

»Und, was hat er gesagt?« Antonellas Stimmung verdüsterte sich schlagartig. »Müssen wir ausziehen?«

»Nein, müssen wir nicht! Ich konnte ihn glücklicherweise davon überzeugen, dass es Hugo in Zukunft blendend gehen wird und er nie mehr alleine zuhause bleiben muss. Du bist aber auch selbst schuld, dass er gleich mit einem Drohbrief ankommt.« Georgia warf Antonella einen tadelnden Blick zu. »Warum hast du ihn denn nie zurückgerufen? Er hat wohl mehrmals versucht, dich zu erreichen.«

»Ich hatte doch keine Zeit«, Antonella wand sich ein bisschen verlegen, »und außerdem habe ich keine Ahnung, was der eigentlich von mir will.«

»Ich schon!« Georgia grinste. »Ich glaube übrigens, dass der Friede erst dann wieder völlig hergestellt ist, wenn du mit ihm essen gehst. Ich habe mein Möglichstes getan, jetzt bist du dran!«

»Kommt nicht in Frage!«, brauste Antonella auf. »Nur weil dein Date mit Harry so scheußlich war, muss ich mir so etwas nicht auch antun.«

»Komm schon, er ist sehr nett. Und obwohl du dich ihm gegenüber unmöglich benimmst, scheint er dich wirklich zu mögen.«

Die nächsten Wochen wurden reichlich turbulent. Georgia hatte sich mit Feuereifer an die Arbeit gemacht und einige neue Kunden akquiriert. Auch Herr Mertens hatte Wort gehalten und Antonella weiterempfohlen. So fand sich ein kleiner, aber stetiger Fluss von Interessenten auf dem Anrufbeantworter von Hugo's Affairs. Die Bibliothek hatte nun auch eine neue Bestimmung gefunden: Mit zwei großen Schreibtischen ausgestattet, wurde sie die Schaltzentrale des jungen Unternehmens. Die beiden ungleichen Freundinnen entpuppten sich als wahres Dreamteam mit einer optimalen Arbeitsteilung: Die versierte Wirtschaftsfrau Georgia kümmerte sich um Finanzen, Kundenpflege und Beratung. Als Organisationsgenie plante sie detailliert jedes Projekt und verhandelte knallhart mit den Lieferanten. Antonella dagegen kümmerte sich um Design und Umsetzung. Sie hatte einen unfehlbaren Blick dafür, was man aus dem Vorhandenen machen konnte, und die Handwerker fraßen ihr buchstäblich aus der Hand. Die meisten Kunden ebenfalls, weil sie immer gut gelaunt und fröhlich war, dabei aber auch eine sehr dominante Seite zeigen konnte. Ihre Visionen waren meist großartig, die Verbalisierung leider weniger. Ihr Lieblingssatz: »Sie müssen mir einfach vertrauen. Es wird toll!«, überzeugte nicht immer alle, aber für die schwierigen Fälle gab es ja Georgia, die nebenher noch Zeit fand, ihren Masterplan weiterzuentwickeln.

Mitte Oktober war der nächste Schritt getan. Antonella traf fast der Schlag, als sie eines Abends von einem Auftrag nach Hause geradelt kam und vor der Haustüre ein nagelneuer, silberfarbener Alfa-Romeo-Kombi parkte – verziert mit riesigen Hugo's-Affairs-Schriftzügen in Pink!

»Willst du vielleicht zukünftig bei Regen, Eis und Schnee zu den Kunden radeln?«, war Georgias knapper Kommentar zu Antonellas Temperamentsausbruch. »Die Finanzierung war kein Problem, also reg dich ab und freu dich!«

Wohlweislich erzählte sie Antonella noch nichts von einer weiteren Idee, die gerade in Arbeit war. Seit Tagen telefonierte sie mit Maklern, und heute hatte ihr endlich einer ein Objekt vorgeschlagen, das interessant klang. Als sie am nächsten Tag die Räumlichkeiten betrat, wusste sie sofort, dass es genau das war, was sie sich vorgestellt hatte: Bei dem dreihundert Quadratmeter großen Loft handelte es sich um die obere Etage eines zweistöckigen Industriegebäudes in einem Hinterhof an der Berger Straße. Der Hauptraum war an die fünf Meter hoch und hatte große, verglaste Oberlichter. Außerdem gab es noch ein kleines Büro, einen Lagerraum sowie eine Kaffeeküche und eine Toilette. Es gelang ihr nur schwer, ihr Pokerface zu bewahren, als der Makler den Preis nannte. Der lag tatsächlich zwanzig Prozent unter ihrer Kalkulation! Sofort rief sie Antonella an und bestellte sie dazu.

Pokerface war definitiv nicht Antonellas Sache. »Wow, das ist ja supercool!«, rief sie aus, als sie das Loft betrat. »Was man daraus alles machen könnte …«

Georgia zog sie beiseite, um ihr den Plan zu erklären. »Ich weiß, das kommt jetzt etwas plötzlich, aber ich habe schon eine ganze Weile darüber nachgedacht, dass wir nicht von Zuhause aus arbeiten können, wenn wir wirklich professionell auftreten wollen. Dazu brauchen wir einfach einen Showroom, in dem Kunden sehen können, was wir machen. Wir können nicht weiter alle Kunden durch unsere Wohnung führen, um zu zeigen, wie gut wir sind.«

Antonella hörte aus diesem Monolog vor allem eines heraus: noch mehr Arbeit! Woher hatte Georgia eigentlich diese ganze Energie und den Elan, immer noch mehr auf die Beine zu stellen? »Georgia, wie sollen wir das denn machen? Wir haben schon genug zu tun im Moment.«

Doch Georgia war nicht bereit, sich von ihrem Plan abbringen zu lassen. Sie erinnerte sich, wie Antonella sie zu der Geburtstagsparty überredet hatte. Jetzt war der richtige Zeitpunkt, diese Finte gegen sie selbst anzuwenden. »Du musst dich um gar nichts kümmern«, flötete sie. »Das Loftprojekt fällt ganz in meinen Bereich. Ich verspreche dir, du wirst überhaupt keine Arbeit damit haben. Und du hast doch selbst gesagt, dass dieser Raum unglaublich ist! Wer weiß, wann wir wieder so eine Chance bekommen?« Sie sah Antonella erwartungsvoll an.

»Also gut, meinetwegen, aber du machst das ganz allein!«

»Selbstverständlich!« Bevor sie zum Makler zurückgingen, zischte sie noch: »Und überlass das Verhandeln bloß mir! Ab jetzt keine übertriebene Begeisterung mehr.«

KAPITEL 11
Testosteronalarm

Während Georgia sich voller Elan in die Arbeit stürzte und den Umbau des Lofts auf den Weg brachte, war Antonella unausgeglichen und rastlos. So viel wie zurzeit hatte sie in ihrem Leben noch nie gearbeitet! »Georgia Gnadenlos«, wie sie ihre Freundin und Geschäftspartnerin inzwischen gern nannte, kannte kein Pardon. Sie war es gewohnt, permanent überdurchschnittliche Leistung zu bringen, und erwartete von ihrem Umfeld ein ähnliches Engagement. Für Antonella war das eine echte Prüfung. Zwar machte ihr die Arbeit riesigen Spaß, doch fehlte ihr der notwendige Ausgleich, und das grau-kalte Novemberwetter taugte auch nicht als Stimmungsaufheller. Den ganzen Tag hetzte sie von Baustelle zu Baustelle, hielt die Handwerker bei Laune und sich selbst Dr. Stern vom Leib. Der versuchte nämlich immer massiver, sie unter fadenscheinigen Ausreden zum Essen zu locken. Antonella war sich sicher, dass so ein Treffen nur weitere Komplikationen zur Folge hätte – am Ende müsste sie eine Möpsin anschaffen, damit Hugo eine kleine Gefährtin bekäme oder so. Eine Verabredung kam jedenfalls nicht in Frage! Über Georgias Theorie, dass Adrian Stern doch ganz offensichtlich private Interessen hegte, wollte Antonella gar nicht erst nachdenken. Doch selbst wenn es so war, wie sollte dieser überkorrekte Anwalt auf angenehme Art Abwechslung in ihr Leben bringen? Denn das war eigentlich ihr Hauptproblem: Trotz des ganzen Stresses langweilte sie sich fast zu Tode. Es war schon so lange nichts Aufregendes mehr passiert! Ihr Leben war inzwischen viel zu normal und bürgerlich geworden.

Ihre Laune war also genauso schlecht wie das Wetter, als sie gegen halb acht Uhr abends im Ostpark joggte. Auf dem Rückweg lief sie an der Eissporthalle vorbei, und da stach ihr eine Ankündigung ins Auge: »Nächstes Heimspiel der Frankfurt Lions am 5.11. um 19.30 Uhr – Gegner: Kölner Haie«. Sie war wie elektrisiert. Das war es! Warum war sie nicht schon früher darauf gekommen? Da lebte sie jetzt schon ein halbes Jahr in einer Stadt mit einer erstklassigen Eishockeymannschaft, und sie hatte noch kein einziges Spiel gesehen. Gut, man konnte nicht gerade behaupten, dass sie überhaupt schon viele Eishockeyspiele in ihrem Leben gesehen hatte – zählten denn Fernsehübertragungen bei Olympia? –, aber sie wollte jetzt nicht kleinlich sein. Eishockey war die Lösung! Die ideale Kombination aus attraktiven Männern und hartem Sport, aus Testosteron und Action pur.

»Ich hoffe, du hast morgen Abend noch nichts vor.«

Georgia saß im Büro und ging noch einige Rechnungen durch. Sie blickte auf, als Antonella mit diesen Worten in die Wohnung gepoltert kam. »Warum?«

»Weil wir morgen zum Eishockey gehen!« Antonellas Wangen waren von der Kälte gerötet, und ihre Augen blitzten vor Begeisterung.

»Wir tun was?« Georgia war völlig entgeistert.

»Wir gehen zum Eishockey! Die Frankfurt Lions spielen morgen gegen die Haie aus Köln. Das ist eine Spitzenbegegnung!«

»Was ist das denn für eine bescheuerte Idee?« Georgia klang eine Spur überrumpelt und rümpfte die Nase. Allein die Vorstellung, sich mit mutmaßlich stark alkoholisiertem Pöbel in eine Sporthalle zu begeben, verursachte ihr Gänsehaut. Manchmal musste sie sich schon sehr über Antonella wundern.

»Das ist nicht bescheuert!« Antonella war gekränkt. Sie hatte sich so in ihre Euphorie hineingesteigert, dass sie gar nicht auf die naheliegende Idee gekommen war, Georgia könnte vielleicht Vorbehalte haben. »Ich habe in den letzten Wochen geschuftet ohne Ende. Und jetzt müssen wir auch noch dieses Loft in einen Showroom verwandeln. Ganz super!« Sie sah Georgia angriffslustig an. »Und während ich von Baustelle zu Baustelle rase, sitzt du gemütlich zuhause, rechnest ein bisschen rum oder triffst dich mit den Kunden in schicken Restaurants.«

»Wir waren uns doch über die Aufgabenteilung von Anfang an im Klaren.« Georgia blieb betont sachlich. »Und ehrlich gesagt sehe ich auch den Zusammenhang mit dem Eishockey nicht. Du kannst gerne zu diesem Spiel gehen, wenn dir das wichtig ist. Aber was soll ich dabei?«

Antonella war auch nicht an einer Grundsatzdiskussion gelegen. »Georgilein, du musst aber einfach mit! Zu zweit ist es doch viiiiiiiel lustiger, und wir haben schon so lange nichts Schönes mehr zusammen gemacht. Ich habe auch schon die Eintrittskarten gekauft!« Sie hielt Georgia die Tickets triumphierend unter die Nase. Und als sie deren genervten Gesichtsausdruck sah, fügte sie frech hinzu: »Du predigst doch ständig, dass ich meinen Horizont erweitern und mich neuen Herausforderungen stellen müsste. Jetzt kannst du das zur Abwechslung auch mal tun!«

»Na schön«, Georgia seufzte resigniert, »aber nur dieses eine Mal! Komm bloß nicht auf die Idee, dass das zur Dauereinrichtung wird!« Es war ihr ein Rätsel, wie Antonella es immer wieder schaffte, ihr Sachen aufzuschwatzen, auf die sie nicht die allergeringste Lust hatte. Dann kam ihr die rettende Idee: »Moment mal, ich kann da nicht hin! Ich kann Hugo nicht so lange alleine lassen.«

Doch dieser dezente Hinweis prallte erwartungsgemäß an

der wieder völlig enthusiastischen Antonella ab. »Dann muss er eben mit! Den verstecken wir einfach in einer Handtasche!« Sie grinste, drehte sich um und verschwand fröhlich singend unter der Dusche.

Am nächsten Abend stand Antonella fertig zum Gehen und voll ungeduldiger Vorfreude an der Tür. »Georgia, wir müssen los! Bist du endlich soweit?«

Sie war soweit, doch bei ihrem Anblick traf Antonella fast der Schlag. Sie selbst war dem Anlass angemessen in Jeans, dickem Rolli, Daunenjacke, Stiefeln und Basecap gekleidet. »Das ist nicht dein Ernst?!«, platzte sie heraus. »Wir gehen zum Eishockey und nicht zum Après-Ski nach St. Moritz!«

Georgia trug über einem beigen Bouclé-Rock und braunem Kaschmirrolli einen hellen Nerzmantel, dazu zierliche dunkelbraune Wildlederstiefelchen mit Kitten Heels. Aus ihrer großen Louis-Vuitton-Tasche konnte man eindeutig Hugos Grummeln hören. Sie sah zufrieden an sich hinunter und zog es vor, auf Antonellas unqualifizierten Ausbruch nicht zu reagieren.

Wie sich herausstellte, hatte Georgias Outfit durchaus Vorteile. Die Ordner an den Eingangstüren zur Eishalle hielten sie wohl für VIP-Gäste und kamen gar nicht auf die Idee, Georgias Riesentasche zu inspizieren, obwohl sie sich verdächtig bewegte. Völlig problemlos kamen die drei also in die Halle, in der schon ein Höllenspektakel herrschte. Auf dem Eis zeigten die Eishockey-Kiddies ihre Kunststücke, Lichtblitze zuckten, und derbe Rockmusik dröhnte aus den Lautsprechern. Antonella war hingerissen. Begeistert kämpfte sie sich zur nächstgelegenen Imbissbude vor, während sich Georgia mit Hugo vorsichtig den Weg zu ihren Plätzen bahnte. Das war ja noch schlimmer, als sie es sich vorgestellt hatte! All diese Menschen mit den unsäglichen Fanshirts und Mannschaftsschals, die Bier tranken und laut grölten.

Rechtzeitig vor Spielbeginn stieß auch Antonella wieder zu ihnen. Sie hatte Bier und Pommes für beide mitgebracht und drückte Georgia strahlend einen Plastikbecher und ein Pappschälchen in die Hände, was diese mit einem angewiderten Gesichtsausdruck quittierte. Hugos Tasche stand am Boden, denn auch die Nachbarplätze waren besetzt. Georgia hatte den Reißverschluss ein bisschen geöffnet, damit ihr Liebling besser Luft bekam. »Das arme Tier wird bestimmt ein schlimmes Trauma von diesem Abend zurückbehalten«, lamentierte sie düster. Doch Hugo schien ganz guter Dinge zu sein. Mit zuckendem Schnäuzchen hatte er die Pommes-Witterung aufgenommen und versuchte nun, sich aus der Tasche auf Georgias Schoß vorzuarbeiten.

»He, drin geblieben!« Antonella stopfte den Hund unsanft in die Tasche zurück. »Ich habe keine Lust, dass wir deinetwegen rausfliegen!«

Die Ausbüchsversuche des Mopses blieben von den Nachbarn unbemerkt, denn in diesem Moment liefen die Spieler ein, und die Halle fing an zu toben. Es war herrlich – Antonella war ganz in ihrem Element! Sie grölte fröhlich mit, bejubelte die Heimmannschaft und machte Witze über den »Karnevalsverein« aus Köln. Bei ihrem Nebenmann, offenbar ein Profi-Fan in vollem Ornat und mit gutmütigem Schnauzbart-Lächeln, holte sie sich regelmäßig Infos über die rasenden Haudegen. Sie war fasziniert von der Dynamik des Spiels und den ständigen Wechseln. Offenbar einem ausgeklügelten System folgend, sprang alle Augenblicke ein neuer Spieler aufs Eis, und ein anderer setzte sich zurück auf die Ersatzbank, um sich zu erholen.

Das ist die Hölle, dachte Georgia. Sie fand es einfach nur laut und roh, obwohl sie zugeben musste, dass die Fans nicht etwa wilde Hooligans waren, sondern sich absolut gesittet verhielten. Trotzdem, ihre Art von Vergnügen war es definitiv nicht, und sie hoffte auf ein schnelles Ende. Was war nur mit der Uhr los? Die hielt ja ständig an, wenn der Schiedsrichter dazwischenging. Da konnte ein Spieldrittel locker zehn Minuten länger dauern. Endlich Pause! Georgia bestand darauf, am Platz zu bleiben, damit Hugo nicht schon wieder durch die Menschenmassen getragen werden musste. Antonella ließ sich von Georgias schlechter Laune kein bisschen irritieren. Sie war völlig aus dem Häuschen – so viel Spaß hatte sie schon lange nicht mehr gehabt. Bisher stand es null zu null, aber die Jungs sorgten für ordentlich Action auf dem Eis. Zimperlich waren die jedenfalls nicht.

Als gegen Ende des zweiten Drittels endlich ein Tor der Lions fiel, wurde der Lärm so ohrenbetäubend, dass Georgia sich besorgt zu Hugo hinunterbeugte, um ihn zu beruhigen. Aber die Tasche war leer! Hugo war verschwunden!

»Hugo!«, schrie sie auf. Keine Reaktion. Sie packte Antonella am Ärmel, doch die war so im Fieber, dass sie zunächst gar nicht reagierte.

»Hugo ist weg!« Georgias Stimme drang jetzt deutlich hysterisch an Antonellas Ohr.

»Was?«, fragte sie.

»Dein Mops Hugo ist verschwunden!!!« Wie begriffsstutzig konnte man überhaupt sein? Georgia war völlig aufgelöst.

»Der kommt schon wieder.« Antonella wollte sich nicht vom Spiel ablenken lassen. Gerade hatten die Lions wieder einen spektakulären Angriff auf das Kölner Tor hingelegt.

Georgia konnte es nicht fassen. »Er hat sich bestimmt verirrt, oder er wurde tot getrampelt von diesen Wahnsinnigen hier!« Ihre Stimme überschlug sich fast.

»Gleich ist Pause«, versuchte Antonella, Georgia zu vertrösten, »dann suchen wir ihn!« Sie starrte immer noch gebannt aufs Spielfeld.

»Bis dahin könnte es zu spät sein!«, schrie Georgia, dann kam ihr ein Geistesblitz: »Denk wenigstens an dein Erbe!«

Das saß. Verdammt, das Erbe! Vor Antonellas innerem Auge lief blitzartig ein Film ab, wie sie Adrian Stern einzureden versuchte, dass der zu Mus getretene Hugo eines natürlichen Todes gestorben war. Keine schöne Vision. Mit gehetztem Blick sprang sie auf und quetschte sich links durch die Reihe, um nach dem Hund zu fahnden.

Georgia nahm sich die andere Seite vor und musste auch nicht lange suchen: Gleich in der selben Reihe nur einen Block weiter entdeckte sie den Mops. Hugo war soeben im Begriff, einem fremden Mann auf den Schoß zu springen. Sie trat näher und hörte:

»Hey dude, where did you come from?« Die Stimme des Mannes klang liebevoll belustigt.

»Actually, he's with me«, sagte Georgia bestimmt.

Der fremde Mann blickte nach oben, musterte sie und strich sich mit einer leichten Geste eine widerspenstige Locke hinters Ohr. Er lächelte. Und Georgia stellte trotz ihrer kaum überstandenen Hysterie fest, dass der Mann, der gerade Hugos Herz erobert hatte, erstaunlich gut aussah. Er sah sie überrascht an und sagte mit sexy Timbre: »Well, then it is hard to imagine why he ran away.«

Er hob Hugo hoch, stand auf und drückte der staunenden Georgia das schwarze Bündel in die Arme. In diesem Moment ertönte der Pausenpfiff, und Georgia wurde von der hinausströmenden Fanmeute so angerempelt, dass sie das Gleichgewicht verlor und mit Hugo beinahe zu Fall kam. Geistesgegenwärtig fing der charmante Tierretter sie auf. Für Georgia war es, als verstumme das Höllenspektakel um sie herum. Einen kleinen Augenblick lang war sogar Hugo vergessen.

»He, da seid ihr ja!« Antonellas Timing war wirklich grandios, der magische Moment vorbei. »Du kleines Mistvieh, wo treibst du dich rum? Du spinnst ja wohl!« Sie beschimpfte Hugo, der kein bisschen schuldbewusst wirkte, sondern sie nur herausfordernd anschaute. »Jetzt haben wir ihn ja wieder«, fuhr sie, an Georgia gewandt, fort. Dann fiel ihr Blick auf den fremden Mann, der immer noch einen Arm schützend um Georgias Taille gelegt hatte.

»Er hat Hugo gerettet!«, erklärte Georgia mit leicht geröteten Wangen.

»Wie nett!« Antonella strahlte ihn an. »Hi, ich bin Antonella.« Sie streckte ihm ihre Hand entgegen und beäugte ihn interessiert. Der Mann war mittelgroß, sehr schlaksig und hatte kinnlange dunkle Locken.

»I'm Tim, nice to meet you«, antwortete er lächelnd.

»Ach, du bist Amerikaner?«

»Nein, Kanadier.«

»Das ist aber interessant!« Für den Moment hatte diese Information ihr Interesse wohl schon gestillt, denn Antonella plauderte fröhlich drauflos. Sie erzählte dem Kanadier, wie sie Hugo in die Halle geschmuggelt hatten und wie der kleine Hund dann unbemerkt auf Entdeckungsreise gegangen war, und dass er, Tim, jetzt der Retter ihres Erbes sei! Georgia stand schweigend daneben und sah mit verklärtem Gesichtsausdruck Tim an. Was dieser Mann für wahnsinnig lange Wimpern hatte. Sie nahm Antonellas Redefluss kaum wahr, sondern war immer noch wie elektrisiert von der kurzen Berührung.

Und auch Tim, der zwar höflich Antonellas Wortschwall standhielt, schien sehr angetan von der zarten Blondine an seiner Seite. Immer wieder schielte er in ihre Richtung und lächelte sie an. »Darf ich euch auf einen Drink einladen?« Er nutzte geschickt einen tiefen Atemzug Antonellas und fuhr, als er Georgias kritischen Gesichtsausdruck sah, bedauernd fort: »Sorry, es gibt hier nur Bier.«

Antonella löcherte Tim inzwischen mit Fragen. Was er denn so in Frankfurt mache und noch dazu beim Eishockey, das er zuhause doch sicher viel hochkarätiger zu sehen bekäme.

»Wenn ich ehrlich bin, interessiere ich mich nicht besonders für das Spiel. Aber zurzeit wohne ich bei meinem Kumpel Seth, und der spielt bei den Lions im Team«, erklärte Tim.

»Seth Harrison?« Jetzt war Antonella sprachlos.

»Ja. Kennst du ihn?«

»Nein, aber ich würde ihn wahnsinnig gern kennen lernen! Ich bin ein Riesenfan!« Antonella wippte vor Aufregung auf den Zehen auf und ab.

»Das ließe sich arrangieren!« Tim grinste sie an.

»Ein Eishockeyprofi, ist das nicht total cool?« Antonella war selig und schaute Georgia erwartungsvoll an, die ihre Augen verdrehte und trocken antwortete: »Mach den Mund zu. Vor zwei Stunden wusstest du noch nicht mal, wer Seth Harrison ist.«

Kurz darauf begann das letzte Drittel, und alle waren zurück auf ihren Plätzen. Georgia empörte sich über Antonella: »Bist du denn total verrückt? Was sollte das denn? Du kannst uns doch nicht so einfach aufdrängen und ein Date mit einem unbekannten Eishockeyspieler ausmachen!«

»Du hättest ja auch was sagen können!«, verteidigte sich Antonella.

»Wie denn? Ich bin ja gar nicht zu Wort gekommen!«

»Selbst schuld. So eine Chance kann man sich nicht entgehen lassen.« Antonella jedenfalls war begeistert von ihrem Coup. Sie hatte Tim beim Wort genommen und auf eine sofortige Verabredung mit Eishockey-Star Seth gedrängt.

»Mach, was du willst. Ich gehe mit Hugo nach dem Spiel nach Hause.«

»Nein, das wirst du auf gar keinen Fall!«, sagte Antonella sehr bestimmt. »Du musst dich doch mit diesem Tim unterhalten, damit ich in Ruhe Seth unter die Lupe nehmen kann! Außerdem ist der doch ganz süß gewesen, und Hugo mag ihn auch.«

»Ich will aber trotzdem nicht.« Georgia war bockig.

»Mein Gott, du wirst es überleben! Und jetzt sei still, ich will mich auf das Spiel konzentrieren.«

Nach dem Schlusspfiff – die Frankfurt Lions hatten die Kölner Haie, dank zweier Treffer von Seth Harrison, mit 4:2 geschlagen – trafen sie sich wieder mit Tim.

»Ich gehe jetzt zu den Jungs in die Kabine und sage Seth Bescheid«, kündigte er an.

»Wow!« Antonella war beeindruckt. »Darf ich mitgehen?«

»O nein ...« Georgia wäre am liebsten im Boden versunken.

»Vielleicht ist es besser, wenn ich alleine gehe«, wich Tim aus. »Wartet doch bei den Kassen auf uns. Es wird nicht lange dauern.« Er lächelte Georgia aufmunternd zu und verschwand in den Katakomben des Stadions.

»Halleluja, was für ein Mann!« Antonella traute ihren Augen nicht. Eine gute halbe Stunde später war Tim mit Seth zurück.

Georgia nuschelte nur »Neandertaler!«, als der monströse Riese neben Tim vor ihnen auftauchte.

»Hey, I'm Seth!« Der Eishockeyprofi stellte sich den beiden mit einem knochenbrechenden Handschlag vor. Georgia verzog schmerzhaft das Gesicht, doch Antonella war wie paralysiert. Der Koloss war an die zwei Meter groß und mindestens einen Meter breit, hatte ein kantiges Kinn und nach hinten gegelte blonde Haare. Unter der offenen schwarzen Lederjacke trug er ein farbenfrohes Versace-Seidenhemd. Antonella beschloss großzügig, die optische Entgleisung zu übersehen – schließlich stand vor ihr ein sagenhafter Profisportler. Da kam es doch wohl mehr auf die inneren Werte an, oder?

In Seths Landrover Defender, einem schwarzen Riesenungetüm mit roten Ledersitzen (eine Spezialanfertigung, wie er mehrfach betonte), fuhren sie in die Sansibar. Georgia war erleichtert. Sie hatte schon befürchtet, dass sie den Rest des

Abends in einer düsteren Sportkneipe verbringen müsste. Da war der Klassiker unter Frankfurts Nachtclubs schon viel eher nach ihrem Geschmack. Außerdem war sie für diese Location passend gekleidet, und der Gedanke besänftigte sie ein wenig. In der Bar bahnte Seth sich und seiner kleinen Entourage souverän einen Weg durch die Menge. Offensichtlich kam er häufiger hierher, denn wie aus dem Nichts erschien der Geschäftsführer, begrüßte ihn, als wäre Seth sein lang vermisster bester Freund, und führte sie in den VIP-Bereich. Sofort erschienen auf ihrem Tisch eine Reihe von Gläsern, eine Flasche Champagner auf Eis sowie eine ganze Batterie von Flaschen, die mit ›SH‹ gekennzeichnet waren. Antonellas Begeisterung kannte keine Grenzen mehr. »Ist das nicht irre?«, tuschelte sie Georgia aufgeregt ins Ohr. »Der hat hier seine eigene Bar!«

»Unglaublich cool«, gab Georgia sarkastisch zurück, die solche Mätzchen immer für die Ausgeburt von Autohändler- oder Zuhälter-Chic gehalten hatte. »Damit haben wir es jetzt offiziell in die Riege der Eishockey-Groupies geschafft. Glückwunsch!«

Aber Antonella war für Ironie nicht zu haben. Mit ihrem strahlendsten Lächeln hatte sie sich bereits wieder ihrem neuen Idol zugewandt, das ihr in aller Ausführlichkeit seine Version des Spiels schilderte. Antonella hing förmlich an Seths Lippen, nickte enthusiastisch und forderte immer neue Geschichten über den coolsten, härtesten und aufregendsten Sport überhaupt.

Georgia war von dieser Mausi-Showeinlage derart genervt, dass sie in Rekordgeschwindigkeit ihr erstes Glas Champagner hinunterkippte, während sie mit der freien Hand Hugo kraulte und so tat, als ginge die ganze Sache sie nicht das Geringste an. Tim nahm sie erst wieder wahr, als er sich zu ihr herüberbeugte und ironisch fragte: »Having fun?«

»Selten so gut amüsiert«, gab sie leicht gereizt zurück, aber als sie ihn ansah, fügte sie entschuldigend lächelnd hinzu: »Es tut mir leid. Wenn Antonella mich so überrumpelt, bin ich keine gute Gesellschaft.«

»Das kenne ich gut«, gab Tim mitfühlend zurück. »Seit ich in Frankfurt bin, schleppt mich Seth ständig in irgendwelche Bars mit irgendwelchen Frauen, die ihn nach dem Spiel angesprochen haben. Unglaublich peinlich! Um ehrlich zu sein: Ich dachte, ich habe eine Erscheinung, als in dieser Halle plötzlich eine so schöne, elegante Frau vor mir stand. Aber das habe ich ja auch nicht Seth, sondern diesem kleinen Ausreißer hier zu verdanken ...« Er brach verlegen ab, und wie auf Stichwort verließ Hugo Georgias Schoß und kuschelte sich an Tims Bein. Endlich entspannte sie sich ein bisschen, und im Nu war sie mit Tim, der immer näher rückte, ins Gespräch vertieft. Was waren diese Nordamerikaner doch für charmante Smalltalker! Das fehlte ihr in Deutschland immer noch. Nachdem sie eine Weile über Hugo gesprochen und sich über Restaurants und Bars in New York und Frankfurt ausgetauscht hatten, fragte Georgia schließlich: »Wieso wohnst du eigentlich bei Seth in Frankfurt?«

»Ich spiele in einer Band, Stardust heißen wir, und wir nehmen gerade in Köln eine neue Platte auf. Und weil Seth so nah bei Köln wohnt, hat er mir angeboten, die Zeit bei ihm zu verbringen.«

Georgia musste schmunzeln bei dem Gedanken, wie Antonellas neuer Lieblings-Neandertaler in amerikanischer Manier Frankfurt zu einem Kölner Vorort degradiert hatte. Angetan lauschte sie Tims Erzählungen. Seine Band hatte mit ihrer ersten Platte bei einem amerikanischen Indie-Label einige Achtungserfolge erzielt, war jedoch kommerziell nicht erfolgreich gewesen. Allerdings war eine deutsche Managerin auf sie aufmerksam geworden und hatte sie unter ihre Fittiche genommen. Sie sah in ihnen schon die legitimen Nachfolger von Radiohead und Coldplay, Bands also, die in Europa schon immer viel besser angekommen waren als in Amerika. Ihr Angebot kam zum optimalen Zeitpunkt, als Stardust sich gerade mit ihrem Label zerstritten hatten. Zurzeit nahmen sie in Köln die ersten Demos auf. Georgia war mehr als überrascht, das passte nun so gar nicht in ihre Vorstellungswelt. So ein höflicher und charmanter Mann war Musiker! Sie hatte immer gedacht, alle Rock- und Popmusiker wären ähnlich veranlagt wie Seth, aber diesem hier schien an Groupies und wilden Partys wenig zu liegen. Vielleicht war es an der Zeit, ein paar Klischees über Bord zu werfen …

»Wir müssen gehen.« Antonella – wie ihr Favorit schon im Aufbruch begriffen – stupste Georgia unsanft an. »Seth hat morgen schon ganz früh ein Interview mit dem Sportkanal, und wir haben ja auch viel zu tun!«

Auf ein Mal! Jetzt, wo sie gerade dabei war, den Abend zu genießen, machte Antonella auf seriös und businesslike. Manchmal konnte sie einen in den Wahnsinn treiben!

Als Seth das Frankfurter Trio vor seiner Haustür absetzte, legte er seine Pranke besitzergreifend auf Antonellas Oberschenkel und fragte dann nach hinten: »Und wann treffen wir vier Süßen uns wieder?«

»Samstag? Da habt ihr doch nachmittags ein Heimspiel. Dann könnten wir abends essen gehen.« Antonella war offensichtlich binnen weniger Stunden zum Profi-Fan aufgestiegen.

»Alles klar. Ich rufe an und sage Bescheid, wann und wo. Gute Nacht und süße Träume.« Seth grinste Antonella anzüglich an.

Georgia nuschelte ein gequältes »Gute Nacht!«, griff sich Hugo und wollte gerade aussteigen, als Tim ihr zuvorkam. Er stand bereits auf dem Gehsteig und öffnete ihr galant die Tür. Als sie ihm mit Hugo auf dem Arm gegenüberstand, hatte

Georgia ein kleines bisschen Herzklopfen, und für einen kurzen Moment bedauerte sie es, dass jetzt keine wilde Meute hinter ihr schubste und drängte wie vor wenigen Stunden im Eishockeystadion.

»Ich hoffe, der Abend war nicht allzu schlimm für dich. Ich fand ihn jedenfalls sehr schön.« Tim strich Hugo gedankenverloren über den Kopf und zögerte. Dann küsste er Georgia zart auf beide Wangen.

»Ich auch. Und ich freue mich auf Samstag.« Sie lächelte schüchtern.

Einen Moment standen beide unschlüssig auf der Straße und wussten nicht, was sie als Nächstes tun oder sagen sollten. Georgia spürte eine leichte Panikattacke in sich aufsteigen – würde er sie jetzt richtig küssen? Oder wartete er etwa auf ein Zeichen von ihr? Hektisch drehte sie sich um. Wo war denn überhaupt Antonella? Sie war nirgends zu sehen. Entschieden klopfte Georgia an die getönte Scheibe: »Halloooo! Wir gehen!«

Fünf Sekunden später tauchte Antonella ein wenig derangiert aus dem Auto auf: »Ist ja gut, bin schon unterwegs! Man wird sich ja noch verabschieden dürfen!«

KAPITEL 12
Kuss und Co.

Als Hugo Georgia weckte, konnte der strahlende Wintersonnenschein vor ihrem Fenster kaum mit ihrer strahlenden Laune konkurrieren. Sie hatte wunderbar geträumt, und so realistisch! Tim und sie waren in New York gewesen, waren eng umschlungen und einander küssend durch den Central Park geschlendert und hatten anschließend bei ihrem Lieblingsfranzosen gegessen …

Langsam jedoch drängte sich der letzte Abend in ihre Gedanken und überlagerte den romantischen Traum. Tim und sie waren gestern tatsächlich ausgegangen, allerdings mit Antonella und Seth. Der Abend hatte katastrophal begonnen. Seth hatte – typisch für einen Neandertaler mit Geld, dachte Georgia boshaft – Frankfurts Steakhaus Nummer Eins, das Surf & Turf, ausgewählt. Sie hatte darauf bestanden, dass sie sich dort treffen würden, und so waren Antonella, Hugo und sie in ihrem neuen Auto, das Antonella inzwischen liebevoll »Hugo-Mobil« getauft hatte, ins Westend gefahren. Kaum waren sie angekommen, begannen Antonella und Seth schamlos miteinander zu flirten. Ausgesprochen peinlich, zumindest empfand es Georgia so, und auch Tim schien die Situation denkbar unangenehm zu sein. An ein Gespräch zu viert war nicht zu denken. Als Antonella und Seth auch noch während des Essens wild knutschten, reichte es ihr. Da sie nicht die spießige Anstandsdame spielen und den beiden erklären wollte, wie man sich üblicherweise in der Öffentlichkeit und vor allem in einem guten Restaurant verhielt, ging sie kurz »Nase pudern«, um sich zu beruhigen. Mit wiedergewonnener Kontrolle kehrte sie einige Minuten später an den Tisch zurück, an dem nun Tim alleine mit Hugo saß. »Wo sind denn die anderen?«, fragte sie irritiert.

»Die hatten es eilig.« Tim setzte ein charmantes, zweideutiges Grinsen auf.

»Das darf doch wohl nicht wahr sein! Haben die denn überhaupt keine Manieren? So benimmt man sich doch nicht! Da lassen die uns hier einfach sitzen!«

Tim konnte schlecht zugeben, dass ihm der spontane Abgang von Seth und Antonella eigentlich ganz recht war. Immerhin war dies seine erste Gelegenheit, mit Georgia alleine zu sein. Antonella war nämlich schon ein bisschen vom schlechten Gewissen geplagt gewesen. Aber nicht ganz uneigennützig hatte Tim ihr versprochen, dass er Georgia alles erklären würde, damit sie morgen kein Donnerwetter zu erwarten hätte. »Also ich bin ganz froh, dass die beiden weg sind«, unterbrach er die immer noch zeternde Georgia. »Sie waren doch nicht auszuhalten. Und außerdem, für dich ist es ja gar nicht so schlimm«, fügte er mit betont unschuldiger Miene hinzu. »Wenigstens bist *du* heute Nacht nicht obdachlos. Ich werde mir wohl ein Hotel suchen müssen. Kannst du mir eines empfehlen?«

Das war ja der Gipfel an Rücksichtslosigkeit! Tim so einfach auszuquartieren! So weit hatte sie noch gar nicht gedacht. »Es kommt überhaupt nicht in Frage, dass du in ein Hotel gehst«, erklärte sie bestimmt. »Du übernachtest bei uns. Antonella braucht ihr Bett heute ja wohl nicht mehr.« Um Himmels willen, was machte sie denn da? Bot einem fast wildfremden Mann an, bei ihr zu übernachten! Nicht dass Tim etwas Falsches dachte, sie kannten sich ja kaum. So etwas war nun wirklich nicht ihre Art. Hatte ihr nicht erst das Desaster mit

Yoga-Guru Kem gezeigt, dass bei Männern generell Vorsicht geboten war? Aber Tim hatte ihr Angebot bereits dankbar angenommen, also war an Zurückrudern nicht mehr zu denken.

»Ich hätte jetzt gerne einen Kaffee, und vielleicht auch ein Dessert«, wechselte sie das Thema und verbarg ihr glühendes Gesicht hinter der Speisekarte.

Nachdem sie gezahlt hatten, verließen sie das Restaurant. Seth und Antonella waren erwartungsgemäß in dem geschmacklosen Defender unterwegs, das Hugo-Mobil stand also noch auf dem Parkplatz gegenüber. Glücklicherweise hatte Georgia den Zweitschlüssel an ihrem Schlüsselbund, obwohl sie den Kombi selten benutzte. Antonella war in kürzester Zeit zur begeisterten Autofahrerin mutiert, während sie selbst aus alter Gewohnheit immer noch meistens Taxi fuhr.

»Hey, Hugo, da siehst du ja aus wie ein Model!« Schmunzelnd ging Tim einmal um das Auto herum und bestaunte das Firmenlogo von Hugo's Affairs. Georgia betrachtete den Alfa stolz. Das Logo war wirklich gelungen. Neben dem pinkfarbenen Schriftzug www.hugosaffairs.de prangte eine Schwarz-Weiß-Fotografie von Hugo. Der Mops hielt sich offenbar auch für ein Starmodel, denn er hatte es dem Fotografen alles andere als leicht gemacht und sich zwei Stunden lang von seiner zickigsten Seite präsentiert.

»Nicht schlecht dafür, dass ihr gerade erst anfangt. Und eine Website habt ihr auch schon?«

»Wenn ich etwas mache, dann mache ich es richtig.« Georgia war ein wenig pikiert, aber ein Blick auf Tim, der gerade den Kragen seiner Lammfelljacke hochstellte und sich durch die Haare strich, versöhnte sie augenblicklich. Ob ihm eigentlich bewusst war, dass er sich ständig dieselbe Locke hinters Ohr schob? Und ob er wusste, wie anziehend diese kleine Geste auf sie wirkte? »Wir haben nicht nur einen Firmenwagen und eine Website, sondern bald auch einen Showroom auf der Berger Straße. Es gibt zwar noch einiges zu tun, aber an meinem Geburtstag feiern wir Eröffnung. Es wird sicher eine nette Party, am 22. Dezember, aber ganz ohne Weihnachtsklimbim. Vielleicht kannst du auch kommen? Und wenn du magst, bring doch auch deine Kollegen von der Band mit.«

Zuhause angekommen, präsentierte Georgia stolz die Wohnung, und Tim äußerte sich angemessen begeistert über das gelungene Gesamtkunstwerk. Als Georgia Antonellas Tür öffnete, um Tim sein Bett für die Nacht zu zeigen, traf sie fast der Schlag. Schnell schloss sie die Tür wieder, ehe Tim einen Blick in das Zimmer werfen konnte. »Wie wäre es mit einem Schlummertrunk?« Sie lotste ihn zurück ins Wohnzimmer und versorgte ihn mit einem Whiskey auf Eis. »Ich bin sofort wieder da. Ich will dir nur schnell dein Bett beziehen.«

Schnell war gut gesagt! Das Zimmer glich einem Schlachtfeld! Offensichtlich hatte sich Antonella für den Abend mit Seth gründlich vorbereitet und ihre gesamte Wäscheschublade auf dem Bett ausgekippt, bevor sie die passenden Dessous für die erste Nacht mit dem Testosteronmonster gefunden hatte. Hektisch stopfte Georgia den Haufen zurück in die Schublade. Die auf dem Boden verteilten Reste kickte sie mit ein paar gezielten Tritten unter das Bett. Sollte Antonella sich den ganzen Kram doch morgen wieder hervorangeln! Blitzschnell bezog sie Kissen und Decke neu, ließ die alten Laken ebenfalls unter dem Bett verschwinden und kehrte betont gelassen ins Wohnzimmer zurück. Jetzt musste sie nur noch Tim klarmachen, dass sie es ernst gemeint hatte, als sie ihm *Antonellas* Bett für die Nacht angeboten hatte, nicht das ihre. Wenn das mal nicht peinlich werden würde … Doch ihre Sorgen waren unbegründet. Zu Georgias großer Erleichterung zeigte sich Tim als echter Gentleman, dankte ihr für Drink und Übernachtungsmöglichkeit und zog sich in Antonellas Zimmer zurück.

Georgia kramte noch eine Weile unschlüssig im Bad herum. Ganz abschminken konnte sie sich jetzt keinesfalls, und sicherheitshalber hatte sie ein cremefarbenes Seidennachthemd angezogen. Man konnte ja nie wissen, ob sie und Tim vielleicht heute nacht gleichzeitig Durst bekämen und sich in der Küche treffen würden. Sie rief »Gute Nacht, schlaf gut!« über den Flur und ging ins Bett. Aber an guten Schlaf war nicht zu denken. Sie konnte ihre Gedanken nicht abschalten, die unablässig um den gut aussehenden Kanadier zwei Zimmer weiter kreisten. Gedankenverloren griff sie nach links, um Hugo ein wenig zu kraulen, aber sein Platz war leer. Das war noch nie vorgekommen! Leise schlich sie auf den Gang und flüsterte im Halbdunkel: »Hugo? Wo bist du denn? Huuugo?« In diesem Moment öffnete sich Antonellas Tür, und im Rahmen erschien Tim, nur in Shorts gekleidet. Gebannt starrte Georgia auf Tims nackten Oberkörper – schlank und doch sehr männlich, fand sie – und ignorierte das schlaftrunkene, schwarze Bündel auf seinem Arm komplett.

»Das wird langsam zur Gewohnheit, dass ich dir deinen Hund zurückgeben muss.« Tim drückte der immer noch sprachlosen Georgia Hugo in den Arm, und mit einem verschmitzten »Sweet dreams!« verschwand er wieder in Antonellas Zimmer.

Und süße Träume hatte sie auch gehabt, nachdem sie wider Erwarten doch noch eingeschlafen war. Georgia räkelte sich noch einmal genüsslich und stand auf. Ein Blick in den Spiegel bestätigte ihr, dass das Not-Make-up hervorragend gehalten hatte. Sie schlüpfte in Morgenmantel und Schläppchen und ging in die Küche, aus der schon der verführerische Duft von frischem Kaffee über den Gang zog. An der Anrichte stand Tim und presste Orangen aus. Knusprige Brötchen standen auch auf dem Tisch. Dieser Mann war unglaublich! Und wie entzückend er aussah, so unrasiert und mit zerzausten Haaren. Sie musste sich schwer zusammenreißen, um nicht dem Impuls nachzugeben, seine Locken glatt zu streichen. Aber immerhin war er vollständig angezogen – das machte es deutlich leichter, mit ihm zu reden.

»Ich hatte da heute Nacht so eine Idee«, meinte Tim zögernd, während er ihr Orangensaft einschenkte.

Die hatte ich auch, dachte Georgia, entschied sich aber dafür, doch lieber »Und die wäre?« zu fragen.

»Du hast doch gestern Abend von dieser Lofteröffnungs-Geburtstagsparty gesprochen. Und da dachte ich, ihr könntet vielleicht Musik gebrauchen. Ich meine, die Jungs und ich haben an dem Abend noch nichts vor« – zumindest würde sich das in diesem Falle bestimmt so einrichten lassen, da war sich Tim sicher –, »und wir könnten dir so eine Art Mini-Konzert zum Geburtstag schenken.«

Georgia, die noch keinen Ton von Stardust gehört hatte und von Musik sowieso nichts verstand, stimmte euphorisch zu: »Das wäre wunderbar! Würdest du das wirklich tun? Ich weiß gar nicht, was ich sagen soll …« Sie brach ab, als sie bemerkte, wie enthusiastisch sie reagiert hatte, und errötete. Derartige Ausbrüche waren ihr einfach peinlich. Und auf Hugo war an diesem Morgen auch kein Verlass! So wie er unschlüssig immer wieder von einem zum anderen trottete, ohne sich für eine Tischseite entscheiden zu können, trug er nicht gerade dazu bei, die Situation zu entspannen.

Nach zwei schweigsamen Minuten, in denen beide geschäftig Brötchen strichen und Eier köpften, kam Antonella in die Wohnung gestürmt. »Wie nett, wir haben Herrenbesuch!«, sagte sie anzüglich grinsend, als sie Tim sah. Sie schälte sich aus ihrer dicken Jacke, machte sich einen Espresso und platzierte sich ans Tischende. »Kinder, diese Eishockeyspieler haben ja einen schrecklichen Stundenplan!«

»Na ja, immerhin scheinen sie ihre Freizeit auch gut zu nutzen.« Georgia konnte sich einen Kommentar zu dem heftigen Knutschfleck auf Antonellas Gesicht nicht verkneifen.

»Den habe ich nicht nur im Gesicht …«

»Antonella, wirklich! Das will doch keiner wissen!«

Antonella schnappte sich das geöffnete und vergessene Ei ihrer Freundin und löffelte es genüsslich aus. Georgia, wieder einigermaßen Herrin ihrer Sinne, übersah den Mundraub großzügig und wechselte das Thema: »Tim hat gerade angeboten, dass Stardust auf unserer Eröffnungsparty spielen könnten. Wie findest du das?«

»Echt? Cool! Dann wird's wenigstens nicht so eine lahme Kundenveranstaltung, wie du es eigentlich geplant hast!«

Georgia verdrehte die Augen. Antonella hatte offenbar immer noch nicht die geringste Ahnung vom Geschäft!

»Aber das wird es sowieso nicht – ich habe nämlich Seth eingeladen und gesagt, er soll so viele Lions-Spieler wie möglich mitbringen.«

Na danke, noch mehr Neandertaler! Aber der Gedanke an Tims Auftritt ließ Georgia auch diese Neuerung mit seelenruhiger Gelassenheit akzeptieren.

Als Georgia zwei Wochen später ins Loft kam, lichtete sich langsam das kreative Chaos der letzten Zeit, und das war auch gut so. Das Event würde deutlich größer werden als anfänglich geplant. Georgia ließ Hugo von der Leine, blieb selbst noch einen Moment an der Tür stehen und sah sich zufrieden in dem großen Raum um. Es war toll geworden! Antonella, die vor lauter Begeisterung vergessen hatte, dass sie mit dem »Projekt Loft« nichts zu tun haben wollte, war in den letzten Tagen mit einem ganzen Team von Handwerkern unglaublich fleißig am Werk gewesen. Sie hatten die Wände des Hauptraums farblich so unterteilt, dass quadratische bunte Flächen entstanden waren, auf denen im Moment Antonella und Harry große Fotos aufhingen. Auf den Fotos waren einige der Räume abgebildet, die Hugo's Affairs gestaltet hatte, jeweils auf dem farblich passenden Hintergrund.

»Das sieht ja wunderbar aus, genau wie ich mir das vorgestellt habe! Großartig macht ihr das! Und die Bilder sind ja noch viel besser geworden, als ich gedacht habe! Ich könnte mir gut vorstellen, dass sich da bald Sammler melden werden.« Georgia war ehrlich überrascht, und Harry strahlte geschmeichelt. »Ihr seid schon so weit, da darf ich dir sicherlich Antonella entführen, oder? Ich brauche nämlich ganz dringend ihre Hilfe!«

Harry sah nicht gerade begeistert aus, konnte aber Georgias flehendem Blick nicht widerstehen. »Na schön, aber ein paar Stunden werde ich schon noch brauchen!«, grummelte er.

»Harry, es ist wirklich ein Notfall! In einer guten Woche ist Weihnachten, und ich habe noch kein einziges Geschenk! So unorganisiert bin ich sonst nie!«

»Es soll Menschen geben, die ihre Geschenke erst am 23. kaufen«, warf Antonella spöttelnd ein. »Aber das kann sich unsere kleine Miss Perfect natürlich gar nicht vorstellen. Neun Tage vor Weihnachten noch keine Geschenke – so was nenne ich einen echten Georgia-Notfall!«

»Ich könnte nie die Party genießen mit dem Gedanken im Nacken, dass ich noch nicht alle Geschenke habe. Bitte, ich kann auch alleine gehen. Aber dann brauchst du nicht mit einem Geschenk von mir zu rechnen!« In gespielter Empörung wandte sich Georgia zum Gehen.

»Halt, warte! Bin schon unterwegs!« Antonella griff sich ihre Jacke und lief Georgia hinterher. »Was ist eigentlich mit Hugo?«

»Der kann ausnahmsweise die paar Stunden hierbleiben. In der Stadt herrscht viel zu viel Gedränge. Und wenn ich schon die ganzen Tüten tragen muss, kann ich nicht auch noch Hugo an der Leine halten.«

Das klang weniger nach Einkaufsspaß als nach Shopping-Feldzug. Antonella war fest entschlossen, das zu ändern und Georgia auf ein paar nette Kleinigkeiten aufmerksam zu machen, die sie vor ein paar Tagen gesehen hatte.

In der Stadt stellte sich schnell heraus, dass es Georgia in erster Linie um ein passendes Geschenk für Tim ging. Alles andere erledigte sie praktisch im Vorbeigehen. In Windeseile hatte sie elegante, aber phantasielose Geschenke für ihre Eltern, ein paar weitere Verwandte und Sophie ausgewählt. Während sie einen dunkelblauen Seidenschal begutachtete, fragte sie zum ungefähr hundertsten Mal: »Ob das was für Tim wäre? Nein, bestimmt nicht. Zu klassisch und zu unpersönlich. Vielleicht …«

In gewohnt dezenter Art unterbrach Antonella ihre Freundin, die sich in den letzten Tagen geweigert hatte, sich überhaupt zum Thema Tim zu äußern: »Hör auf, es länger abzustreiten! Du bist doch verliebt!«

»Unsinn! Tim ist sehr nett, und außerdem ist es eine Sache der Höflichkeit, dass ich mich ordentlich bedanke, wenn er mir zum Geburtstag einen Bandauftritt schenkt«, stritt sie Antonellas These ein wenig zu energisch ab, um wirklich glaubwürdig zu sein.

»Ja, ja, ist schon klar! Können wir jetzt zur Abwechslung mal ein Geschenk für *mich* suchen? Für Timmyboy ist ja offensichtlich in ganz Frankfurt nichts gut genug. Und du bist *doch* verliebt!«

»Bin ich nicht – und nenn ihn bloß nicht Timmy! Außerdem brauche ich jetzt einen Kaffee.«

Schon recht bepackt steuerten sie einen Coffeeshop auf der Freßgass an, als Georgia plötzlich wie vom Donner gerührt stehen blieb und Antonella am Ärmel in den nächsten Laden zog.

»Was ist?«

»Da – Konstantin und Yvonne!«

Während Georgia nahe der Tür in Deckung blieb, quetschte sich Antonella neugierig neben die Schaufensterpuppen in die Auslage, um einen besseren Blick zu erhaschen: Konstantin lief im Stechschritt über die Goethestraße und sprach aufgeregt in sein Handy, während etwa zwei Meter hinter ihm eine deutlich schwangere Yvonne versuchte, mit ihm Schritt zu halten. Sie war nicht nur mit tausend Tüten bepackt, sondern versuchte auch, den ungeduldig zerrenden Hund zu beruhigen, der um ihre Beine sprang.

Fasziniert beobachtete Antonella die kleine Szene. Offensichtlich hatte Yvonne Konstantin zugerufen, dass er auf sie warten solle. Denn er blieb tatsächlich stehen und drehte sich genervt zu seiner Begleiterin um. Kaum hatte sie ihn eingeholt, rannte er allerdings schon wieder weiter. »Schau dir das an! Dieser Typ ist so ein Vollidiot, das ist kaum zu fassen! Und dazu das Gesicht von der Tussi!« Schwer in Fahrt, gab Antonella weitere Lästereien zum Besten, bis ihr auffiel, dass Georgia noch kein Wort gesagt hatte. Sie wandte sich ihrer Freundin zu, der das Entsetzen ins Gesicht geschrieben stand. Das würde doch hoffentlich keinen Rückfall geben? Immerhin war Konstantin seit der geglückten Racheaktion zwischen ihnen beiden kein Thema mehr gewesen, und auch bei Telefonaten mit Sophie hatte sie Georgia nie mehr über das leidige Thema sprechen hören. Bitte jetzt kein neues Drama! Aber Georgias nächster Satz beruhigte sie auf der Stelle: »Stell dir vor, das könnte ich sein! Was für ein Alptraum!«

Die Party war ein voller Erfolg. Georgia stand auf der kleinen Treppe zum hinteren Büro, von wo aus sie einen hervorragenden Überblick hatte. Sie hatte sich besondere Mühe mit ihrem Outfit gegeben und wirkte in ihrem neuen, weich fließenden braunen Lederrock und dem eleganten, cremefarbenen Satinoberteil wie einer Modezeitschrift entsprungen. Sie war sehr zufrieden, denn bisher hatte alles bestens geklappt. Das Büfett war großartig. Es gab vor allem mediterrane Häppchen: Vitello Tonnato, diverse Bruschette, unter anderem mit getrüffelter Leber, dazu eine Vielfalt an Salaten und Gemüse. Das Dessertbüfett war Georgias Favorit, denn da standen neben den Klassikern Crème Brûlée und Mousse au Chocolat auch köstlich-zarte, mit Orangencreme gefüllte Profiteroles. Gott sei Dank hatte der Caterer für die geplante Gästeanzahl üppige Portionen eingeplant, so dass es genug für alle gab. Denn es war unglaublich, wie viele Leute gekommen waren, viel mehr als erwartet! Und es war eine wirklich spannende Mischung: Da waren natürlich die üblichen Verdächtigen von ihrer letzten Party, ihre Ex-Kollegen und Bekannte vom Yoga sowie Antonellas Sportsfreunde, dazu etliche zufriedene Kunden mit Anhang, einige Frankfurt Lions mit den obligatorischen Managern und Groupies sowie die Musikleute, die im Gefolge von Stardust gekommen waren. Die Band war gerade am Ende des zweiten Sets angekommen, und Tim war dabei, die Band vorzustellen.

»... und am Schlagzeug Allen McBride!« Der Schlagzeuger gab ein kleines Solo zum Besten. »So, und jetzt brauchen wir erst einmal eine kleine Stärkung!«

Die Jungs verließen die Bühne und nahmen dankbar die von einer Kellnerin gereichten Bierflaschen entgegen, während das Licht wieder heller gedreht wurde.

Alle schienen bester Stimmung zu sein – bis auf Adrian Stern, der allein an einer Säule lehnte und einen denkbar unglücklichen Eindruck machte. Georgia verließ ihren Beobachtungsposten und fragte ganz direkt: »Gefällt es Ihnen denn nicht?«

»Ach, mir sind hier nur eindeutig zu viele Bodychecks ...«

Er blickte vielsagend zu Antonella und Seth. Georgia hatte wirklich Mitleid mit ihm. Sie hoffte nur, dass seine Schwäche für Antonella auch Seth überdauern würde. Von einem vorbeigehenden Kellner griff sie ein Glas Champagner und drückte es ihm in die Hand. »Machen Sie sich keine Sorgen. Das geht vorbei«, erklärte sie aufmunternd. Hoffentlich, dachte sie, denn im Moment machte es einen ganz anderen Eindruck: Die Betreuung der Gäste hatte Antonella großzügig ihrer Geschäftspartnerin überlassen. Sie selbst stand mit Seth eng umschlungen vor der Bühne, wo sie schon den ganzen Abend über geknutscht und geturtelt hatten. Georgia konnte es Seth nicht einmal verdenken, dass er die Finger nicht von Antonella lassen konnte. Sie sah spektakulär aus in ihrem wild gemusterten Pucci-Minikleid und den hohen schwarzen Stiefeln, die ihre langen Beine perfekt betonten. In den letzten Wochen hatte sich Antonella ständig mit Seth getroffen, und es schien, als hätte es sie schwer erwischt. Aber das musste sie Adrian wirklich nicht auf die Nase binden. Der sah nach ihrer kleinen Notlüge schon wieder viel zuversichtlicher aus. »Wissen Sie, eigentlich habe ich Ihnen und dem Testament von Tante Elsa unglaublich viel zu verdanken«, sprach sie schließlich weiter. »Wenn Sie Antonella gegenüber nicht so standhaft geblieben wären, als sie versucht hat, Hugo und die Wohnung gleich wieder loszuwerden, hätte ich die beiden nie kennen gelernt. Und dann wäre ich heute immer noch eine unglückliche Angestellte anstatt einer zufriedenen Selbstständigen.«

Adrian fühlte sich geschmeichelt. »Sie kümmern sich ja auch ganz reizend um Hugo. Es ist nur schade, dass Ihre Freundin so wenig Interesse an dem Hund und dem Nachlass zeigt …«

Seinem Blick konnte Georgia entnehmen, dass er sich nur schwer hatte verkneifen können anzufügen »und an mir«. Mit verständnisvollem Blick erwiderte sie: »Verlassen Sie sich einfach auf mich. Ich werde mein Möglichstes tun.«

Kurze Zeit später betrat die Band wieder die Bühne, und das Licht wurde gedimmt. Tim trat ans Mikrofon. »Sie sind heute Abend alle hier zur Lofteröffnung von Hugo's Affairs. Aber es gibt noch einen weiteren Grund zu feiern, den vielleicht nicht alle kennen: Eine der Gastgeberinnen hat heute Geburtstag. Und da es sich um eine ganz besondere Frau handelt, hat sie nicht nur eine ganz besondere Party, sondern auch ein ganz besonderes Lied verdient.« Tim suchte Georgias Blick. »This is for you, lovely Georgia. Happy birthday!« Und dann begann er, *Georgia on my Mind* zu singen.

Georgia konnte kein Auge von Tim lassen. Wenn er sang, sah er sogar noch besser aus als sonst! Dieses markante Gesicht und der coole Look, die so im Widerspruch zu seinen sanften, dunklen Augen mit den langen Wimpern standen. Und dazu diese weiche, tiefe Stimme … Als er das nächste Mal die Titelzeile sang, spürte Georgia, wie ihr vor Rührung die Tränen in die Augen stiegen.

Als die Musik verstummte, konnte sie sich immer noch nicht aus ihrer Starre befreien. Und Tim kam zielstrebig auf sie zu. Und was jetzt? Kein Mann hatte jemals etwas derart Romantisches für sie getan! Plötzlich hektisch, versuchte sie, sich die Tränen aus dem Gesicht zu wischen. Wie unangenehm! Da stand sie inmitten all ihrer Freunde und Bekannten und weinte, weil ein Mann ein Lied für sie sang! Tim stand nun vor ihr und schien auf ein Zeichen von ihr zu warten. Ohne nachzudenken, platzte sie leicht verstört heraus: »Du kannst mich doch nicht vor allen Leuten zum Weinen bringen, wie sieht denn das aus! Mach das bloß nie wieder!«

Tim stutzte einen Moment, bis er verstand, was sie ihm eigentlich sagen wollte, und grinste. So war Georgia nun einmal – bloß keine Gefühle öffentlich zur Schau stellen!

»I will, baby, and you will like it.« Und ganz selbstverständlich nahm er sie in die Arme und küsste sie.

In diesem Moment war auch Georgia endlich bereit, sich einzugestehen, dass sie schrecklich verliebt war. Wenn es nach ihr gegangen wäre, hätte dieser Kuss ewig dauern können. Aber da gab es noch jemanden, der sich nicht so leicht ins Aus schieben ließ! Georgia machte sich zögernd von Tim los, der sich hinunterbeugte, den eifersüchtigen Hugo hochhob und ihn Georgia in die Arme drückte. Dabei verkündete er: »Wenn es dich nicht gäbe, Kumpel ... Ich schulde dir was!«

Georgia strich Hugo über das Köpfchen, aber sie hatte nur Augen für Tim, als sie erwiderte: »Hugo hat eben das beste Gefühl dafür, wer wirklich zu mir passt. Erst hat er mich mit Antonella zusammengebracht, und jetzt ...«

Glücklich lächelnd strich sie Tim endlich seine widerspenstige Haarsträhne hinters Ohr und küsste ihn.

KAPITEL 13
Schöne Bescherung

Das war vielleicht eine Party gestern! Und erst der Auftritt von Tim und seiner Band. Wahnsinn!! Dann habt ihr ja recht bald das Feld geräumt. Komm, erzähl, wie war's?« Antonella war nach einer kurzen Nacht mit Seth gerade wieder heim gekommen und fröhlich in die Küche gepoltert, wo sie ihre vor Glück förmlich glühende Freundin antraf.

»Also wirklich, Antonella, das geht dich überhaupt nichts an. Und vor allem, schrei hier nicht so rum!« Georgia war nicht ernsthaft empört, sondern rührte versonnen lächelnd in ihrer Teetasse. Leise fügte sie hinzu: »Es war wunderbar!«

»Das freut mich wirklich!« Antonella drückte Georgia herzhaft. »Wo ist er eigentlich?«

»Er schläft noch, und ich wollte gerade für Weihnachten packen.« Sie machte Anstalten aufzustehen.

»Halt, hiergeblieben – erst will ich alle Details wissen!«, flüsterte Antonella verschwörerisch.

»Das kannst du völlig vergessen!« Georgia hatte nicht vor, mehr von ihrer ersten Nacht mit Tim preiszugeben. »Aber weil wir gerade bei Männern sind, Dr. Stern war gestern ziemlich geknickt, als er dich mit deinem Neandertaler gesehen hat. Und ehrlich gesagt, ich kann es ihm nicht verübeln. Das war ja geradezu ordinär. Ich verstehe einfach nicht, was du von diesem Eishockeyspieler willst. Das hat doch keine Zukunft!« Sie sah Antonella ernst an.

»Nur weil du gerade auf Wolke sieben schwebst, brauchst

du mir nichts von Zukunft zu erzählen. Vielleicht brauche ich gar keine Zukunft! Ich habe momentan nämlich reichlich Gegenwart«, sagte Antonella bestimmt. »Und nun Ende der Diskussion!«

»Ist mir auch recht. Ich muss jetzt wirklich packen«, sagte Georgia, »die Hugo-Tasche ist schon fertig. Am besten stellst du sie gleich ins Auto, damit du sie nicht vergisst.«

»Wie, das war ernst gemeint?«, rief Antonella alarmiert.

»Psst!! Natürlich war das ernst gemeint! Ich kann Hugo nicht mitnehmen. Da ist erstens der Flug und zweitens Baudelaire, du weißt schon, der unmögliche Perserkater meiner Eltern. Außerdem haben wir das alles schon vor Wochen geklärt. Hugo verbringt Weihnachten mit dir!«

Am nächsten Morgen riss das Klingeln ihres Handys Antonella um acht Uhr unsanft aus dem Schlaf. »Bist du schon unterwegs? Sollen wir mit dem Christbaumschmücken warten?« Es war ihre Mutter.

»Ich bin praktisch im Auto! Wartet auf jeden Fall mit dem Baum auf mich! Bussi und ciao!« Mist, vielleicht hätte sie doch schon gestern packen sollen. Hektisch stolperte sie ins Ankleidezimmer und verursachte einiges Getöse beim Zusammenraffen ihrer Sachen. Schlaftrunken kam Georgia mit Hugo auf dem Arm aus ihrem Zimmer. »Habt schöne Weihnachten, ihr zwei!« Sie küsste erst Hugo das pelzige Köpfchen, dann Antonella die Wange. »Ich lege mich wieder hin.« Mit diesen Worten verschwand sie wieder in ihr Schlafzimmer. Hugo stand erst ratlos vor Antonella und ihrem Chaos, trollte sich dann in die Küche und rollte sich in seinem Körbchen zusammen. Nach einigem weiteren Gezerre und einer Blitzdusche ging es um kurz vor neun tatsächlich los. Mein Gott, wie die Zeit verging. Das war tatsächlich der erste Besuch in der alten Heimat, seit sie vor über einem halben Jahr nach Frankfurt gekommen war, sinnierte Antonella. Sie freute sich auf ihre Familie. An Heiligabend würden alle da sein: Oma, Mama, die Brüder, Gianlucas Frau Claudia und die beiden kleinen Neffen Matteo und Luca. Vergnügt krähte sie *Last Christmas* mit Wham um die Wette, und der doppelte Espresso samt Schokomuffin, den sie sich an einer Raststätte gegönnt hatte, verjagte ihre Müdigkeit endgültig.

Um kurz vor eins kam sie in München-Haidhausen an. Unter großem Hallo half ihr die ganze Familie, das Auto auszupacken. Giovanni trug die Tasche mit den Hundesachen ins Haus und fragte dann: »Wo ist eigentlich Hugo?«

Antonella zuckte zusammen. Wo war Hugo? Sie durchsuchte fieberhaft das Auto. Die Leine lag auf der Rückbank, aber vom Hund war keine Spur zu sehen. Panik stieg in ihr auf. »O mein Gott, er muss wohl an der Raststätte aus dem Auto gesprungen sein!« Sie war leichenblass geworden. »Was soll ich nur tun?«

»Wo hast du denn Halt gemacht?«, schaltete sich ihre Mutter ein.

»Keine Ahnung, irgendwo bei Nürnberg. Oder kurz nach Würzburg«, sagte Antonella schon leicht hysterisch.

»Oder war's vielleicht kurz vor Ingolstadt?« Giovanni rollte genervt mit den Augen.

»Ja, kann auch sein. Giovanni, du musst da unbedingt hinfahren. Am besten du klapperst alle Raststätten zwischen Würzburg und Ingolstadt ab. Hoffentlich ist er noch da! Sonst kann ich echt einpacken.«

»Vielen Dank, dass auch du mir noch das Leben schwer machen willst«, grollte Giovanni, »als hätte ich im Moment nicht schon genug Probleme!« Antonella reagierte nicht auf diesen ungewöhnlich heftigen Einwand.

»Keiner fährt irgendwo hin! Erst rufen wir überall an.« Dieser pragmatische Vorschlag kam natürlich von Mama und wurde sofort in die Tat umgesetzt. Doch Fehlanzeige, an keinem Rasthof war ein kleiner, schwarzer Mops gefunden worden.

Antonella war mit den Nerven am Ende. »Was soll ich nur tun«, jammerte sie, »ich kann unmöglich ohne Hund wieder nach Frankfurt kommen. Georgia bringt mich um! Und mein Erbe wäre sowieso futsch. Das ist eine echte Katastrophe!«

Zur selben Zeit stieg Georgia in Frankfurt ins Flugzeug nach Hamburg. Viel lieber wäre sie zuhause geblieben und hätte das Weihnachtsfest mit Tim verbracht. Aber ihre Eltern erwarteten sie, und in zwei Tagen würde sie wieder zurück sein. Missmutig dachte sie an die letzten Stunden und vor allem an das nette Überraschungsei, das Antonella ihr gelegt hatte. Um kurz nach zehn hatte lautes Scheppern aus der Küche sie geweckt. Sie hatte fast der Schlag getroffen, als sie nachsehen ging und einen sehr ungehaltenen Mops antraf, der mit anklagendem Blick an seinem Napf rüttelte und nach Frühstück verlangte. Das durfte ja nicht wahr sein! Da war nun seit Wochen ausgemacht, dass Antonella ihren Hund mit nach München nähme, und dann setzte sie sich einfach gewohnt dreist über alle Planungen hinweg. Georgia wollte gerade wütend ihre unzuverlässige Freundin anrufen, als Tim sie beruhigend in den Arm nahm und ihr den Vorschlag machte, er könne sich doch über Weihnachten um Hugo kümmern. »Hey, wir werden ein richtiges Männerfest haben, Hugo, Seth und ich, und du feierst friedliche Weihnachten mit deinen Eltern. Mit Antonella kannst du auch nach den Feiertagen schimpfen!« Georgia war immer noch gerührt, als sie daran dachte. So ein aufmerksamer Mensch! Klar, das war die ideale Lösung: Hugo konnte in seiner gewohnten Umgebung bleiben, und verglichen mit den Strapazen eines Fluges und des Besuchs bei ihren Eltern war selbst ein Abend mit Seth für ihn vermutlich eine Wohltat. Aber mit Antonella würde sie trotzdem noch ein Hühnchen rupfen! Die sollte diesmal nicht so ungeschoren davonkommen.

»Ich brauche bis zum 28. einen schwarzen Mops! Es geht nicht anders!« Antonella fühlte sich inzwischen dem Wahnsinn näher als allem anderen.

»Kind, es gibt immer eine Lösung. Das lässt sich doch bestimmt erklären.«

»Mama, du hast ja keine Ahnung! Wenn ich ohne Hund nach Frankfurt komme, kann ich zwei Tage später wieder mit Sack und Pack bei dir einziehen. Ich schwöre dir, Dr. Stern wartet nur auf einen Fehler von mir, damit er Tante Elsas Nachlass den Frankfurter Tierschützern überschreiben kann. Der meint das todernst! Willst du das etwa??«

Offensichtlich nicht, denn inzwischen spiegelte sich auch auf dem Gesicht ihrer Mutter leichtes Entsetzen. Sie war so froh gewesen, als sie endlich ihre unstete Tochter samt aller Sorgen losgeworden war. »Gut, keine Panik, wir finden eine Lösung! Du hast gerade was von Tierheim gesagt. Fahr ins hiesige und schau nach, ob die einen Mops haben. Wir rufen bei den umliegenden an!« Sie war wild entschlossen, für ihren Seelenfrieden zu kämpfen, und verteilte resolut die Aufgaben: »Giovanni, du suchst die Telefonnummern raus, Gianluca, du kümmerst dich ums Essen, und die Kinder können mit Claudia den Baum schmücken!«

»Weihnachten mal anders – warum nicht?« Gianluca ließ sich seine Feiertagslaune nicht verderben. Und auch seine Söhne waren glücklich, denn normalerweise war der Baum für sie tabu, nur die Frauen durften da ran.

Antonella war inzwischen schon unterwegs nach Riem, in der schwachen Hoffnung, im Münchner Tierheim würde sich ein Weihnachtswunder ereignen. Leider ein Trugschluss. Dort hatten sie keinen Mops und waren überdies von der Anfrage so irritiert, dass sie vermutlich auch kein Tier herausgerückt hätten. Antonellas Mutter und Giovanni ging es bei den Telefonaten mit den anderen Tierheimen nicht besser. Da halfen auch keine wilden Geschichten, dass der Mops der Oma am Vortag hätte eingeschläfert werden müssen, dass sie nun untröstlich wäre und man nicht wüsste, wie man sie beruhigen könnte …

Von weihnachtlicher Stimmung im Hause De Anna also keine Spur. Antonella war am Boden zerstört und haderte mit ihrem Schicksal, Giovanni grantelte vor sich hin, und Mama grübelte lautstark darüber nach, was man nun machen sollte.

»Ja, was ist denn hier los?« Rosemarie Huber, Antonellas Großmutter, erschien um kurz vor halb acht mit fröhlich geröteten Wangen und einer Tasche voller Geschenke. Den Nachmittag hatte sie in offenbar lustiger Runde mit ihrem Kegelclub verbracht.

»Antonella hat ein Mopsproblem!«, informierte der ziemlich altkluge Matteo seine Uroma.

»Warum? Mit ihrem Busen ist doch alles in Ordnung.« Oma Rosi schaute prüfend in Antonellas Ausschnitt.

Gianluca lachte laut, als seine Frau genervt »Alles Bekloppte in dieser Familie!« murmelte, und erklärte dann: »Nein, sie hat Hugo verloren. Du weißt schon, den Hund deiner Schwester, den sie Antonella mitsamt ihrem Haus in Frankfurt vererbt hat.«

»Ja, und? Wer braucht schon einen dritten Mops? Damit kriegt sie bestimmt keinen Mann!« Oma Rosi kicherte und tätschelte Antonellas Arm.

»Mutter!« Mama De Anna unterband scharf weitere Ausführungen. »Um es kurz zu machen: Mops weg, Erbe weg, Antonella wieder in München – ganz ohne Mann! Verstehst du jetzt das Problem? Wir brauchen einen Ersatzhund!«

»Warum sagt ihr das denn nicht gleich?« Die rüstige, alte Dame schüttelte den Kopf. »Mein Hausarzt Dr. Schäfer – ein ganz reizender junger Mann übrigens, leider verheiratet«, sie blickte bedauernd zu Antonella, »aber was wollte ich gerade sagen?«

»Das weiß kein Mensch«, stöhnte Giovanni.

»Werd nicht frech«, tadelte sie ihren Enkel, »also, seine Frau züchtet Möpse. Das erzählt er mir jedes Mal beim Blutdruckmessen. Vielleicht haben die ja einen für dich?«

»Oma, du bist die Größte!« Antonella küsste ihre Großmutter stürmisch auf die Wange. »Da müssen wir sofort anrufen!«

»Jetzt red keinen Unsinn«, unterbrach sie ihre Mutter energisch. »Da können wir uns frühestens morgen melden! So, und jetzt beruhigen wir uns alle und machen das Beste aus diesem Abend. Frohe Weihnachten!«

Am nächsten Vormittag hatte Antonellas Mutter tatsächlich Glück und erreichte Dr. Schäfer sofort. Er hatte Oma Rosi seine Handynummer für Notfälle gegeben, und das hier war ganz eindeutig einer! Nach einem längeren Gespräch kam sie triumphierend in die Küche und verkündete: »Kind, du hast wirklich mehr Glück als Verstand! Die Schäfers haben tatsächlich einen schwarzen Mopsrüden, den sie dir verkaufen würden. Zum Freundschaftspreis von fünfzehnhundert Euro! Du kannst das Tier am 28. in der Früh abholen. Eher geht nicht, weil sie heute zu den Schwiegereltern fahren. Und fang jetzt bloß nicht an, wegen dem Preis rumzujammern«, sagte sie warnend zu ihrer Tochter. »Das wird dir hoffentlich eine Lehre sein, und Elsas Haus ist's wohl allemal wert!«

Geld war Antonella im Moment völlig egal. Sie war überglücklich und schwor ihrer gesamten Familie mehrfach ewige Dankbarkeit.

Am Nachmittag machte sie mit Giovanni einen langen Spaziergang durch das winterlich verschneite München an der Isar entlang. Der ältere Bruder war seltsam schweigsam und wirkte bedrückt. »Was ist denn los, Bruderherz?« Sie hatte sich bei ihm eingehakt und schaute ihn prüfend an.

»Nix, was soll schon los sein?«, antwortete er schroff.

»Aber irgendwas hast du doch! Das merke ich ganz deutlich.«

»Ach ja? Und ich dachte, du interessierst dich nur für deine eigenen – selbstgemachten – Probleme!«, schnappte er zynisch und schüttelte sie ab. »Du warst über ein halbes Jahr nicht zuhause, und kaum bist du zehn Minuten da, muss die ganze Familie wieder mal ein absurdes Rettungsmanöver für dich starten. Du kommst noch nicht mal auf die Idee, dass andere Menschen auch Probleme haben. Du weißt doch gar nicht, wie es uns geht!«

»Aber …« Antonella war erschrocken und wusste nicht recht weiter. »Es tut mir leid. Ich weiß, manchmal denke ich nicht besonders weit.« Sie war ehrlich zerknirscht. »Aber es interessiert mich wirklich, wie es euch geht! Ihr seid meine Familie, und ich habe euch doch lieb.«

»Ach, Schwesterchen«, seufzte Giovanni und nahm Antonella in den Arm, die ihn mit großen braunen Augen schuldbewusst ansah. »Es ist ja auch nichts Dramatisches los. Alle sind gesund, und das Restaurant läuft bestens. Nur bei mir ist halt ein bisschen der Wurm drin.« Dann erzählte er ihr die ganze Geschichte. Wie es aussah, war Giovanni nicht nur wieder einmal Single, sondern viel schlimmer, die Schreinerei, für die er jahrelang gearbeitet hatte und die er irgendwann übernehmen wollte, hatte Konkurs anmelden müssen. »Tja, und jetzt stehe ich halt da. Ich habe natürlich schon rumtelefoniert und könnte sofort bei Holzmayr anfangen. Aber ich habe wirklich keine Lust, nur noch Hotelzimmereinrichtungen zu bauen. Ich will lieber wieder in einen kleineren Betrieb, wo ich kreativ sein und eigene Ideen verwirklichen kann«, schloss er seinen Bericht.

Antonella war wirklich betroffen. »Wenn ich irgendwas für dich tun kann …«

»Dann sag ich Bescheid. Keine Sorge, Kleine, ich fall schon auf die Füße.« Er lächelte schief. »Komm, jetzt lass uns einen Glühwein trinken!«

Die folgenden zwei Tage waren ruhig verlaufen. Antonella hatte einige alte Freunde und Bekannte getroffen und die restliche Zeit im Ristorante Milano verbracht. Denn Gianluca hatte bereits am zweiten Weihnachtsfeiertag wieder geöffnet und freute sich über jede helfende Hand. Am 28. fuhr sie gleich um neun Uhr morgens zusammen mit Giovanni zu Schäfers. Innerhalb von Sekunden waren sie von einer ganzen Schar kleiner, kläffender Hunde umringt, die beide Besucher lautstark begrüßten. Antonella schüttelte es innerlich, doch sie riss sich zusammen. »Die sind aber bezaubernd«, flötete sie. »Welchen haben Sie denn für mich vorgesehen?«

Frau Schäfer schnappte sich energisch das einzige erwachsene schwarze Tier aus der wuseligen Meute: »Das hier ist Carlos! Anderthalb, Jugendsieger in Bayern und beste Anlagen!«

»Der sieht aber gar nicht aus wie Hugo«, murmelte Giovanni.

Und er hatte Recht. Carlos war ein verhältnismäßig zierliches, hochbeiniges und offensichtlich sehr aktives Tier, kein Vergleich zum gemütlichen Hugo – aber er war schwarz, ein Bub und ein Mops. Und soweit es Antonella betraf, war das ausreichend. »Das fällt doch niemandem auf!«, raunte sie zurück, während Frau Schäfer ihren Vortrag fortsetzte: »Wir gehen zweimal in der Woche mit unseren Tieren zum Agility und legen großen Wert darauf, dass auch die neuen Besitzer

Sport mit ihnen treiben. Ihre Mutter sagte meinem Mann, dass Sie viel joggen?« Antonella nickte nur. »Das ist ideal, das wird ihm Spaß machen. Außerdem erziehen wir unsere Tiere äußerst streng. Wir wollen das alte Mops-Image vom faulen, verfressenen Schoßhündchen loswerden, deshalb dürfen unsere Hunde weder auf die Couch noch ins Bett. Und sie halten sich alle dran!«, fuhr sie stolz fort.

»Klar, genau wie Hugo«, kicherte Giovanni leise.

»Super«, sagte Antonella schwach und streichelte den kleinen Carlos, der sich irgendwie in den nächsten fünf, sechs Stunden in Hugo verwandeln musste. »Ich nehme ihn.«

»Ich hoffe sehr, dass er bei Ihnen in gute Hände kommt. Ich wollte mich eigentlich nicht von ihm trennen, denn er wird sicher ein großartiger Zuchtrüde. Aber Ihre Mutter sagte etwas von einem Notfall, und weil Weihnachten ist, wollte ich nicht so sein.«

Au weia, dachte Antonella, als sie ein paar Stunden später Richtung Frankfurt fuhr. Hoffentlich geht das gut! Carlos hatte sein neues Frauchen sofort schwer ins Herz geschlossen und war, während sie packte und sich von ihrer Familie verabschiedete, wie wild um sie herumgesprungen. Jetzt redete sie seit der Abfahrt auf das Tier ein und versuchte ihm verzweifelt klarzumachen, dass er von nun an Hugo hieße. Carlos jedoch dachte nicht daran, auf den neuen Namen zu hören. Das war aber nicht ihr Hauptproblem. Auch der echte Hugo hatte nie auf sie gehört. Viel schlimmer war, dass das kleine Biest offensichtlich sehr anstrengende Angewohnheiten hatte. Einerseits wollte er ständig spielen, rennen und toben und war andererseits überhaupt nicht verschmust. Sie würde eine sehr gute Geschichte brauchen, um das alles plausibel zu erklären. Dr. Stern konnte sie vielleicht täuschen, aber Georgia? Da hatte Antonella große Zweifel. Ihre momentane Lieblingsbegründung war die Wunderbehandlung des benachbarten Tierheilpraktikers, den sie aufgesucht hatte, um ihr von Anfang an zerrüttetes Verhältnis zu Hugo zu verbessern. Das könnte vielleicht klappen …

Erleichtert stellte sie fest, dass Georgia nicht zuhause war, als sie ankam. So hatte sie Gelegenheit, Carlos mit seinem neuen Heim und echt hugoesken Angewohnheiten vertraut zu machen. Ein praktisch unmögliches Unterfangen, denn der falsche Hugo weigerte sich beharrlich, in Georgias Bett zu bleiben. Die Schäferschen Erziehungsmaßnahmen schienen wirklich sehr effizient zu sein. Betten und Sofas waren für den agilen Zwerg tatsächlich tabu. Mannomann! Antonellas Herz raste, als sie den Schlüssel in der Wohnungstüre hörte. »Georgia, hallo, wir sind wieder da«, flötete sie aus der Küche.

»Wer wir?«, rief Georgia aus dem Flur.

»Na, Hugo und ich natürlich!«

In diesem Moment kam Georgia mit misstrauischem Blick in die Küche – im Schlepptau den Original-Hugo, der eigentlich sofort zu seinem Napf wollte, aber wie schockgefroren mitten in der Bewegung innehielt, als Carlos freudig bellend auf ihn zugelaufen kam. Antonella wurde leichenblass. Wie konnte das sein?

»Wer ist das?«, fragte Georgia mit kalter Stimme. »*Das* ist Hugo!« Sie deutete auf den immer noch starren Hund. »Der Hugo, den du nicht mitgenommen hast, obwohl du es hoch und heilig versprochen hattest!« Sie war ernsthaft verärgert.

»Ach du heilige Scheiße …« Antonella wünschte sich einen Abgrund, der sich auftun und sie sofort verschlingen sollte. Dann erzählte sie leicht hysterisch kichernd die ganze absurde Geschichte. »Und was machen wir jetzt?«, schloss sie ihr persönliches Weihnachtsmärchen.

Georgia war zwar noch fassungslos, musste aber andererseits schon wieder lachen. Was diese Irre immer anstellte! Streng sagte sie jedoch: »Ganz einfach, du bringst diesen falschen Hasen wieder weg. Wir können ihn unmöglich behalten, Hugo kann kein weiteres Trauma verkraften. Und der kleine Racker würde ihm vermutlich das Leben zur Hölle machen. Wenn es ein seriöser Züchter ist, dann nimmt er sein Tier auch wieder zurück!«

Frau Schäfer nahm Carlos tatsächlich zurück, allerdings bekam Antonella nur tausend Euro wieder, mit der fadenscheinigen Begründung: »Wer weiß, was das Tier alles durchgemacht hat. Am Ende ist er gar nicht mehr für die Zucht zu gebrauchen.«

Antonella schäumte immer noch vor Wut, als sie am nächsten Abend von ihrer Tagestour nach München zurückkam. »Das ist doch wirklich das Allerletzte! So eine Frechheit! Und ins Restaurant habe ich mich auch nicht getraut. Ich mag gar nicht dran denken, was meine Mutter mit mir macht, wenn sie das herausfindet. Die hat sich so eine Mühe gegeben …«

Georgias Mitleid hielt sich erwartungsgemäß in Grenzen. »Geschieht dir ganz recht! Und du kannst froh und dankbar sein, dass Dr. Stern diese Episode ausnahmsweise nicht mitbekommen hat!«

KAPITEL 14
Koalitionsverhandlungen

Gedankenverloren starrte Antonella ins Kaminfeuer. Sie und Georgia hatten es sich gerade nach dem Abendessen in der Bibliothek gemütlich gemacht, als das Telefon geklingelt hatte und Georgia wie ein Blitz in den Flur gesaust war. Klar, es war Tim, der pflichtbewusst aus London anrief, wo er mit seiner Band weitere Demos aufnahm. Seit er weg war, meldete er sich voller Sehnsucht jeden Abend und erzählte Georgia von seinen Abenteuern. Auf so eine Idee müsste Seth mal kommen, dachte Antonella trübsinnig. Der war zwar nur geschätzte zwei Kilometer Luftlinie von ihr entfernt in seinem Apartment in Sachsenhausen oder in der Eissporthalle, aber offenbar litt er keineswegs so an Sehnsucht wie sein Freund. Sie hatte jedenfalls seit Neujahr nichts mehr von ihm gehört. Silvester hatten sie zusammen mit Tim und Georgia im Cocoon-Club verbracht. Einer von Seths Teamkollegen hatte den Edelclub gemietet und eine rauschende Party veranstaltet. Georgia hatte natürlich wieder eine Menge auszusetzen gehabt, angefangen bei den Gästen, endend bei der Lautstärke – eine Zumutung für sensible Mopsohren –, und war mit Tim und Hugo kurz nach Mitternacht nach Hause verschwunden. Sie selbst war mit Seth noch bis zum Morgengrauen geblieben. Viel von ihm gehabt hatte sie jedoch nicht, weil er die meiste Zeit mit seinem Agenten konspirativ getuschelt hatte. Wahnsinnig romantisch also, ihr erstes Silvester in Frankfurt!

»Hach«, seufzte Georgia, als sie wieder ins Wohnzimmer

kam. »Tim ist so süß. Er hofft, dass sie in London schnell fertig werden und den Rest wieder in Köln machen.«

»Ich dachte, die anderen Jungs von der Band wollen alle nach London ziehen, weil es dort cooler ist, und die Aufnahmen komplett dort machen?« Antonella sah ihrer Freundin zu, wie sie weitere Holzscheite in den Kamin warf.

»Schon, aber Tim ist der Chef, und der vermisst mich und will lieber hier weiterarbeiten.« Georgia lächelte glücklich und machte es sich wieder in ihrem Sessel bequem.

»Das ist echt süß von ihm«, sagte Antonella und fügte düster hinzu: »Davon könnte sich sein Kumpel Seth ruhig mal eine Scheibe abschneiden.«

Georgia sah sie ernst an. »Antonella, du solltest diesen Neandertaler so schnell wie möglich vergessen. Du hast wirklich etwas Besseres verdient!«

»Fang bitte nicht schon wieder damit an.«

»Aber es stimmt doch«, beharrte Georgia, »bei der Party hat er dich auch nur präsentiert wie eine Trophäe – unterhalten hat er sich mit seinem Agenten und anderen ›wichtigen‹ Leuten. Und wann genau hat er sich das letzte Mal bei dir gemeldet?«

»Hör jetzt auf damit! Es kann halt nicht jeder so ein Mr. Perfect sein wie Tim. Außerdem ist er doch der beste Freund von deinem Wunderknaben. So schlimm kann er also gar nicht sein.«

»Ich sage ja gar nicht, dass er ein schlechter Mensch ist, er hat bestimmt auch seine guten Seiten. Tim hat mir erzählt, dass er und Seth sich schon seit dem Kindergarten kennen. Da waren sie Nachbarn und unzertrennlich. Und als dann Tims Mutter starb, haben sich Seth und seine Familie um ihn und seinen Vater gekümmert. Seth würde mit Sicherheit alles für seinen besten Freund tun, aber noch mal: Als Mann ist er eine absolute Katastrophe! Ich verstehe einfach nicht, was du dir davon versprichst. Und erzähle mir nicht, dass du glücklich bist!«

Antonella aber legte – wie so oft – keinen gesteigerten Wert auf ein echtes Gespräch und stand mit den Worten »Ich weiß nur, dass ich jetzt müde bin. Gute Nacht!« vom Sofa auf und verschwand im Bad.

»Gut, dann eben nicht«, murmelte Georgia seufzend.

Kanadische Eishockeyspieler und ihre Beziehungsqualitäten waren in den kommenden Tagen kein Thema mehr zwischen den beiden. Antonella war mit den nächsten Aufträgen beschäftigt, und Georgia arbeitete daran, Hugo's Affairs weiter zu professionalisieren. Die Auftragslage war so gut, dass sie ihrer Meinung nach dringend Verstärkung brauchten. Sie wollte eine Assistentin für den administrativen Bereich einstellen und eine Art Bauleiter, der Antonella bei der Projektabwicklung unterstützen sollte.

»Was ist das denn?« Antonella war gerade von einer Baustelle ins Loft zurückgekommen und fand Georgia vor, die konzentriert Bewerbungsmappen las.

»Das sind Bewerbungen«, erklärte Georgia das Offensichtliche. »Wir hatten am Samstag vor Weihnachten eine Anzeige in der Rundschau.«

»Wir hatten was?« Antonella schnappte nach Luft.

»Wir müssen dringend unser Team aufstocken. So kann es jedenfalls nicht weitergehen.«

»Wieso das denn? Es läuft doch prima!«

»Ja, eben deshalb! Und wir könnten noch viel mehr Aufträge übernehmen, wenn ich nicht jede Kleinigkeit hier selbst erledigen müsste. Und du bist doch die Hälfte der Zeit damit beschäftigt, den Handwerkern auf die Finger zu klopfen und arbeitest am Ende auch noch selbst mit. Deshalb suchen wir eine Sekretärin und einen Projektleiter. Ganz einfach.«

»Ganz einfach, du hast wirklich Nerven. Bist du eigentlich jemals mit dem Stand der Dinge zufrieden? Wenn du überfordert bist, kannst du dir gerne eine Sekretärin einstellen, aber dass mir jemand dazwischenfunkt, kommt überhaupt nicht in Frage! Außerdem hättest du mich ja wenigstens fragen können, bevor du wieder einen Alleingang startest.« Antonella starrte ihre Geschäftspartnerin angriffslustig an.

Georgia aber ließ sich nicht auf Diskussionen ein, sondern erklärte ruhig: »Der Projektleiter soll dir nicht ›dazwischenfunken‹, sondern dich entlasten. Er wird sozusagen unter dir arbeiten und die Umsetzung deiner Pläne und die Handwerker überwachen! Du könntest dich dann weitestgehend auf den kreativen Teil beschränken. Und das bedeutet nicht mehr, sondern vielleicht sogar ein bisschen weniger Arbeit für dich! Eine Assistentin wird hier das Telefon betreuen und sich um alle administrativen Aufgaben kümmern, so dass ich mich auf Akquise und Kalkulation konzentrieren kann. So etwas nennt man Effizienzsteigerung, falls du das Wort schon mal gehört hast.«

»Mhmm.«

»Irgendwelche Einwände?«, fragte Georgia, die merkte, wie Antonellas Widerstand schrumpfte.

»Nö, im Moment nicht«, meinte diese schlicht. »Dann lass mal die Bewerbungen sehen.«

Georgia schob ihr den Stapel mit den Projektleitern hin und durchforstete selbst stirnrunzelnd die Sekretariats-Aspirantinnen. Sie war nicht gerade begeistert von der Ausbeute, wollte aber in den nächsten Tagen doch einige Kandidatinnen zu einem Gespräch einladen. Auch Antonella war unzufrieden. Es hatten sich immerhin acht Leute als Projektleiter beworben, aber keiner schien ihr so recht zu gefallen.

»Dann müssen wir eben noch eine Anzeige schalten«, sagte Georgia resigniert. »Weihnachten war wohl nicht der beste Zeitpunkt. Schreib mal zusammen, was unser zukünftiger Projektleiter deiner Meinung nach alles können müsste.«

»Ist gut«, sagte Antonella nachdenklich im Rausgehen, blieb aber wie angewurzelt im Türrahmen stehen und verkündete mit einem triumphierenden Gesichtsausdruck: »Wart mal, ich hab da eine ganz brillante Idee!«

»Ach ja?«

»Na, Giovanni natürlich – der wäre perfekt!« Antonella war von ihrer unvermittelten Eingebung restlos begeistert. »Das löst sein und unser Problem!«

»Da wäre ich mir jetzt nicht so sicher.« Georgia war etwas zurückhaltender, weniger weil sie an Giovannis Kompetenz zweifelte, sondern weil sie einer derartigen De-Anna-Übermacht im Unternehmen spontan nicht allzu viel abgewinnen konnte.

Doch Antonella ließ sich nicht bremsen und rief sofort ihren Bruder an, um ihn ebenfalls mit ihrem Geistesblitz zu überfahren. Allerdings zeigte auch Giovanni sich skeptisch, wenn auch aus anderen Gründen. Bodenständig wie er war, konnte er sich nicht vorstellen, dass seine kleine Schwester und das hübsche, reiche Töchterchen, mit dem sie zusammenwohnte, ein wirklich solides Unternehmen aufgezogen haben sollten.

»Sprich mal mit Georgia, die kann dir alles viel besser erklären!« Antonella drückte ihrer unwilligen und leicht genervten Freundin den Hörer in die Hand.

»Okay, tun wir deiner Schwester den Gefallen und treffen uns. Sonst gibt sie ja doch keine Ruhe. Kannst du nächste Woche mal vorbeikommen? Am Donnerstag? Prima!« Georgia seufzte und sagte zu Antonella: »Jetzt bist du hoffentlich zufrieden!«

In den nächsten Tagen führte Georgia ihre Bewerbungsgespräche. Sie sah sich sechs Kandidatinnen an, doch keine schien ihren hohen Ansprüchen zu genügen. »Es ist so frustrierend«, jammerte sie Antonella vor, »die einzig kompetente Bewerberin können wir uns nicht leisten, und alle anderen sind definitiv nicht professionell genug.«

»Georgia, also wirklich! Das ist hier keine Unternehmensberatung. Wir brauchen niemanden, der im Ausland gelebt hat und fünf Sprachen spricht!«

»Bitte, wenn du so genau weißt, was wir benötigen, dann such eine von denen aus!« Sie warf ihr drei Mappen hin.

Antonella entschied sich spontan für Jennifer Schmidt, weil die am selben Tag wie sie selbst Geburtstag hatte. Wenn das kein gutes Zeichen war! Georgia vereinbarte augenrollend einen zweiten Termin mit dem in ihren Augen völlig verhuschten Mäuschen Anfang zwanzig.

Jenny kam am nächsten Nachmittag und traf zunächst auf Antonella, die an ihrem Rechner saß und ein neues Wohnungskonzept entwickelte. Da Georgia telefonierte, nahm sich Antonella in ihrer forsch-fröhlichen Art der sehr nervösen Bewerberin an. Sie duzte sie gleich und erzählte ihr tausend Dinge über die Firma und den vierbeinigen Namenspatron von Hugo's Affairs. Ehe sie zu persönlicheren Details kommen konnte, rauschte Georgia aus ihrem Büro und mischte sich ins Gespräch ein – nicht ohne Antonella einen missbilligenden Blick zuzuwerfen. Antonella hatte die Kleine jedoch so aus der Reserve gelockt, dass diese jetzt in halbwegs vernünftigen Sätzen antwortete, auch wenn sie offensichtlich von »Frau Holtau« sehr eingeschüchtert war. Das Ganze war zwar überhaupt nicht nach Georgias Geschmack abgelaufen, aber wahrscheinlich musste sie sich daran gewöhnen, dass es hier keinen Menschen gab, der auf ihrem Niveau agierte …

Jenny wurde ohne weiteres Tamtam eingestellt und würde in sechs Wochen, am 1. März, bei Hugo's Affairs anfangen.

Überraschenderweise erwies sich der Besuch von Giovanni als echter Volltreffer. Er ließ sich das Geschäftskonzept von

Hugo's Affairs genau erklären und war verblüfft, wie erfolgreich die beiden Freundinnen in der kurzen Zeit schon geworden waren. Allerdings hatte er in der Zeit seit Weihnachten bereits eigene Zukunftspläne geschmiedet. Nachdem der Schock über die Insolvenz seines Arbeitgebers abgeklungen war, hatte er sich entschieden, sich selbstständig zu machen. Außerdem war er nicht sicher, ob ihn die Projektleiterstelle wirklich ausfüllen würde. Bei einem längeren Gespräch fanden Georgia und Giovanni jedoch eine Möglichkeit, von der alle profitieren würden: Er könnte freiberuflich für Hugo's Affairs arbeiten und parallel seine eigenen Ideen verwirklichen. Und das junge Unternehmen würde seine erstklassige Qualifikation zu einem relativ günstigen Preis und praktisch null Risiko bekommen. Selbst das letzte offene Problem lösten sie im Handstreich. Giovanni brauchte selbstverständlich eine Werkstatt. Schnell kamen Georgia die kaum genutzten Lagerräume unter dem Loft in den Sinn. Ein Anruf beim Vermieter genügte, und er konnte hundertfünfzig Quadratmeter zu sehr fairen Konditionen mieten.

»Irgendwie geht mir das jetzt zu schnell.« Giovanni wirkte überfahren. »Versteh mich nicht falsch, das hört sich alles toll an. Doch es wirft meine sämtlichen Pläne über den Haufen, und ehrlich gesagt möchte ich auch gar nicht aus München weg.«

»Giovanni, jetzt mal ernsthaft: Wie konkret waren denn deine Pläne? Hast du in München etwa schon Werkstatträume und sichere Aufträge für die nächsten Monate?«

Er schüttelte den Kopf.

»Siehst du. Wenn sich eine Gelegenheit bietet, dann muss man sie auch beim Schopfe packen! Glaub mir, ich weiß, wovon ich spreche.« Georgia sah ihn eindringlich an. »Du hast keine Frau, du hast keine Verpflichtungen, du bist dein eigener Herr. Also, was hält dich in München?«

»Na, du bist gut! Die Berge, die Seen, die Nähe zu Italien, und außerdem lebt meine ganze Familie da.«

»Nicht die ganze! Antonella wäre überglücklich, wenn sie dich hier hätte. Giovanni, gib dir einen Ruck. Wir brauchen dich hier, und du brauchst uns auch!«

»Himmel, bist du hartnäckig! Antonella hat schon Recht, dass du lange nicht so harmlos bist, wie du aussiehst.« Er grinste schief.

»Ist das jetzt eine Zusage?«

»Also schön«, er reichte ihr seine Hand, »wir sind im Geschäft!«

Giovanni hatte für seinen Start in die Selbstständigkeit im Vorfeld tatsächlich schon ziemlich viel geklärt. Die Maschinen wollte er aus der Konkursmasse seines Chefs übernehmen, ebenso den Transporter, und auch einen Bankkredit konnte er bekommen. Er rechnete damit, in etwa vier Wochen alles organisiert zu haben und in Frankfurt einsatzbereit zu sein.

Mitte Februar war es dann so weit. Die Werkstatt war eingerichtet und eine nette Zwei-Zimmer-Wohnung in Bornheim mit Antonellas Hilfe renoviert und bezogen. Antonella war der Meinung, dass sie sich nun, wo Verstärkung vor Ort war, wieder mehr um ihre sportlichen Aktivitäten kümmern könnte, und zog gleich am nächsten Samstag los, um neue Joggingschuhe zu kaufen. Im Frankfurter Laufshop probierte sie gerade das erste Modell an, als sie Adrian Stern in den Laden kommen sah. Ihr unwillkürlicher Fluchtreflex hätte sie beinahe vom Laufband gefegt. In letzter Sekunde fing sie sich wieder und lief weiter – bestimmt hatte er sich im Geschäft geirrt und würde gleich wieder abhauen. Der verhasste Anwalt machte aber keinerlei Anstalten, gleich wieder zu gehen, sondern erweckte sogar den Eindruck, als wäre er häufiger hier. Er diskutierte nämlich gerade mit einem Verkäufer die

Vorzüge diverser Schuhmodelle – offenbar kannte man sich und war per Du. Einige Minuten später kamen die beiden mit etlichen Schuhkartons beladen zum Laufband.

»Vielleicht könnt ihr euch beim Testen abwechseln?«, fragte Adrians Verkäufer Antonella.

»Wenn's sein muss«, knurrte sie, und erst da bemerkte auch Adrian sie.

»Ach, was für eine nette Überraschung!« Er lächelte sie freundlich an.

»Überraschung zumindest.« Antonella überließ ihm widerwillig das Laufband und zog sich die nächsten Schuhe an.

Während sie sich abwechselten, hörte sie zu, wie Adrian mit seinem Verkäufer über Trainingsmethoden fachsimpelte: »Irgendwie komme ich im Moment kein bisschen weiter. Ich stagniere total!«

»Hast du es schon mal mit Intervalltraining versucht?«, fragte der Verkäufer.

»Ja, aber das hat auch nicht viel gebracht. Das finde ich ganz schön frustrierend.«

»In so einer Situation muss ein ganz anderer Trainingsreiz her«, platzte Antonella heraus, die gerade wieder das Laufband übernommen hatte. »Wenn ich mich beim Laufen nicht mehr verbessere, konzentriere ich mich eine Weile auf Radfahren oder Schwimmen, und dann geht's plötzlich wie von alleine. Der Körper braucht einfach Abwechslung, immer das gleiche Training bringt gar nichts! Das solltest du mal ausprobieren. Äh, ich meine natürlich Sie«, fügte sie leicht verlegen hinzu.

Adrian grinste. »Sportler duzen sich doch immer. Also lassen wir's doch dabei. Und danke für den Tipp, ich werde es versuchen.«

Kurze Zeit später hatten sich beide für neue Schuhe entschieden. An der Kasse fasste sich Adrian schließlich ein Herz. »Gehen wir noch einen Kaffee trinken?«

Antonella zögerte kurz, willigte dann aber ein. Nicht zuletzt deshalb, damit sie Georgia beweisen konnte, wie reif und erwachsen sie war, weil sie lässig mit dem Feind Kaffee trinken ging. Außerdem war er tatsächlich ganz nett, und ohne diese schrecklich konservativen Anzüge sah er auch gar nicht schlecht aus. Mit Jeans, Pulli und Daunenjacke waren sie praktisch im Partnerlook unterwegs. Auf dem Weg ins Diamonds & Pearls erzählte er ihr, dass er unter der Woche im Holzhausenpark seine Runden drehte und am Wochenende meist eine große Tour durch den Stadtwald einplante. Der Holzhausenpark war natürlich unter Antonellas Würde – viel zu winzig –, aber die Sache mit dem Stadtwald fand sie interessant. Da war sie nämlich noch nie gewesen.

»Und wie läuft's mit dem Triathlon?«, wollte er wissen. »Trittst du dieses Jahr beim Ironman an?«

»Himmel, nein! Vielleicht mache ich im Sommer die ein oder andere Kurzdistanz, aber momentan komme ich kaum zum Trainieren. Ich schaffe es nur einmal in der Woche zum Schwimmen und zwei-, dreimal zum Laufen. Mein Rennrad ist komplett eingestaubt. Maximal radle ich zur Arbeit oder zu Kundenterminen, aber bei dem Sauwetter fällt das meistens auch aus.«

»Habt ihr so viel zu tun?«, fragte Adrian interessiert.

»Ja, der Laden läuft wirklich gut. Mein Bruder hat gerade als Projektleiter bei uns angefangen, und im März bekommen wir auch eine Sekretärin. Vielleicht habe ich dann wieder ein bisschen mehr Zeit für Sport.«

Beim zweiten Cappuccino wurde das Gespräch ein bisschen persönlicher. »Wann hast du denn mit dem Laufen angefangen?«, wollte Antonella wissen.

»Vor zwei Jahren. Es heißt doch immer, dass Ehemänner träge werden, und nach der Trennung von meiner Frau dachte ich, dass ich mal wieder etwas tun sollte.«

»Ach, der Klassiker, vor Problemen davonlaufen …« Antonella grinste ihn an.

»Schon möglich«, auch er lächelte. »Und wovor läufst du davon?«

»Das weißt du doch«, sagte sie frech. »Steht alles in Tante Elsas Testament: keine vernünftige Ausbildung, dafür Müßiggang und Körperkult! Wenn das keine Gründe sind … Aber du wolltest doch gerade von dir erzählen!«

Als sie ein paar Stunden später Gemüse für das Abendessen schnippelte, berichtete sie Georgia von ihrem Gespräch mit Adrian. »Der kannte seine Ex schon aus dem Studium und war acht Jahre mit ihr verheiratet. Ganz schön lange, oder? Sie ist wohl so eine Karrierejuristin, die in einer großen Ami-Kanzlei arbeitet, immer bis spät in die Nacht und oft auch am Wochenende – so wie du halt früher. Fürchterlich! Er hat die Kanzlei von seinem Vater übernommen und sich vorgestellt, dass sie mit einsteigt und den ganzen Wirtschaftskram übernimmt. Da hätte sie zwar nicht so viel verdient, aber wenigstens Zeit für ihn und vielleicht auch für Kinder gehabt. Sie hatte aber keine Lust dazu, und dann war's halt irgendwann aus.«

»Dafür, dass du ihn nicht magst und ihr angeblich nur ›auf einen schnellen Kaffee‹ wart, ist das eine ganz schön ausführliche Geschichte, die er dir da erzählt hat.« Georgia sah Antonella an.

»Gut, es waren zwei gemütliche Cappuccinos. Eigentlich ist er doch ganz nett. Und ohne seine Spießerklamotten sieht er sogar ziemlich gut aus. Er hatte einen Pulli an im selben Blau wie seine Augen. Und diese grauen Strähnen – also George Clooney ist er nicht, aber …« Antonella geriet regelrecht ins Schwärmen, wechselte aber abrupt das Thema, als sie Georgias spöttisches Lächeln sah.

»Cooles Shirt übrigens«, sie deutete auf Georgia. »Ist dir vielleicht ein paar Nummern zu groß. Von Tim?«

»Mhmm. Er ist jetzt schon wieder drei Tage in London, und ich vermisse ihn schrecklich!«

»Und da hast du dir zum Trost eines von seinen ›Ich bin ein cooler Rockstar‹-T-Shirts gemopst?« Antonella grinste. Dann piepste ihr Handy. Sie klappte es auf und las die Nachricht. »Dieser verdammte Mistkerl!«, rief sie wütend, »*Sorry, Babe, kann morgen nicht! Seth.* Das ist schon das dritte Mal hintereinander, dass er mich versetzt!« Sie drückte auf Verbindungsaufbau, erreichte aber nur seine Mailbox. Ohne sich mit höflichem Vorgeplänkel aufzuhalten, donnerte sie sofort los: »Geht's noch? Wer glaubst du eigentlich, wer du bist, dass du hier permanent so eine Nummer abziehen kannst? Meld dich gefälligst und red mit mir!« Sie legte auf, zeterte aber weiter: »Das ist echt zum Kotzen, wie der sich aufführt!«

»Komm, vergiss diesen Menschen endlich«, unterbrach Georgia Antonellas Geschimpfe. »Ich weiß, ich wiederhole mich, aber der meint es doch nicht ernst mit dir. Wie ich Seth einschätze, bist du nicht die Einzige, von der er sich ausgiebig bewundern lässt. Und das hast du nun wirklich nicht nötig!«

»Du denkst immer gleich an das Schlimmste, oder?«, fauchte Antonella ihre Freundin an.

»Tue ich nicht. Ich glaube auch nicht, dass alle Männer so sind, aber Seth scheint da gewisse Tendenzen zu haben.«

Ehe Antonella etwas Passendes entgegnen konnte, klingelte das Telefon im Flur. »Das ist er bestimmt!« Sie sprang auf und lief in die Diele. »Wahrscheinlich will er sich entschuldigen.«

Georgia wunderte sich, dass Antonellas Tonfall in Sekundenschnelle von furios auf herzlich wechselte und hörte nur noch: »Also dann bis morgen! Ich freue mich!«

»Und?« Georgia war neugierig. »Hat er sich entschuldigt?«

»Nein, es war Adrian. Wir sind morgen zum Joggen im Stadtwald verabredet. Um zehn Uhr holt er mich ab. Und jetzt lass uns endlich in Ruhe essen!«

KAPITEL 15
Harte Töne

Guten Morgen, Frau Holtau«, piepste Jenny schüchtern, als Georgia an einem Montag Mitte März später als üblich und offensichtlich schlecht gelaunt ins Loft gerauscht kam.

»Guten Morgen, Jennifer, bringen Sie mir bitte einen Kaffee.« Georgia warf einen flüchtigen Blick auf ihre neue Sekretärin und wollte gerade in ihr Büro stürmen, als sie mitten in der Bewegung innehielt und Jenny scharf ins Visier nahm. »Was soll das denn darstellen?« Sie musterte die Assistentin, die schon auf dem Sprung in die Küche war, mit frostigem Blick. »Denken Sie wirklich, dass ein Shirt mit dem Aufdruck ›Hello, Boys‹ im Arbeitsalltag die richtigen Signale aussendet? Und ist das rote Ding da um Ihre Hüften ein Rock oder ein Gürtel? Wir sind ein seriöses Unternehmen und kein Nachtclub!«

»Aber …«, kam es kläglich von Jenny.

»Ja?«

»Ich dachte, der Dresscode sei hier nicht so streng. Antonella hat doch auch immer so flippige Sachen an.«

»Lassen Sie Antonella aus dem Spiel. Sie ist die Kreative hier und außerdem Partnerin. Sie hingegen sind als Sekretärin die Visitenkarte der Firma. Welches Bild wollen Sie so bitte transportieren?« Georgia redete sich in Rage. »Sie ziehen sich sofort etwas Adäquates an. So möchte ich Sie bei der Arbeit nicht sehen! Haben wir uns verstanden?«

Statt einer Antwort kam von Jenny jedoch nur noch ein Schluchzen. Sie griff ihren Mantel und rannte davon.

»Das hast du ja prima hingekriegt«, tönte Antonella, die gerade mit einer Tasse Kaffee aus der Küche kam. »Hat dir der Zahnarzt noch das letzte Quäntchen Freundlichkeit weggebohrt?«

»Jetzt werde nicht unsachlich.« Georgia funkelte Antonella an. »Dieses Outfit war indiskutabel. Das musst selbst du zugeben!«

»Komm, jetzt sei nicht so streng mit dem Mädchen. Ein dezenter Hinweis hätte auch gereicht. Das macht sie nur wegen Giovanni. Die Kleine ist verknallt in ihn, sie sagt, er sieht aus wie Luca Toni.«

»Schön, dass ich mir ausgerechnet von dir etwas über dezente Hinweise anhören muss«, giftete Georgia.

»Meine Güte, Georgia, du solltest wirklich mal wieder zum Yoga gehen. Mir scheint deine innere Mitte etwas aus dem Lot zu sein. Du lässt deine schlechte Laune an der armen Jenny aus, obwohl du eigentlich sauer auf Tim bist!« Antonella hatte Georgias Gezicke schon das ganze Wochenende ertragen müssen, und jetzt war es genug. Sie hielt Georgia einen kleinen Vortrag darüber, dass sie Tim zu viel Druck mache und es mit ihren übersteigerten Vorstellungen einer gelungenen Beziehung eindeutig übertreibe. »Freu dich einfach für ihn. Es ist doch schön, dass er so viel zu tun hat, dann geht mit der Band alles gut voran.«

Georgia wusste, dass Antonella im Grunde Recht hatte, konnte aber ihre düsteren Gedanken nicht so einfach abschütteln: »Warte nur mal ab. Ich kann dir sagen, wie das läuft: In zwei Wochen räumt er seine Sachen in unsere Wohnung, und er selbst ist nach wie vor nie da!«

»Wieso – was soll denn sein Kram bei uns? Will er bei Seth ausziehen?« Antonella war überrascht.

»Wie … Du weißt noch gar nichts?«

»Was weiß ich nicht?«

»Hm, ich dachte wirklich, ihr hättet längst geredet, das Ganze ist ja schließlich schon seit fast zwei Monaten fix.«

»Wovon bitte sprichst du?«, insistierte Antonella.

»Davon, dass Seth im April in die Staaten zurückgeht. Er hat ab der nächsten Saison einen Vertrag mit den Chicago Blackhawks.«

»Wie bitte?« Antonella war vor Wut knallrot angelaufen. »Das höre ich zum ersten Mal! Diesen Scheißkerl mach ich fertig!« Energisch griff sie nach dem Telefon und wählte Seths Nummer: »Oh, erstaunlich, der Herr geht mal an sein Handy!«, fuhr sie ihn aggressiv an, als er sich gemeldet hatte. »Willst du mir vielleicht etwas erklären? – Wie, was? Tu nicht so unschuldig, wie wäre es zum Beispiel mit deinem neuen Vertrag und dem Ende deines Frankfurter Gastspiels? – Ich will mich nicht beruhigen! Ich will dir die Eier bei lebendigem Leib abreißen ...« Mitten in diese lautstarke Szene platzte ein leicht irritierter Giovanni.

»Was ist denn hier los?«, wollte er von Georgia wissen. »Draußen heult Jenny Rotz und Wasser und jammert: ›Frau Holtau war so gemein zu mir.‹ Und was hat meine Schwester für ein Problem? Ich dachte, wir haben hier unsere Wochenbesprechung!«

»Das sagt der Richtige: Wer ist denn wieder zu spät?«

»Habt ihr alle eure Tage, oder was?«, fragte Giovanni grinsend, duckte sich vor dem Locher, den die zornbebende Antonella nach ihm warf, und verschwand. Als er zehn Minuten später mit einer großen Tüte Croissants – »Friedensangebot!« – wieder zurückkam und für alle Kaffee machte, hatte sich die Stimmung etwas beruhigt, und der Montags-Jour-fixe konnte tatsächlich beginnen: Georgia listete die Anfragen auf, für die Antonella Objektbegehungen einplanen und Entwürfe fertigen musste, während sich Giovanni später um die Umsetzung und Handwerkerorganisation kümmern sollte. Es wurden Zeitpläne erstellt und Projektordner aktualisiert. Als letzter Punkt standen Giovannis Möbelkreationen auf der Tagesordnung. Unerwartet harmonisch entschied das Trio, wo genau die Musterstücke im Loft platziert werden sollten. Schließlich kam auch Jenny wieder, jetzt in weißer Bluse und schwarzer Hose.

»Wurde ja auch Zeit!« Georgia war immer noch ungnädig.

Seufzend stellte Giovanni der verstörten Sekretärin ein Schokocroissant und einen frischen Cappuccino auf den Schreibtisch. »Mach dir nix draus, Spatzl, morgen schaut die Welt wieder anders aus!«

Am Tag nach Seths Abschiedsparty klingelte es um kurz nach halb elf. Georgia, die gerade aufgestanden war, öffnete die Tür. »Oh, guten Morgen, Herr Dr. Stern«, sagte sie überrascht, als Adrian in Sportkleidung vor ihr stand.

»Guten Morgen, Frau Holtau, wo ist denn Antonella? Wir sind zum Laufen verabredet.«

»Ich gehe mal nachsehen. Kommen Sie doch rein.« Sie hielt die Türe auf und machte ihm in der Küche einen Espresso, ehe sie Antonella aus dem Bett scheuchte.

»Sie kommt in fünf Minuten«, informierte sie ihn, als sie sich mit ihrer Teetasse zu ihm an den Tisch setzte.

»Ist gestern wohl spät geworden?«, fragte Adrian.

»Ja, wir waren erst um halb vier im Bett, Seth hat eine große Abschiedsparty gegeben.«

»Wieso Abschiedsparty?«

Georgia erzählte ihm von Seths neuem Vertrag. Übermäßig spät waren sie gar nicht nach Hause gekommen, nur musste das unrühmliche Ende der Geschichte noch bei zwei Flaschen Prosecco diskutiert werden.

»Ach, dann ist Antonella wohl sehr traurig?« Adrian versuchte einen mitfühlenden Gesichtsausdruck, was ihm aber gründlich misslang.

»So würde ich das nicht gerade formulieren«, schmunzelte Georgia. »Es ist eher so, dass …«

In diesem Moment erschien Antonella gähnend, aber im Joggingoutfit in der Küche. »Morgen, Adrian. Sorry, dass ich verpennt habe. Ich mache mir nur noch schnell einen Kaffee, dann können wir los. Magst du auch einen?«

»Nein danke, Frau Holtau hat mir schon einen gemacht.«

»Frau Holtau? Siezt ihr euch denn immer noch?« Sie sah die beiden entgeistert an, die nur mit den Schultern zuckten.

»Georgia, das ist Adrian – Adrian, das ist Georgia«, stellte sie die beiden gegenseitig vor, während ihr Espresso lautstark in die Tasse gurgelte. »Hätten wir das jetzt geklärt?« Die beiden nickten gehorsam, und Antonella stürzte den Kaffee im Stehen hinunter. »Gut, dann können wir!«

»Wiedersehen, Georgia!«

»Tschüss, Adrian. Viel Spaß!« Georgia lächelte den beiden hinterher und ging in ihr Schlafzimmer, um nachzusehen, ob ihr angehender Rockstar schon wach war.

Allmählich kam Schwung in die Karriere von Tims Band Stardust. Ihr Management hatte eine erste kleine Serie von Clubkonzerten in Deutschland organisiert. Los ging es im Frankfurter Mousonturm. Alle waren aufgeregt und fieberten dem Termin entgegen, alle außer Georgia zumindest, die sich aus unerfindlichen Gründen sträubte.

»Jetzt sei nicht albern, natürlich musst du hingehen! Das ist schließlich Tims erster Auftritt in Deutschland. Ich pass so lange auf Hugo auf, obwohl ich ja total gern zum Konzert gehen würde!« Antonella hätte ihre Freundin am liebsten kräftig durchgeschüttelt.

»Wie oft soll ich es dir denn noch sagen, ich gehe nicht! Ich bleibe hier und kümmere mich um Hugo, und du gehst zum Konzert. Ende der Diskussion!«

»Dir ist echt nicht zu helfen!« Antonella verdrehte die Augen. »Dann ziehe ich mich jetzt um.«

Georgia blieb stur in der Küche sitzen. Rock- und Popkonzerte fand sie nun mal einfach grauenhaft – und dabei waren sie ein wesentlicher Teil von Tims Leben. Das eigentliche Problem war, dachte sie, dass Tim in einer völlig anderen Welt lebte, die ganz und gar nicht zu der ihren passte. Wahrscheinlich hatte die ganze Sache sowieso keinen Sinn. Wie sollte das denn überhaupt gut gehen?

Nachdem sie sich eine Stunde lang immer weiter in ihr vermeintliches Unglück hineingesteigert hatte, machte Hugo sie durch leichtes Anstupsen darauf aufmerksam, dass er noch einmal hinaus musste. Die frische Luft tat Georgia gut. Wenn sie ehrlich war, ärgerte sie sich inzwischen über sich selbst. Mit ihren lächerlichen Zweifeln hatte sie sich den Abend verdorben. Sie hätte einfach über ihren Schatten springen und zum Konzert gehen sollen.

Als Antonella Giovanni am Mousonturm traf, herrschte dort ein Wahnsinnsbetrieb. »Die wollen mich tatsächlich nicht hinter die Bühne lassen«, beschwerte sie sich empört. »Dabei ist der Sänger mein Mitbewohner! Sogar Harry darf in die Garderobe, nur ich nicht!«

»Der ist schließlich auch Journalist. Reg dich nicht auf, Principessa, ich habe mit Tim vorhin ausgemacht, dass wir uns nach dem Gig treffen und mit den Jungs noch was trinken gehen. Also genieß jetzt einfach das Konzert!«

»Ja, ja, du und dein neuer bester Freund Tim. Wahrscheinlich dürftest du auch backstage!«

Der Auftritt von Stardust war ein voller Erfolg. Das Publikum nahm die Newcomer begeistert auf. Offenbar kannten einige der Anwesenden auch die Songs der ersten Platte und sangen lautstark mit. Tim erwies sich als echter Profi. Antonella war beeindruckt davon, wie cool und selbstsicher Georgias privat so süßer, lieber Freund sich auf der Bühne bewegte.

Nach dem Konzert feierte die Band mit Anhang ausgelassen im Harvey's. Als Antonella gegen zwei Uhr morgens nach Hause kam, war das Wohnzimmer hell erleuchtet und Georgia saß glockenwach auf dem Sofa. »Oh, ist Tim gar nicht dabei?«, sagte sie enttäuscht. »Tut mir leid, dass ich vorhin so zickig war. War's denn nett?«

»Tim feiert noch mit den anderen. Du hast wirklich was verpasst, das war ein total cooles Konzert, und Tim hat dich sehr vermisst!« Antonella gähnte herzhaft. »Aber ich muss jetzt gleich ins Bett, bin todmüde ...«

Georgia blieb im Wohnzimmer sitzen, um auf Tim zu warten, und wachte ein paar Stunden später davon auf, dass er sie ins Bett trug. »Schlaf einfach weiter, Baby, ich erzähl dir alles morgen«, flüsterte er zärtlich.

Als Georgia am Montag darauf ins Büro kam, war ihre Laune etwas besser. Tim hatte sie herrlich verwöhnt und ihr versprochen, dass er sich diese Woche ganz viel Zeit für sie nehmen würde. Dann würde er leider wieder nach London fliegen müssen. Sie versuchte ihre Enttäuschung hinunterzuschlucken, denn das gehörte nun mal zu seinem Job. Und sie selbst war früher schließlich immer viel länger unterwegs gewesen als Tim jetzt und hatte das auch ganz normal gefunden. Trotzdem blieb ein beklemmendes Gefühl zurück. Mitten hinein in diese Überlegungen klingelte ihr Telefon.

»Hallo, Georgia, ich muss dir unbedingt etwas ganz Wichtiges sagen!« Es war Harry, und er tat sehr konspirativ. »Das geht nicht am Telefon.«

Widerwillig verabredete sie sich mit ihm für den Nachmittag im Café Kante. Als sie dort ankam, saß Harry bereits mit Leichenbittermiene am Tisch.

»Ist jemand gestorben?« Sie sah ihn misstrauisch an und setzte sich.

»Ach, Georgia, das tut mir alles so leid. Ich würde dir das wirklich gern ersparen, aber ich bin doch dein Freund, und da sehe ich es als meine Pflicht an, dir diese Fotos zu zeigen.« Er schob ihr einen Packen Bilder über den Tisch.

Georgia begann, relativ desinteressiert den Stapel Schwarz-Weiß-Fotos vom Konzert durchzublättern. »Was ist daran denn so wichtig? Die hätte ich mir doch auch irgendwann später anschauen können.«

»Mach weiter«, sagte Harry nur.

Gleich darauf hatte Georgia die beiden Abzüge entdeckt, um die es Harry offensichtlich ging: Auf einem sah man Tim, dem eine leichtbekleidete junge Frau am Hals hing. Auf dem zweiten küsste sie ihn auf den Mund! Und es sah definitiv nicht so aus, als hätte Tim sich gewehrt.

»Die habe ich nach dem Konzert aufgenommen.«

»Das gibt es nicht!« Georgia konnte es nicht glauben.

»Ja, ich kann das auch nicht verstehen. Wo er doch mit dir zusammen ist!«

»Und was ist dann passiert?«

»Mehr hab ich nicht gesehen, weil ich noch mit dem Manager sprechen musste.«

»Kann ich die Bilder behalten?« Georgia war sehr blass.

»Natürlich, die kommen sicher nicht in die Zeitung.« Nach der Konstantin-Geschichte hatte er sich gefühlt wie Georgias weißer Ritter; jetzt hingegen war Harry sehr unbehaglich zumute.

Georgia nahm ein Taxi nach Hause und traf Tim Gitarre spielend im Wohnzimmer an. Sie knallte die Fotos auf den Beistelltisch und legte los: »Was sagst du dazu?«

Tim warf einen flüchtigen Blick auf das oberste Bild: »Was soll ich dazu sagen. Das ist ein Groupie. Und weiter?«

»Du betrügst mich und bist noch so blöd, dich dabei von Harry fotografieren zu lassen! Und dann denkst du auch noch, ich lasse mir das gefallen.«

»Georgie-Baby, was soll das denn? Dass Bands Groupies haben, ist dir doch sicher nicht neu. Du kannst doch nicht ernsthaft glauben, dass ich mich für irgendeine andere Frau interessiere!«

»Was weiß ich denn, was du machst, wenn ihr in London seid oder auf Tour geht. Ich sehe dich ja nur sporadisch! Wie soll ich dir da vertrauen?«

»Wie oft und wie lange wir uns sehen, ist doch überhaupt nicht der Punkt!«

»O doch, das ist sehr wohl der Punkt! Wenn man sich nicht sieht, kann eine Beziehung nicht funktionieren, das weiß ich aus Erfahrung.«

»Jetzt vergleich mich bitte nicht mit deinem Ex! Bloß weil Graf Großkotz keine Nacht allein schlafen konnte …«

»Da hast du es ja! Es hat schon mit Konstantin nicht funktioniert, obwohl wir den gleichen Lebenshintergrund hatten. Wie soll es dann mit dir klappen? Wir leben doch in völlig verschiedenen Welten – du und ich!«

»Georgia, ich glaub das einfach nicht! Weißt du was – ich geh jetzt. Und wenn du dich beruhigt hast, rufst du mich an, okay?«

»Wenn du jetzt gehst, war es das!«

Kopfschüttelnd stand Tim auf, schnappte sich seine Jacke und zog die Wohnungstür hinter sich zu.

In der Küche brach Georgia völlig zusammen und weinte hysterisch in Hugos Fell, bis das Telefon klingelte. »Tim, bist du das?«, schluchzte sie in den Hörer.

»George, was ist los?« Es war Sophie. »Eigentlich wollte ich dir gerade was vorheulen.«

»Was?«, schniefte Georgia. »Sophie, es ist so schrecklich.«

»Okay, du zuerst«, seufzte es resigniert über den großen Teich, »haben wir ein Problemchen mit unserem lustigen Musikanten?«

»Es ist vorbei. Er hat mich gerade verlassen«, sagte Georgia mit tonloser Stimme.

»Ist doch prima, da haben wir ein Ärgernis weniger! Ich habe dir von Anfang an gesagt, dass dieser Typ nichts taugt. Diese Musiker sind doch alle würdelose Cretins, ach was Musiker, alle Männer! Maxim hat eine Geliebte!«, platzte Sophie erregt heraus. »Er sagt, er bräuchte mal etwas Wärme in seinem Leben und dass ich so kalt sei wie ein toter Fisch!«

»Ach, Soph …« Georgia war schockiert.

»Sechs Jahre meines Lebens habe ich ihm geopfert, habe Dinnerpartys gegeben, damit er die richtigen Leute trifft, und war stets die perfekte Ehefrau an seiner Seite! Wenn ihm kalt ist, soll er meinetwegen in die Sauna gehen, aber mich nicht mit einer fünfundzwanzigjährigen vollbusigen Südstaatenschlampe in aller Öffentlichkeit brüskieren.«

»Meine Güte, wie geschmacklos!«

»Allerdings! Aber ich sag dir, ich werde diesen neureichen amerikanischen Wichser ausnehmen, bis ihm die Tränen kommen«, kam es hart zurück. »Und der nächste Mann wird ein Europäer mit einem erstklassigen Stammbaum sein.«

»Das ist doch albern, Sophie«, Georgia hatte kurzfristig ihren eigenen Kummer vergessen, »ich weiß aus erster Hand, dass adlige Männer auch keine Garantie für Glückseligkeit sind.«

»Dass du immer noch so unglaublich naiv bist, finde ich schon ziemlich erstaunlich«, sagte Sophie kühl. »Als ob es um Glückseligkeit ginge. Eine Ehe ist doch langfristig nichts anderes als ein Vertragsgeschäft: ein gegenseitiges Geben und Nehmen. Und das hättest du mit Konstantin jederzeit haben können, wenn du dich an die Spielregeln gehalten hättest.«

»Sophie!« Georgia schnappte nach Luft.

»Glaub mir, du Träumerin, so läuft das! Und was ist nun mit deinem Lover? Nein, lass mich raten: Er hat was mit einem Groupie laufen oder will seine künstlerische Freiheit ausleben. Egal, was es ist, sei froh, dass es vorbei ist. Ihr passt einfach nicht zusammen. Du brauchst einen Mann aus *deinen* Kreisen, der *deine* Ansprüche versteht und den du bei seinen Zielen unterstützt. Oder hast du etwa Lust, die nächsten zehn Jahre jubelnd vor einer Bühne zu hüpfen?«

Sophies endloser Redefluss verstärkte ihre eigenen Zweifel. Natürlich wünschte sie sich einen Partner, mit dem sie die gleichen Interessen teilen konnte. Und stundenlang auf Rockkonzerten auszuharren gehörte wahrlich nicht zu ihren bevorzugten Beschäftigungen. Sollte es wirklich so sein, dass Liebe langfristig ein völlig überbewertetes Konzept für eine Partnerschaft war? Doch die Einsicht, dass Sophie möglicherweise Recht hatte, tat schrecklich weh, und Georgia merkte, wie sie unwillkürlich wieder zu weinen anfing.

In diesem Zustand traf Antonella sie kurze Zeit später an. »Ach hier bist du!«, sie kam in die Küche und polterte sofort los: »Bist du eigentlich wahnsinnig? Du hattest um vier einen Termin! Aber weil Madame nicht erschienen ist, durfte ich mit dem neuen Kunden Kalkulationen diskutieren! Als ob ich sonst nichts zu tun hätte!« Sie machte eine Pause und sah sich Georgia genauer an. »Wie siehst du denn aus? Was ist los?«

»Tim und ich haben Schluss gemacht!« Georgia schluchzte.

»Was? Das meinst du doch nicht ernst!«

»Und ob! Er hat mich betrogen. Da schau!«

Georgia reichte Antonella die Bilder über den Tisch. Die sah sich die Fotos an und sagte dann erstaunlich logisch: »Das ist doch Unsinn. Schau mal, da ist die Uhrzeit aufgedruckt. Die

Fotos sind von halb elf, und um kurz vor elf saß Tim schon mit mir und den anderen im Harvey's. Und da war definitiv kein Groupie!«

»Du kannst überhaupt nicht wissen, was dazwischen passiert ist – oder sonst wann. Und es ist auch egal, so kann ich ihm auf keinen Fall vertrauen!«

»Georgia, Tim ist doch nicht Konstantin. Mach jetzt bloß keinen Fehler!«

»Ich weiß, dass Tim nicht Konstantin ist!« Georgias Stimme überschlug sich. »Das mit ihm ist doch genauso wie mit Seth. Ein netter Kerl, aber nichts fürs Leben.«

Antonella traute ihren Ohren nicht. »Bist du jetzt völlig übergeschnappt? Wie kannst du die beiden miteinander vergleichen? Seth war doch nichts anderes als eine lustige Affäre. Klar hat's mich geärgert, wie es am Ende gelaufen ist, aber das hat doch nur mein Ego angekratzt und nicht mein Herz. Ich war doch nicht mal richtig verliebt! Es war einfach nur cool, mit einem Eishockeyprofi zusammen zu sein. Tim und du – ihr liebt euch doch! Er will sein Leben mit dir verbringen und würde alles für dich tun.«

»Was verstehst du schon von Liebe? Warst du überhaupt mal länger als ein paar Wochen mit einem Mann zusammen? Also erzähle mir nichts von Liebe und Beziehungen!«

»Nur weil ich noch keinen offenen Bruch hatte, heißt das nicht, dass ich keinen erkennen könnte!« Antonella gab gekränkt auf: »Aber bitte, ich misch mich nicht mehr ein.«

»Hoffentlich, das Thema ist nämlich erledigt«, sagte Georgia schnippisch und verließ mit Hugo die Wohnung.

Von Nichteinmischung konnte keine Rede sein. Sobald Georgia die Türe hinter sich geschlossen hatte, wählte Antonella Tims Handynummer.

»Hey, Nell, ich bin gerade mit deinem Bruder ein Bier trinken. Magst du vorbeikommen?«

»Wie bitte? Erklär mir mal, wie du so gut gelaunt sein kannst, wo ihr euch gerade getrennt habt.«

»Was haben wir???«

Antonella fasste ihm kurz ihr Gespräch mit Georgia zusammen.

»Unsinn, das hat sie doch nur so gesagt. Morgen ist wieder alles okay.«

»Das glaube ich nicht. So wie's aussieht, meint sie das total ernst«, sagte sie nachdrücklich.

»Bist du sicher? Dann muss ich sofort mit ihr reden! Wo ist sie?« Jetzt war auch Tim alarmiert.

»Mit dem Hund draußen. Aber die ist im Moment so wütend, warte lieber ab, bis sie sich bei dir meldet. Und so lange bleibst du bei Giovanni.«

Am Donnerstag hielt Tim es nicht länger aus und kam in die Wohnung, wo die beiden Freundinnen gerade schweigsam ihren Morgenkaffee tranken. Obwohl auch Georgia blass aussah, war Antonella wirklich überrascht zu sehen, wie mitgenommen Tim wirkte. Er war unrasiert und hatte tiefe Schatten unter den Augen. Mit gespieltem Entsetzen starrte sie auf ihre Uhr und ergriff die Flucht: »So spät schon? Ist ja nicht zu glauben. Ich muss weg!«

Ehe Georgia irgendetwas sagen konnte, legte Tim los: »Georgia, jetzt hörst du mir bitte mal zu. Ich würde dir gerne ein paar Sachen erklären. Als wir mit der Band angefangen haben, gab es jede Menge Alkohol, Drogen und Frauen. Aber die Zeiten sind längst vorbei, und die meisten von uns sind fest liiert. Die Groupies sind nun mal da, sie sind ein Teil unseres Erfolgs. Sie gehören zu unserem Beruf, wie zu deinem eben Banker und Unternehmensberater gehören. Ohne Kunden kein Geschäft. Ohne Groupies keine verkauften Platten. So einfach ist das! Aber mit deinem Zwei-Welten-Schwachsinn hat das gar nichts zu tun.

Außer natürlich, das ist alles Standesdünkel. Dann hat die Sache mit uns wirklich keinen Sinn. Auf jeden Fall hast du nicht den geringsten Grund, mir nicht zu vertrauen. Ich habe dir von Anfang an gesagt, dass du die Frau meines Lebens bist! Wegen dir bin ich in Frankfurt und nicht wie die anderen in London und muss ständig hin- und herfliegen. Es ist wirklich nicht fair, mir vorzuwerfen, dass ich nicht oft genug da bin. Wahre Nähe hat nichts mit räumlicher Distanz zu tun.«

»Aber …«

»Moment, Georgia, eine Sache noch, dann habe ich alles gesagt: Morgen muss ich für die Promotour nach London. Wenn du keinen Wert darauf legst, dass ich in Frankfurt bleibe, komme ich nicht zurück. Das würde mir zwar das Herz brechen, aber ich weiß nicht, was ich noch tun kann, um dir zu zeigen, wie sehr ich dich liebe.«

Damit stand er auf und ging ins Ankleidezimmer, um ein paar Sachen zusammenzupacken.

»Tja, das war's dann wohl. Sie hat sich nicht gemeldet.« Tim war am frühen Abend im Loft erschienen, um sich von Antonella zu verabschieden. Die fiel aus allen Wolken, war sie doch fest von einer Versöhnung ausgegangen, weil Georgia den ganzen Tag nicht erschienen war. »Verdammter Mist, diese verbohrte Kuh«, murmelte sie und nahm dann Tim in die Arme. »Hey, pass auf, alles wird gut! Ich mach das schon.«

Dann sprang sie aufs Fahrrad und raste nach Hause.

»Georgia, komm sofort raus da!« Sie rüttelte an der abgeschlossenen Zimmertür. Keine Reaktion. Daraufhin spurtete sie ins Ankleidezimmer und hatte Glück. Georgia hatte vergessen, die Verbindungstür zu blockieren, und so stand Antonella kurz darauf im Zimmer ihrer Freundin.

Dort sah alles nach einem Déjà vu der Konstantin-Katastrophe aus: Georgia lag mit verweintem Gesicht im Bett und erdrückte um ein Haar den armen Hugo. »Ich will nicht mit dir reden!«

»Das ist mir ganz egal!«

»Es gibt auch gar nichts zu reden, es ist alles vorbei! Und ich weiß ganz genau, dass ich auch sehr bald froh darüber sein werde. Sophie hat ganz Recht …«

»Hast du etwa schon wieder mit dieser durchtriebenen Kuh telefoniert?« Antonella war fassungslos.

»Ja, und? Sophie ist immerhin meine älteste Freundin.«

»Tolle Freundin! Bei solchen Freunden brauchst du wirklich keine Feinde mehr. Und die Gehirnwäsche war ja offenbar wieder erfolgreich.« Antonella schüttelte es bei dem Gedanken an Georgias Erzählungen vom letzten Telefonat mit Sophie. »Hast du darüber verlernt, selbst zu denken? Sonst die Logik in Person, und jetzt schaffst du's nicht, das Hirn anzuschalten und ihn anzurufen.«

»Ich kann das nicht. Und es macht auch überhaupt keinen Sinn, es kann sowieso nicht funktionieren.«

»Ich schau jedenfalls nicht zu, wie du dich unglücklich machst. Scheiß auf Sophie und den ganzen hanseatischen Schnösel-Zirkus! Du rufst ihn jetzt an und entschuldigst dich!«

Georgia sagte nichts und vermied es, Antonella anzusehen.

»Hör zu, ich habe einen Abendtermin. Aber wenn ich wiederkomme, will ich, dass du Tim angerufen hast! Es ist noch nicht zu spät!«

Als sie jedoch am späten Abend wieder nach Hause kam, hatte sich am Status quo nichts geändert. Georgia lag nach wie vor mit versteinerter Miene im Bett und schüttelte nur den Kopf. Antonella stöhnte frustriert auf. »Ich sag dir nur eines: Wenn du diesen Mann jetzt gehen lässt, wirst du das ewig bereuen!«

Georgia tat die ganze Nacht kein Auge zu. Sie versuchte sich mit Meditation zu beruhigen, doch es war aussichtslos. Langsam sickerte die Erkenntnis in ihr Bewusstsein, dass sie tatsächlich dabei war, einen riesengroßen Fehler zu machen. Aber was sollte sie tun? Sie konnte ihn doch nicht um vier Uhr morgens anrufen, oder? Um halb sieben weckte sie Antonella. »Ich hab noch mal nachgedacht …«

Sofort war Antonella hellwach. Georgia stand vollständig angezogen und geschminkt neben ihrem Bett. Mit ihrem hellblauen Hängerkleidchen, weißem Cardigan und hellblauen Ballerinas sah sie entzückend mädchenhaft aus und trat nervös von einem Fuß auf den anderen. »Denkst du, ich erwische ihn noch am Flughafen?«

»Klar schaffen wir das! Sein Flieger geht erst um acht.« Antonella sprang aus dem Bett und schlüpfte schnell in Jeans und T-Shirt. »Komm los, beeil dich!«

Sie raste, als ginge es um den Formel 1-Grand Prix. Keine zwanzig Minuten später stoppte sie mit quietschenden Reifen vor dem Terminal: »Los, los, los! Ich drück dir die Daumen!«

Georgia sprang aus dem Auto und rannte los. Sogar Hugo schien den Ernst der Lage zu erkennen und war ausgesprochen flott unterwegs. Georgia hielt zielstrebig auf die Passkontrolle zu, wo Tim gerade im Durchgang verschwand. Sie rief ihm nach, so laut sie konnte, doch er hörte sie nicht mehr. Hugo bellte wie verrückt, riss sich los und jagte blitzschnell an den Beamten vorbei. Georgia stand wie versteinert da. Es hatte nicht geklappt.

Eine endlos lange Minute später erschien Tim mit Hugo auf dem Arm wieder im Kontrollbereich und kam langsam auf sie zu. Überglücklich und erleichtert warf Georgia sich ihm an den Hals und küsste ihn, bis Tim sie leicht von sich wegschob: »Wolltest du mir vielleicht etwas sagen?«

»Es tut mir so leid. Bitte komm wieder zurück.«

»Und warum sollte ich?«

»Das weißt du doch!«

»Im Moment weiß ich gar nichts.«

»Tim, ich will mit dir leben. Ich liebe dich.« Jetzt war es raus!

Tim nahm sie lächelnd in die Arme und küsste sie. »Ich liebe dich auch, Baby. Du wirst sehen, das kriegen wir alles hin. In drei Wochen bin ich wieder da. Aber jetzt muss ich wirklich los.« Mit diesen Worten drückte er Georgia Hugo in den Arm, küsste sie ein letztes Mal und ging.

Georgia sah ihm nach, bis er sich an der Passkontrolle noch einmal umgedreht und ihr einen Kuss zugeworfen hatte. Dann war Tim weg.

KAPITEL 16
Ein Sommermärchen

Du musst unbedingt dein neues Kleid mitnehmen!« Antonella deutete auf das knielange fliederfarbene Gaultier-Seidencrêpe-Kleidchen, das Georgia erst vor einigen Tagen gekauft hatte. Sie wuselte um ihre Freundin herum, um ihr beim Packen zu helfen, vor allem aber, um darüber zu spekulieren, was es wohl mit dem plötzlichen Urlaub auf sich hatte. Tim hatte Georgia nämlich zu einer zweiwöchigen Reise nach Frankreich überredet. Erst wollten sie für ein paar Tage nach Paris fliegen und anschließend an die Côte d'Azur. Seit Tim aus London wieder zurück nach Frankfurt gekommen war, schwebten die beiden buchstäblich im siebten Himmel, und Antonella freute sich von Herzen für sie.

»Unsinn, das brauche ich nicht!«, sagte Georgia energisch. »Wir gehen bestimmt in viele Clubs und sicher in einige Ausstellungen, aber du kennst doch Tim, da wird kein Etablissement dabei sein, wo ich so ein Kleid tragen kann!«

»Nimm es mit!«, beharrte Antonella. »Es ist Juli, und bei dieser Hitze brauchst du ein luftiges Kleid, wenn Tim dir romantisch einen Heiratsantrag machen wird. Da willst du doch standesgemäß gekleidet sein, oder etwa nicht?«

»Wie kommst du denn auf diese Idee? Heiratsantrag, also wirklich!« Georgia schüttelte den Kopf.

»Ich habe da ein ganz eindeutiges Gefühl!« Antonella schmunzelte schelmisch.

»Ach, du mit deiner blühenden Fantasie.« Georgia zögerte

kurz, legte das Kleid dann aber doch entschlossen ganz oben in den Koffer. »Im Geschäft ist ja nichts zu befürchten«, wechselte sie das Thema. »Derzeit steht nur die Jahreshauptversammlung für das Bankhaus Degenhardt an. Aber das ist alles bis ins kleinste Detail geplant und abgesegnet. Das schafft ihr auch ohne mich.« Sie sah Antonella ernst an. »Du musst mir versprechen, dass du gut auf Hugo aufpasst und ihn nicht Jennifer überlässt. Ich weiß, ich weiß«, sie hob abwehrend die Hände, als Antonella sich aufplustern wollte, »Jennifer hat Hugo sehr gern, aber er ist nun mal dein Hund, und Adrian würde es mit Sicherheit gar nicht gefallen, wenn du ihn an einen verantwortungslosen Teenager abschiebst!«

Antonella dachte für sich, dass Tim und Georgia auch prima mit dem Auto nach Italien hätten fahren können. Das wäre auch romantisch geworden, und Hugo hätte sich bestimmt prächtig amüsiert. »Wann kann ich denn eigentlich mal Urlaub machen? Ich arbeite jetzt seit einem Jahr ohne Unterbrechung.«

»Darüber reden wir ein anderes Mal«, wiegelte Georgia ab, »jetzt bin erst mal ich dran!«

Am nächsten Tag war Antonella, wie inzwischen fast jeden Sonntag, mit Adrian zum Joggen im Stadtwald verabredet. Dank Hugo war an Hinradeln nicht zu denken, und so holte Adrian Antonella und die vierbeinige Bremse mit dem Auto ab. Es war zwar noch früh am Tag, doch das Thermometer näherte sich schon der Dreißig-Grad-Marke, und es bestand kaum Aussicht, Hugo zu sportlichen Höchstleistungen zu überreden.

»Jetzt beweg mal deinen dicken Hintern ein bisschen flotter! Wofür hast du bitteschön vier Beine?« Antonella zerrte ungeduldig an der Leine, und Hugo trabte röchelnd ein bisschen schneller.

Adrian lachte: »Der Sportlichste ist er wirklich nicht.«

In diesem Moment kamen ihnen zwei andere Jogger in Begleitung einer jungen Dogge entgegen. Die drei waren rasant unterwegs, und der vierbeinige Riese bellte dem Mops aus vollem Lauf dröhnend zu. Hugo, generell kein Freund seiner Artgenossen, hatte nicht vor, sich ungesühnt schief anquatschen zu lassen. Abrupt drehte er um und wollte wütend kläffend hinter dem schlaksigen Schnösel her sausen. Dabei wickelte er seine Leine so unglücklich um Antonellas Beine, dass sie stolperte und ungebremst gegen einen Stapel Baumstämme stürzte.

»Antonella, aufwachen!« Adrian kniete neben ihr und tastete behutsam ihren Kopf ab. Sie fühlte sich wie in Watte gepackt.

»Was ist los?«, fragte sie verwirrt und wollte sich aufrichten. Ihr Kopf tat höllisch weh.

»Du bist mit der Schläfe an diesen Stamm hier geknallt und dann weggesackt.« Adrian sah sie sehr besorgt an. »Und deinen linken Unterarm hat's auch böse erwischt.«

Sie sah auf ihren Arm. Tatsächlich, aus einem ziemlich tiefen Kratzer lief reichlich Blut. »Na super«, sie lächelte gequält, »danke, Hugo!« Der Mops tat so, als ginge ihn das alles überhaupt nichts an, und starrte unverletzt und unbeteiligt der Dogge nach, die in der Ferne verschwand.

Adrian versuchte mit einem Taschentuch die blutende Wunde zu stillen. »Dass Jogging mit Hugo nicht die beste Idee ist, hätten wir uns wirklich vorher denken können. Wären wir drei bloß an den See zum Baden gefahren … Ich bringe dich jetzt ins Krankenhaus, das muss auf jeden Fall genäht werden. Kannst du aufstehen?«

»Ich glaube schon.« Sie rappelte sich hoch. Ihre Knie waren zwar ein bisschen wackelig, aber mit seiner Hilfe würde es gehen.

Wie sie es zum Wagen geschafft hatten, wusste Antonella dann im Nachhinein auch nicht mehr so genau, aber schließlich saßen sie drinnen. Hugo war in den Kofferraum von Adrians schwarzem Kombi verbannt, was ihm, seinem Gegrummel nach zu schließen, gar nicht gefiel, und Antonella versuchte, möglichst wenig Blut auf die hellen Ledersitze zu verteilen.

»Mach dir keine Gedanken«, sagte Adrian, »das ist nur ein Auto.«

O mein Gott – dieses Lächeln! Und waren seine Augen eigentlich immer schon so blau gewesen? Antonella wurde gleich wieder ein bisschen schwindlig.

In der Notfallambulanz wurde sie verarztet. Die Wunde am Unterarm musste tatsächlich genäht werden, außerdem hatte sie sich eine leichte Gehirnerschütterung zugezogen. Nichts Dramatisches also, nichts, was man nicht mit einer Tetanusspritze, Antibiotika und einigen Schmerztabletten in den Griff bekommen konnte. Mit dem Ratschlag, die nächsten drei Tage möglichst nicht das Haus zu verlassen, viel zu ruhen und die Sonne unbedingt zu meiden, verließ sie mit Adrian das Krankenhaus. Hugo schmollte und schmorte im Auto. »Wenn er jetzt einen Sonnenstich hat, bin ich aber nicht schuld?« Antonella tätschelte scheinheilig Hugos Kopf, was er mit einem unwilligen Knurren quittierte.

»Es gibt Wichtigeres als den Hund!«, sagte Adrian bestimmt und sah sie wieder mit diesem Blick an.

»Allein für diesen Satz aus deinem Mund hat sich der Unfall schon gelohnt.«

In der Wohnung soff Hugo zweimal seinen Wassernapf leer und legte sich dann der Länge nach auf den kühlen Fliesenboden in der Küche. Wie es aussah, würde auch er den Zwischenfall ohne größeren Schaden überleben.

»Vielen Dank für die Rettung.« Antonella sah Adrian ein

wenig unschlüssig an. »Ich glaube, von jetzt an komme ich alleine zurecht …«

»Unsinn«, fiel er ihr ins Wort, »ich bleibe so lange hier, bis du geduscht hast und sicher im Bett liegst. Nicht dass dir wieder schwindlig wird und Schlimmeres passiert.«

»Dankeschön.« Himmel, war dieser Mann plötzlich süß. »Bitte bedien dich.« Sie deutete auf den Obstkorb und einige Wasserflaschen und verschwand im Bad, nachdem sie ihren bandagierten Arm mit Frischhaltefolie – alter Sportlertrick – wasserdicht verpackt hatte.

Als sie am frühen Abend wach wurde, waren die Kopfschmerzen fast weg. Aus der Küche hörte sie Geräusche. Das konnte doch nicht wahr sein, oder? Sicherheitshalber kämmte sie sich schnell die Haare und zog sich ein ordentliches T-Shirt und Shorts an. Barfuß ging sie in die Küche. Dort stand Adrian und schnippelte Paprika und Gurken für einen Salat. Auf dem Herd blubberte Nudelwasser.

»Du bist ja noch da!«, rief sie erfreut.

»Wieder da. Nachdem du sofort in Tiefschlaf gefallen bist, habe ich mich zuhause frisch gemacht und war mit Hugo draußen.« Er lächelte sie an und mixte das Salatdressing. »Du bist genau zum richtigen Zeitpunkt aufgewacht.«

Antonella setzte sich an den Tisch und starrte Adrian fasziniert an, der jetzt Spaghetti ins Kochwasser warf und im Saucentopf rührte. Er trug ein weißes Hemd über der Jeans, die Ärmel ein wenig hochgekrempelt, so dass sie seine braungebrannten, sehnigen Unterarme sehen konnte. Den Tisch hatte er auch schon gedeckt. »Essen ist gleich fertig«, teilte er ihr unnötigerweise mit.

»Ich glaube, das ist das erste Mal, dass ein Mann für mich kocht – von meinem Bruder mal abgesehen, aber das ist ja auch sein Beruf.«

»Dann wird's ja Zeit! He, was machst du da?«

Antonella war zum Kühlschrank gegangen und hatte eine Flasche Weißwein herausgenommen.

»Wir trinken Wasser!« Er nahm ihr die Flasche ab und stellte sie bestimmt wieder an ihren Platz zurück. »Bei Gehirnerschütterung und Antibiotika ist Alkohol wohl keine so gute Idee. Wie fühlst du dich eigentlich?«

»Viel besser!« Sie strahlte ihn an. »Aber jetzt habe ich Hunger.«

Nach dem Essen saßen sie noch lange am Tisch und redeten über Gott und die Welt. Als Antonella immer häufiger gähnte, schlug Adrian vor: »Geh doch ins Bett. Ich räume noch die Küche auf und lege mich dann aufs Sofa.« Und fügte, als er ihren fragenden Blick sah, hinzu: »Ich habe ein paar Sachen mitgebracht. Ich lasse dich doch nicht allein.«

Ihre Müdigkeit war wie weggeblasen. Sie hatte plötzlich ziemliches Herzklopfen. »Das ist ja sehr süß, aber wenn du wirklich auf mich aufpassen willst, kannst du das nicht von der Couch aus tun.«

»Antonella, ich …«, er zögerte, riss sich dann aber zusammen und sagte mit fester Stimme: »Du gehst jetzt ins Bett, und ich schlafe auf dem Sofa!«

Tja, offenbar wollte er unbedingt ritterlich sein, dachte Antonella ein bisschen enttäuscht und verzog sich ins Bad. Kurze Zeit später stand sie jedoch wieder in der Küche. Statt ihres geliebten Donald-Duck-Schlafshirts trug sie jetzt einen zartrosafarbenen Hauch von Nichts. Sie baute sich vor Adrian auf, der sich gerade die Hände abtrocknete. »Bekomme ich wenigstens noch einen Gute-Nacht-Kuss?«, fragte sie mit unschuldigem Augenaufschlag.

»Guten Morgen!« Adrian lächelte sie an. »Hast du gut geschlafen? Wie geht's deinem Kopf?«

»Dem geht's gut.« Sie bewegte ihn vorsichtig. »Und ich habe himmlisch geschlafen«, seufzte sie genießerisch.

»Ich auch, wenn auch nicht allzu lange.« Adrian streckte sich. »Sag mal, soll ich heute bei dir bleiben?«

»Das wäre toll!«, sprudelte es begeistert aus Antonella. »Aber natürlich nur, wenn es geht. Es ist ja schließlich Montag, und du hast doch bestimmt viele Termine oder so …« Doch Adrian war schon im Flur verschwunden und telefonierte kurze Zeit später mit seiner Sekretärin. »Frau Haubrock, das ist mir ganz egal, wie Sie das machen. Sagen Sie ihm, dass ich krank bin. Ich melde mich später noch einmal.« Er stand jetzt wieder im Schlafzimmer. »So, das war's!« Er grinste, als er sah, wie Antonella ihn interessiert musterte. »Na, bin ich tageslichttauglich?«

Sie nickte nur und klopfte auf die Bettdecke. »Komm wieder her.«

»Willst du nicht auch erst bei dir im Büro Bescheid geben?«

»Später …«

Die nächsten drei Tage vergingen wie im Rausch. Antonella hatte im Loft angerufen und Jenny mitgeteilt, dass sie die nächsten Tage mit Giovanni alleine die Stellung würde halten müssen. »Das dürfte kein Problem werden, mit dem Aufbau für die Veranstaltung fangen wir sowieso erst nächsten Montag an, und sonst ist eh nichts los!«

Am Dienstag musste Adrian wieder in seine Kanzlei, wollte aber mittags mit etwas Leckerem zum Essen wieder bei Antonella vorbeischauen. Als es um halb eins klingelte, öffnete sie die Tür. Dort stand aber nicht Adrian, sondern Frau Haubrock. »Herr Dr. Stern bat mich, Ihnen das hier vorbeizubringen«, sie reichte Antonella eine Tüte vom Restaurant Fontana di Trevi und taxierte sie mit hochgezogenen Augenbrauen, »er ist noch bei Gericht.«

»Danke«, murmelte Antonella nur. Wie peinlich! Da stand sie nun da, nur mit Spitzendessous und einem Hemd von Adrian bekleidet.

Als er am späteren Nachmittag wieder auftauchte, hatte sie ein kurzes Sommerkleid an. Er küsste sie. »Ich weiß gar nicht, was Frau Haubrock hat, du bist doch absolut korrekt gekleidet.«

»Was hat sie denn erzählt?«

»Sie war empört und hat irgendwas von halbnackt gesagt. Ich muss sagen, ich bin jetzt fast ein bisschen enttäuscht.«

Am Donnerstag war Antonella endgültig wiederhergestellt, so dass sie keine Ausrede mehr hatte, Adrian von seiner Arbeit abzulenken und ihn frühzeitig aus dem Büro zu locken. Gedankenverloren und sehr unkonzentriert starrte sie auf ihren Bildschirmschoner. Sie konnte es nicht glauben: Adrian, den sie monatelang als das größte Ärgernis unter der Sonne betrachtet hatte und der sich dann – erstaunlich genug – als netter Kerl und akzeptabler Joggingpartner entpuppt hatte, dieser Mann sollte tatsächlich mehr für sie sein? Sie genoss jede Minute mit ihm. Er war aufmerksam und interessiert, sie konnten über viele Dinge zusammen lachen – auch über den notorisch schlecht gelaunten Hugo, um den er sich, wie er zugegeben hatte, nur aus rein professionellen Gründen sorgte. »Ich habe versucht, deiner Tante diese Klausel im Testament auszureden, aber sie sagte nur: ›Mit Ihrem Vater hätte es diese Diskussionen nicht gegeben!‹ Tja, was sollte ich machen? Und natürlich bin ich ihr jetzt unendlich dankbar, dass sie mit diesem Testament zu mir gekommen ist.« Sie lächelte glücklich, als ein Anruf sie aus ihren Tagträumen riss.

»Rate mal, was gestern passiert ist?« Es war Georgia.

»Keine Ahnung.« Antonella hatte Mühe, sich von ihrer eigenen Realität zu lösen.

»Du hattest Recht! Tim hat mir wirklich einen Antrag gemacht!«

»Das ist ja toll!« Antonella war im Nu ganz bei der Sache. »Ich hab's dir doch gesagt! Und wie war's? Hattest du dein Kleid an?«

»Ja, hatte ich! Ich habe ja fast schon was geahnt, als er mir gestern Mittag sagte, dass er gerne unseren letzten Abend in Paris très chic in einem edlen Sternerestaurant verbringen würde. Das war natürlich schon ein wenig verdächtig. Und dann war er so süß, ein bisschen aufgeregt auch, als er beim Dessert endlich gefragt hat. Er sagte, dass meine Augen so strahlend sind wie die Lichter von Paris und dass er sich ein Leben ohne mich nicht mehr vorstellen kann und ob ich für den Rest unseres Lebens sein Glücksstern sein möchte. Dann hat er diesen Wahnsinnsring aus der Tasche gezogen, meine Hand genommen und mir das Prachtstück angesteckt.« Georgias Stimme vibrierte regelrecht vor Glück. »Was sagst du dazu?«

»Ein bisschen kitschig für meinen Geschmack«, lachte Antonella, »aber wunderschön. Ich freue mich für dich! Für euch beide! Und jetzt erzähl, wie sieht der Ring aus?«

»Traumhaft! Ganz klassisch, Gelbgold mit einem Zweikaräter.« Georgia schwärmte.

»Aha, ist das viel?«, fragte die ahnungslose Antonella.

»Das ist schon ordentlich. Aber die Amerikaner und offenbar auch die Kanadier spinnen in dieser Hinsicht sowieso ein bisschen. Wenn ich an Sophies Ring denke – die hatte ja buchstäblich wochenlang Muskelkater im linken Arm. Na ja, aber genutzt hat es ihr auch nicht. Und so schön wie meiner war er natürlich in gar keinem Fall.«

»Natürlich nicht!«

Die leichte Ironie in Antonellas Tonfall ließ auch Georgia

wieder in der Wirklichkeit landen. »Und wie läuft es bei euch? Mit Hugo und in der Firma alles in Ordnung?«, erkundigte sie sich mit wieder normaler Stimme.

»Alles prima«, antwortete Antonella, »ich muss dir aber auch was erzählen.«

»Sorry, Antonella, ich muss los. Der Flieger nach Nizza wurde gerade aufgerufen, und Tim gestikuliert ganz wild. Mach's gut!«

Eine gute Woche später stand Antonella ungeduldig wartend am Küchenfenster. Es war Freitag, und sie war mit Adrian zum Abendessen im Blumen verabredet, einem romantischen kleinen Restaurant ganz in der Nähe. Georgia und Tim mussten jeden Augenblick vom Flughafen nach Hause kommen. Nach knapp zwei Wochen hatte Antonella wirklich keine Lust mehr auf Hugo und wollte ihn so schnell wie möglich an Georgia übergeben. Endlich, das Taxi! Kaum waren die beiden verliebten Urlauber zur Tür herein, bestürmte Antonella Georgia mit den wichtigsten Infos: »Die Abnahme vorhin für das Bankevent hat prima geklappt. Der junge Degenhardt war begeistert. Das wird morgen sicher gut ankommen. Mit Hugo war ich gerade noch mal draußen. So, und jetzt muss ich los. Der ist wirklich schön«, kommentierte sie kurz den Ring, den ihr Georgia unter die Nase hielt. »Wir sehen uns am Montag im Büro! Ciao, ciao!« Sie griff sich ihren Weekender und war weg.

Georgia und Tim blieben erstaunt zurück. Georgia schwante, dass da wohl ein Mann dahintersteckte. »Hoffentlich nicht schon wieder so ein Testosteronmonster wie der liebe Seth«, seufzte sie.

Das vermeintliche Testosteronmonster konnte kurze Zeit später seinen Blick nicht von Antonella lassen. In ihrem neuen grünen Wickelkleid und den hohen Sandaletten sah sie einfach umwerfend aus. Sie saßen im Restaurant, und Antonella erzählte von ihrem ersten Eventauftrag, den sie Adrian zu verdanken hatten. Der Bankier Johannes Degenhardt war bereits ein wichtiger Mandant seines Vaters gewesen. Die Jahreshauptversammlung war für Degenhardt das gesellschaftliche Highlight des Geschäftsjahres, und er legte Wert auf absolute Klasse und Qualität. Mit der letzten Agentur war er nicht zufrieden gewesen, und so hatte ihm Adrian Hugo's Affairs empfohlen.

»Und heute war dann die Abnahme, und der Junior war völlig aus dem Häuschen!«, plapperte Antonella stolz. »Und wie war dein Tag?«

»Wie immer.« Adrian lächelte und wechselte das Thema: »Sag mal, möchtest du Ende Oktober, Anfang November mit mir in Urlaub fahren? Ich würde gerne wieder einmal meine Schwester im Piemont besuchen. Sie ist mit einem Turiner verheiratet, und die beiden haben in der Nähe von Alba einen wunderschönen alten Bauernhof, in dem sie auch Zimmer vermieten. Der Spätherbst ist ideal für die Gegend. Da gibt es schon weiße Trüffel, und es ist noch nicht so kalt und nebelig. Na, wie wäre das?«

Am Montagmorgen tauchte Antonella bestens gelaunt kurz im Loft auf. »Sorry, ihr zwei«, sagte sie zu Georgia und Giovanni, die vor der Espressomaschine standen und plauderten, »den Jour fixe müssen wir leider verschieben. Ich muss mir gleich eine Wohnung ansehen. Der Kunde hat nur jetzt Zeit. Bin aber spätestens mittags wieder da!« Sie schnappte sich Kamera und Laptop und war schon wieder draußen.

»Da hat aber jemand gute Laune.«

»Ich glaube, da hat auch jemand einen neuen Kerl! So ist sie schon seit zwei Wochen.« Giovanni grinste.

»Weißt du denn, wer es ist?«

»Keine Ahnung. Aber wenn's relevant ist, wird sie es uns schon sagen. Komm, lass uns kurz den offenen Kram durchsprechen, damit ich wieder runter in die Werkstatt kann.«

Um kurz nach elf klingelte Georgias Telefon.

»Hallo, Georgia, wieder aus dem Urlaub zurück?« Es war Adrian, der allerdings gar nicht gut klang.

»Ja, war sehr schön, aber ist irgendwas?«, fragte Georgia besorgt.

»Georgia, ihr habt ein riesengroßes Problem! Gerade war Johannes Degenhardt bei mir, du weißt schon, ihr habt für seine Bank die Jahreshauptversammlung ausgestattet.«

»Ja, ich weiß«, unterbrach ihn Georgia, »und was genau ist das Problem?«

»Er ist stocksauer. Offenbar habt ihr ein falsches Konzept ausgeführt. Es war ihm wohl alles zu futuristisch und nicht schnörkelig genug. Angeblich haben sich wichtige Anteilseigner auch negativ darüber geäußert, und jetzt will er die ›Klitsche‹, die ich ihm empfohlen habe, auf Schadensersatz verklagen!«

»O nein …«, stammelte Georgia.

»Und das Schlimmste daran ist, dass ich ihn vertreten muss! Als ich etwas von Interessenskonflikt gesagt habe, hat er mir praktisch die Pistole auf die Brust gesetzt und gedroht, mir sämtliche Mandate zu entziehen, wenn ich in diesem Fall nicht für ihn arbeite. Georgia, das kann ich mir einfach nicht leisten. Aber wenn er das wirklich durchzieht, seid ihr erledigt! Wo ist Antonella? Wir müssen uns unbedingt alle zusammensetzen und überlegen, was wir tun können.«

»Antonella ist auf einem Termin, aber sie müsste in einer guten Stunde wieder da sein. Wie konnte das bloß passieren? Sie hat mir am Freitag doch noch erzählt, dass der Junior völlig begeistert war bei der Location-Abnahme. Also alles bestens.« Georgia war schockiert.

»Ich weiß es nicht, Georgia. Ich komme gleich rüber, dann besprechen wir alles. Such bitte schon mal alle Verträge raus. Bis dann.«

Um viertel nach zwölf tauchte eine vergnügt pfeifende Antonella wieder im Loft auf, in der Hand eine große Tüte mit Sushi. »Ich habe Mittagessen mitgebracht«, flötete sie, als sie in Georgias Büro platzte. »Was machst du denn hier?« Verwundert sah sie auf Adrian, der neben Georgia über einen Haufen Papiere gebeugt dasaß und ebenso wie diese einen völlig niedergeschmetterten Eindruck machte. »Ist was passiert?«, fragte sie vorsichtig.

»Das kann man so sagen!« Georgia schilderte ihr mit eisiger Stimme die Situation.

Antonella wurde blass. »Aber das ist doch nicht möglich«, stammelte sie.

»Antonella, warum um alles in der Welt hast du nicht in den Vertrag geschaut? Da steht doch schwarz auf weiß, dass Degenhardt Konzept 3 realisiert haben wollte.« Adrian klang entsetzlich erschöpft. »Und du lässt einfach Konzept 1 umsetzen. Ich verstehe nicht, wie dir so ein dilettantischer Anfängerfehler unterlaufen konnte. Du machst diesen Job doch nicht erst seit gestern.«

»Natürlich nicht!« Antonella fühlte sich in die Enge getrieben und sagte schon wieder eine Spur schnippisch: »Und ich weiß ganz genau, dass wir das beste Konzept verwirklicht haben und dass der Kunde begeistert war!«

»Jetzt rede dich nicht heraus«, nun wurde auch Adrian ärgerlich, »es spielt nicht die geringste Rolle, was dir am besten gefallen hat. Und dass der junge Degenhardt zu allem Ja und Amen sagt, wenn du nur mit den Augen klimperst und deine

Bluse um einen Knopf mehr als nötig öffnest, ist mir auch klar. Doch Tatsache ist, dass der Senior das Sagen hat und er jetzt fest entschlossen ist, euch und mir die Hölle auf Erden zu bereiten! So dumm kann man doch gar nicht sein, dass man eine derart relevante Anweisung im Vertrag übersieht.«

»Nenn mich nicht dumm!« Antonella schossen die Tränen in die Augen.

»Wie würdest du es dann nennen? War es vielleicht eine höhere Macht, die dich daran gehindert hat, deine Arbeit vertragsgemäß auszuführen?«

»Ich glaub das jetzt alles nicht ...« Antonella sah Adrian entsetzt an.

»Weißt du eigentlich, was das für uns bedeutet?«, mischte sich Georgia in das Wortgefecht ein. »Und das alles nur, weil du wieder irgendeinen neuen Typen hast und deshalb völlig unkonzentriert bist!« Den letzten Satz fauchte sie wütend.

»Keine Sorge, das mit dem Neuen hat sich schon wieder erledigt!«, presste Antonella noch hervor und rannte dann aus dem Büro.

Adrian lief ihr nach und erwischte sie an ihrem Fahrrad, wo sie mit dem tückischen Schloss kämpfte. »Antonella ...« Er legte ihr eine Hand auf die Schulter, doch sie ließ ihn gar nicht erst zu Wort kommen.

»Lass mich bloß in Ruhe, du widerlicher Heuchler! Du bist kein bisschen besser als alle anderen Kerle – du hältst mich für dumm und bist nur scharf auf meinen Körper!«, schluchzte sie in wütender Verzweiflung und sprang auf ihr Fahrrad. Was Adrian ihr noch hinterherrief, hörte sie schon gar nicht mehr.

KAPITEL 17
Tiefausläufer

»Antonella, machst du jetzt bitte das Bad frei? Ich hab's eilig! Nachdem du dich weigerst, mit Adrian zu reden, muss ich unseren Laden ja alleine retten. Und wenn ich wegen dir zu spät komme, kannst du was erleben! Jetzt komm sofort raus und lass mich ins Bad!« Georgia klopfte wie wild an die Tür, und endlich öffnete Antonella. Georgia blieben weitere Beschimpfungen im Hals stecken, als sie in das bleiche, entsetzte Gesicht ihrer Freundin sah. »Um Himmels willen, was ist denn los?«

»Ich bin schwanger.«

»Was? Bist du dir sicher?«

Demonstrativ hielt Antonella das Teststäbchen hoch – eindeutig mit Streifen.

»Wie konnte das denn passieren?«

Antonella zuckte nur mit den Schultern.

»Jetzt erst mal keine Panik! Ich kümmere mich um den Schlamassel, und du gehst zum Arzt. Diese Apothekentests sind doch gar nicht zuverlässig.«

Das Schlichtungsgespräch zwischen Georgia und Bankier Degenhardt verlief dank Adrians engagierter Vermittlung erfolgreich. Zwar blieb Hugo's Affairs auf allen Kosten und ohne Honorar sitzen, aber die Privatbank würde auf eine Zivilklage und weitere Forderungen verzichten. Georgia war nach dem knapp zweistündigen Gespräch erschöpft, aber erleichtert.

23000 Euro Verlust waren ein harter Brocken, doch es hätte schlimmer kommen können.

»Das war knapp.« Adrian hatte Johannes Degenhardt verabschiedet und kam in sein Büro zurück. »Gestern war er noch fest entschlossen, euch fertigzumachen!« Auch er wirkte reichlich mitgenommen.

»Vielen Dank für alles, Adrian. Das waren so ziemlich die schlimmsten sechs Wochen meines Lebens! Aber alles in allem ist es doch ganz glimpflich abgelaufen.« Sie lächelte ihn dankbar an und sah auf die Uhr. »Es ist fast zwölf, kann ich dich zum Essen einladen?«

»Ich bräuchte deine Hilfe.« Adrian legte nach dem Essen seine Serviette auf den Tisch. »In Antonellas Haus wird eine Wohnung frei – die über euch –, und da müsste ich wegen der Neuvermietung mit ihr sprechen. Aber sie ruft mich nicht zurück. Auch wenn das Haus noch nicht endgültig in ihren Besitz übergegangen ist, kann ich solche Entscheidungen nicht ohne sie treffen, und den Mietvertrag muss sie auf jeden Fall unterschreiben. Vielleicht mag sie die neuen Mieter auch selbst aussuchen? Wenn nicht, kümmere ich mich um alles und schalte nächste Woche eine Anzeige.«

»Das wird möglicherweise gar nicht nötig sein«, sagte Georgia nachdenklich. »Antonella, Tim und ich können ja nicht ewig in dieser Dreier-WG wohnen bleiben, vor allem jetzt, wo Tim und ich heiraten werden.«

»Ach, ich habe dir vor lauter Durcheinander noch gar nicht gratuliert. Entschuldige bitte! Ich wünsche euch natürlich alles Gute. Tim ist wirklich ein Glückspilz!«

»Dankeschön. Vielleicht können wir einfach nach oben ziehen? Das wäre doch die optimale Lösung. Wann wird die Wohnung denn frei?«

»Gekündigt haben die Hamanns zum 31. November, aber

sie haben mir gesagt, dass sie froh wären, wenn schon früher ein Nachmieter die Wohnung übernehmen könnte. Soweit ich weiß, ziehen sie Anfang Oktober aus.«

»Gut, ich spreche mit Antonella und Tim und gebe dir so bald wie möglich Bescheid. Denkst du, ich kann Hugo mitnehmen? Oder gibt es da Probleme mit dem Testament?«

»Ich glaube, das kann ich vertreten«, Adrian rührte in seinem Espresso, »das dürfte sowohl für Hugo als auch für Antonella die einzig erträgliche Lösung sein.«

Georgia orderte die Rechnung. »Ich bin froh, dass du das so siehst. Und übrigens, danke noch mal für alles!«

Eine halbe Stunde, nachdem Georgia ins Loft zurückgekehrt war, kam auch Antonella mit versteinertem Gesichtsausdruck vom Arzt.

»Antonella, was ist denn los?« Jenny sah ihre Lieblingschefin besorgt an, wurde jedoch von ihrem Alptraumboss in die Schranken gewiesen, ehe Antonella auch nur einen Mucks sagen konnte: »Jennifer, halten Sie sich bitte raus und bringen Sie uns Kaffee.«

Antonella folgte Georgia mechanisch in deren Büro und ließ sich in einen Sessel plumpsen. Sie sagte immer noch nichts.

Nachdem Georgia den Kaffee von ihrer eingeschüchterten Assistentin entgegengenommen und sich dann herrisch jegliche weitere Störung verbeten hatte, fragte sie mit forschendem Blick: »Wirst du es behalten?«

»Na ja, schon … Es ist doch schließlich mein Kind.«

»Und – freust du dich?« Georgias Blick wurde noch bohrender.

»Keine Ahnung – ich weiß es wirklich nicht.«

»Wer ist denn eigentlich der Vater?« Georgia setzte ihre Inquisition gnadenlos fort. »Du hast mir überhaupt nichts erzählt von dem Typen, mit dem du eine Affäre hattest, als wir im Urlaub waren.«

Antonella stöhnte auf. »Darüber möchte ich wirklich nicht reden!«

»Sag bloß, das war wieder so ein peinlicher Sportler!«

»Nein, war es nicht!« Langsam kehrte Antonellas Temperament zurück. »Und was spielt es schon für eine Rolle?«

»Ich finde, das spielt eine große Rolle, und außerdem müssen wir doch darüber reden, was du jetzt machst.«

»Was soll ich schon machen? Es ist ja nicht gerade so, als hätte ich tausend Alternativen. Erst werde ich fett und dann Mama! So einfach ist die Sache.«

»Jetzt werde nicht unsachlich!«

»Ist ja gut, ist ja gut .... Adrian.« Das letzte Wort war kaum hörbar genuschelt.

»Wie bitte? Ich glaube, ich höre nicht recht.« Georgia war völlig entgeistert. »Adrian? Unser Adrian Stern?«

Antonella nickte nur.

»Wie um Himmels willen ist das denn passiert?«

»Ja, wie so was halt passiert! Willst du technische Details, oder was?«

»Sei nicht albern. Wieso hattet ihr überhaupt Sex?« Georgia war wirklich eine impertinente Nervensäge.

»Das frage ich mich allerdings auch«, seufzte Antonella frustriert. »An der ganzen Sache ist sowieso nur Hugo schuld! Der blöde Köter ist zu doof zum Geradeauslaufen, und dann bin ich halt gestürzt und habe mir den Schädel derart angeschlagen, dass ich eine Gehirnerschütterung hatte. Diese Narbe hier am Arm habe ich dem Mistvieh übrigens auch zu verdanken. Egal«, lenkte sie ein, als sie Georgias Gesichtsausdruck sah, »das erklärt's jedenfalls. Und der Arzt meinte, dass durch die Antibiotika die Pille nicht gewirkt hat.«

»Du warst also schwer verletzt? Und quasi nicht zurechnungsfähig?« Georgia empörte sich, während Antonella nur minimal nickte. »Und Adrian hat deine Schwäche schamlos ausgenutzt?«

Antonella schaute überrascht auf, fing sich aber gleich wieder: »Ja, stell dir das mal vor!«

»Also, das hätte ich nie von ihm gedacht!« Georgia war entsetzt.

»Was willst du machen, er ist halt auch nur ein Mann … Und wie er mich mit dieser Degenhardt-Geschichte behandelt hat, spricht ja schon Bände.« Antonella war angetan von der unerwarteten Wende und wechselte sicherheitshalber das Thema: »Wie lief eigentlich das Gespräch? Werden wir's überleben?«

»Ja, ja, die Einigung ist in trockenen Tüchern, aber zurück zum Thema. Das erklärt natürlich einiges und auch, warum du ihm in den letzten Wochen so konsequent aus dem Weg gegangen bist. Das ist wirklich unglaublich. Trotzdem musst du unbedingt mit Adrian reden. Er darf sich nicht aus seiner Verantwortung stehlen.«

»Kommt gar nicht in Frage! Ich will ihn nie wiedersehen!« Georgia hatte ja keine Ahnung, wie schwierig sich die letzten Wochen für sie gestaltet hatten, dachte Antonella. Adrian aus dem Weg zu gehen war der reinste Spießrutenlauf gewesen. Er hatte sie zunächst mit Anrufen, später mit Briefen und Blumen bombardiert. Klar, das ganze konventionelle Programm. Wenn ihm wirklich etwas an ihr läge, hätte er sich originellere Dinge ausgedacht. Natürlich hatte sie auf nichts davon reagiert. Seine Nachrichten hatte sie ungehört gelöscht, die Briefe ungelesen zerrissen und die Blumen in die Mülltonne gestopft. Sie wusste nicht, was er ihr noch zu sagen hatte, von halbherzigen Entschuldigungen wollte sie jedoch nichts wissen. »Ich hatte von Anfang an Recht mit meiner Einschätzung. Der Mann bedeutet nichts als Ärger!«

»Trotzdem wird sich wohl nicht dauerhaft verhindern lassen, mit ihm zu sprechen. Aber du musst ja nichts überstürzen«, fügte Georgia noch hinzu, als sie sah, dass Antonella sich gerade zu größter Kampfbereitschaft aufblähte. »Wirklich dumm nur, dass Tim und ich ausgerechnet jetzt nach Hamburg müssen.«

»Wieso Hamburg?«, fragte Antonella irritiert.

»Das habe ich dir doch erzählt. Tim hat direkt nach unserer Verlobung seinen Vater in Kanada angerufen, damit er seine ganzen Sachen schickt. Und letzte Woche kam der Anruf vom Hamburger Hafen, dass sein Container da ist. Die meisten Sachen kommen per Spedition nach Frankfurt, aber den Porsche will Tim unbedingt selbst abholen. Und es hilft ja nichts – irgendwann muss ich ihn meinen Eltern vorstellen.«

»Ein Container? Wo soll denn das ganze Zeugs bei uns noch hinpassen?«

»Keine Sorge, viel ist es wohl nicht. Außerdem gäbe es dafür auch schon eine Lösung. Adrian …«

»Ich will den Namen nicht hören!«

»Also dann, der Nachlassverwalter deiner Tante hat mir erzählt, dass die Hamanns vom ersten Stock ausziehen. Und da dachte ich, dass Tim und ich vielleicht einfach die Wohnung übernehmen könnten.«

Georgia hatte kein gutes Gefühl, als sie, Tim und Hugo ein paar Tage später in den ICE nach Hamburg stiegen. Zum einen sorgte sie sich um Antonella, die den nahenden Auszug ihrer Mitbewohner gar nicht gut aufgenommen hatte, vor allem aber graute ihr vor dem Zusammentreffen mit ihren Eltern. Tim ließen diese Bedenken völlig kalt. Er freute sich wie ein kleines Kind darüber, endlich seinen schwarzen Porsche 356 abholen zu können. Der Wagen war sein ganzer Stolz, und selbst Georgia, obwohl kein Autofan, zeigte sich sehr angetan von dem wunderschönen Oldtimer. Tim hatte das Coupé vor Jahren von seinem Onkel geschenkt bekommen, nachdem der bei einem Unfall ein Bein verloren hatte. Onkel James hatte keine eigenen Kinder, und da Tim von klein auf das Auto bewundert hatte, machte er seinem Neffen eine Riesenfreude.

»Weißt du, er vergöttert dieses Auto«, erklärte Tim ernsthaft, als sie nach Erledigung aller Zollformalitäten endlich durch die Nachmittagssonne cruisten, »und es ist mir eine heilige Pflicht, es wie meinen Augapfel zu behandeln! Ich freue mich so, dass ich ihn endlich wiederhabe. Dieser Porsche ist wirklich mein wertvollster Schatz«, steigerte er sich in seine Schwärmerei hinein. Georgia schmunzelte amüsiert, doch Hugo ließ einen empörten kleinen Beller hören – der zwar einem anderen Hund auf dem Gehweg galt, Tim aber trotzdem auf seinen Fauxpas aufmerksam machte. »Äh, ich meine natürlich, du bist mein wertvollster Schatz, aber gleich danach kommt das Auto!« Er sah Georgia ein wenig verlegen an, die ihm zufrieden lächelnd seine widerspenstige Locke hinters Ohr strich und einen Kuss auf die Wange drückte.

Am nächsten Tag stand der Antrittsbesuch bei den Holtaus an. Auf dem Weg in die elegante, großzügige Villa in Blankenese versuchte Georgia, Tim vorzubereiten: »Weißt du, meine Eltern sind nicht ganz unproblematisch.«

»Ach Quatsch, Mütter lieben mich!«

»Ich befürchte, bei meiner ist das eher unwahrscheinlich.«

»Ist doch auch egal, Hauptsache, du liebst mich!« Tim war unerschütterlich.

Als sie das Tor passierten und nach der kurzen Auffahrt vor dem Haus parkten, sagte Tim: »Ich weiß gar nicht, was du hast, deine Eltern sehen doch sehr nett aus.« Er nickte freundlich dem älteren Ehepaar zu, das winkend hinter der niedrigen Buchsbaumhecke stand. Georgia, die nur die Eingangstüre der

Villa im Blick hatte, fuhr herum. »Ach, das sind die Herzogs! Sie ist die Haushälterin, und er kümmert sich um den Garten. Die beiden sind schon ewig bei uns.« Auch sie winkte kurz hinüber. »Das da sind meine Eltern!«

Auf der säulenflankierten Treppe vor dem Entree waren Herr und Frau Holtau erschienen, Deutschlands drittgrößte Kaffeehändler.

»Erwarten die Staatsgäste?«, fragte Tim eine Spur erschrocken und linste bedauernd noch einmal zu den Herzogs hinüber. Georgias Vater, ein mittelgroßer, schlanker Mann mit interessanten Gesichtszügen und stechend blauen Augen, trug weiße Hose, hellblaues Hemd, Krawattenschal und einen dunkelblauen Club-Blazer mit goldenen Knöpfen. Die Dame des Hauses, klein, blond und zierlich wie ihre Tochter, hatte ein rosafarbenes Chanel-Kostüm gewählt. Beide standen stocksteif da und lächelten gezwungen.

»Ich hab's dir doch gesagt!« Georgia seufzte resigniert – exakt das hatte sie erwartet – und leinte Hugo an.

Die Begrüßung verlief entsprechend verkrampft. Lediglich der Porsche vermochte ein wenig das Eis zu brechen. »Da haben Sie aber ein sehr schönes kleines Auto, junger Mann«, sagte Vater Holtau jovial. »Dürfte ich da wohl eine kurze Spritztour unternehmen?« Georgia warf Tim einen flehenden Blick zu, der daraufhin seinem zukünftigen Schwiegervater die Autoschlüssel reichte und sich auf dem Beifahrersitz niederließ.

Die Zeit alleine mit ihrer Tochter nutzte Frau Holtau, um ihrem gesammelten Unverständnis gegenüber der »fürchterlichen Mesalliance« Ausdruck zu verleihen. »Wenn es wenigstens ein Pianist wäre! Aber so ein Rockmusiker? Schrecklich, Kind, wirklich schrecklich! Dein Vater und ich hatten doch eher erwartet, dass du jemanden aus unseren Kreisen heiraten würdest. Ach, dass du Konstantin nicht halten konntest. Ein großartiger Mann!«

Georgias Puls raste. »Ein so großartiger Mann, dass er mich monatelang betrogen hat und seine politische Karriere schon vorbei ist, ehe sie überhaupt richtig angefangen hat …«, zischte sie mühsam beherrscht.

»Fehler machen wir alle. Wir Frauen müssen über solchen Dingen stehen. Deswegen brauchst du nicht den erstbesten Mann zu heiraten, der dir einen Antrag macht. Als Holtau-Erbin stehen dir doch alle Möglichkeiten offen.«

Und so blieb die Stimmung entsprechend frostig. Nach Tims Gesichtsausdruck zu urteilen war nämlich auch der kurze Herren-Ausflug nicht das reine Vergnügen gewesen. Das Gespräch beim gemeinsamen Mittagessen hätte der Heiligen Inquisition zur Ehre gereicht.

»Wir müssen wissen, auf welche Kreise wir uns einzustellen haben. Das verstehen Sie sicher?« Und so gab Tim irritiert, aber brav Auskunft darüber, dass sein Vater zusammen mit seinem Onkel die Firma der Großeltern leitete. Devereaux & Sons handelten mit Holz, allerdings in einer sehr viel bescheideneren Größenordnung als die Holtaus mit Kaffee.

»Und wie sieht es mit Vermögen aus?« Herr Holtau bohrte weiter. »Mit Ihrem Beruf werden Sie unserem Kind ja kaum ein standesgemäßes Leben ermöglichen können. Was haben Sie denn studiert?«

»Gitarre und Komposition, aber das bedeutet mir nicht viel. Die wahre Ausbildung bekommt doch jeder Mensch nur durchs Leben«, sagte Tim treuherzig.

»Wenn ich gewusst hätte, dass man im Leben mehr lernt als in Oxford, hätte ich mir das Vermögen, das ich in Georgias Ausbildung investiert habe, ja auch sparen können«, entgegnete Carl-Friedrich Holtau mit schneidendem Sarkasmus.

»Vor allem, wenn wir geahnt hätten, dass sie heutzutage ihre intellektuellen Möglichkeiten dazu nutzt, mit ihrer italienischen Zufallsbekanntschaft einen Trödelladen zu betreiben«, legte seine holde Gattin prompt nach.

Georgia sagte nichts. Sie schien für den Moment in Schockstarre verfallen zu sein angesichts des elterlichen Rundumschlags. Dafür sprang Tim ritterlich in die Bresche: »Von Trödelladen kann nun wirklich nicht die Rede sein! Das ist ein ganz tolles Business, das die beiden da aufgebaut haben. Besuchen Sie uns doch mal und sehen Sie sich alles an ... Au!« Mit schmerzverzerrtem Gesicht rieb er sich sein linkes Schienbein, das einen gezielten Treffer von Georgia erhalten hatte. »Außerdem haben die zwei Mädels richtig Spaß bei ihrer Arbeit, und das ist ja wohl das Allerwichtigste!«, fügte er – unbeeindruckt von Georgias warnendem Blick – noch hinzu.

»Spaß? Bei der Arbeit? Ich bin mir sicher, dass *Sie* ein echter Experte auf diesem Gebiet sind. In Ihrer Branche ist es doch nur die Frage, *welche* Drogen genommen werden und nicht ob überhaupt.«

»Und das weißt du aus deiner wilden Jugend in Woodstock, richtig, Vater?« Georgia hatte endlich ihre Sprache wiedergefunden.

»Im Prinzip hat dein Dad natürlich Recht, Georgia, aber Sie können sich beruhigen«, wandte sich Tim wieder an seinen zukünftigen Schwiegervater, »bei uns ist das kein großes Thema mehr.«

Es sah im Augenblick ganz danach aus, dass auch der Porsche nicht über alle Unzulänglichkeiten des Bräutigams hinweghelfen konnte.

Währenddessen hatte sich Hugo unbemerkt auf Erkundungstour durch die feudale Villa begeben. Wie immer auf der Suche nach etwas Essbarem. In der Küche wurde er fündig und machte sich mit großer Begeisterung über den Inhalt von Kater Baudelaires scheinbar verwaistem Napf her. Ein dreister

Übergriff, den der stolze Perser nicht ungestraft dulden konnte. Mit ausgefahrenen Krallen stürzte er sich von seinem Beobachtungsposten auf dem Fensterbrett auf den nichtsahnenden Eindringling. Unter wütendem Kläffen und Fauchen endete die darauf folgende wilde Jagd mit einem lauten Klirren im Salon. Erschrocken rannten Georgia und ihre Mutter nach nebenan, und die Szenerie, die sich den Frauen bot, brachte Ute Holtau nahe an eine Ohnmacht: Eine schöne chinesische Vase lag zertrümmert am Boden, Baudelaire hing im teuren Seidenvorhang, und davor tobte Hugo mit blutender Nase.

»Nimm den Hund weg! Schau dir nur an, was dieses Tier hier angerichtet hat. Das ist ein unersetzliches Stück! Hat dein Vater mir zum Hochzeitstag bei Christie's ersteigert«, kreischte Georgias Mutter, die ihre ganze hanseatische Contenance im Speisezimmer gelassen hatte. »Schaff diesen durchgedrehten Köter sofort ins Auto!«

»Hugo kann nicht im Auto warten – sperr doch einfach den verdammten Kater irgendwo ein«, konterte Georgia hitzig und ebenfalls reichlich laut.

»Ich denke gar nicht daran! Baudelaire wohnt schließlich hier!«

»Das tun wir ja Gott sei Dank nicht!« Georgia war mit einem Mal wieder eiskalt. Sie nahm Hugo auf den Arm, machte auf dem Absatz kehrt und stürmte aus dem Zimmer. »Tim, wir gehen!« Sie griff sich ihre Handtasche und war schon zur Tür hinaus. Tim folgte ihr verwirrt, aber gehorsam nach draußen. Auch Carl-Friedrich war seiner wütenden Tochter zum Auto hinterhergelaufen. Beim Abschied schlug er Tim gegenüber überraschend versöhnliche Töne an: »Junge, versprechen Sie mir eines: Der Porsche wird nie verkauft. Da schenke ich euch lieber eine Familienkutsche zur Geburt des ersten Kindes.«

Damit hatte er, ohne es zu ahnen, eine weitere Lawine ausgelöst. Über Kinder hatten sie sich nämlich noch gar nicht unterhalten. Georgias Kinderwunsch war nach der Trennung von Konstantin und dem Start von Hugo's Affairs eine Zeitlang in den Hintergrund getreten. Doch seit sie von Antonellas Schwangerschaft erfahren hatte, dachte sie wieder intensiv über ein eigenes Kind nach. Allerdings hatte sie keine Vorstellung davon, wie Tim zu Nachwuchs stand. Auf der Rückfahrt schnitt sie daher vorsichtig das Thema an: »Mein Vater hat vielleicht Vorstellungen, aber eigentlich ist es ja süß von ihm, oder?«

»Ja, ja, er ist ein netter Kerl.« Tim konzentrierte sich auf den Verkehr.

»Und es wäre doch ganz schön, wenn wir irgendwann ein größeres Auto bräuchten?«

»Mhmm?«

»Na ja, ich hätte schon ganz gerne ein Kind. Irgendwann.« Georgia sah, wie ihr Liebster die Stirn runzelte, und fragte unsicher nach. »Du vielleicht nicht?«

»Das wirst du jetzt nicht gerne hören, aber Wollen ist da nicht die Frage.«

»Was meinst du damit?«

Tim legte ihr eine Hand aufs Knie. »Ich hatte vor zehn Jahren ziemlich schlimm Mumps.«

»Ja, und?«

»Das ist eine gar nicht so unübliche Nebenwirkung bei erwachsenen Männern – ich kann ziemlich sicher keine Kinder zeugen. Aber hey, Baby, wir können doch auch ohne Kinder glücklich werden, oder?«

Georgia schwieg bestürzt. Diese Nachricht musste sie erst einmal verdauen.

Die dramatische Enthüllung zehrte auch in den nächsten Wochen an Georgia, doch sie behielt ihre Sorgen für sich. Anfang Oktober blätterte sie lustlos durch einen Stapel Wohnzeitschriften, als Antonella melodramatisch seufzend in der Küche erschien: »Jetzt lasst ihr mich bald alle allein – sogar Hugo!«

»Antonella, das ist lächerlich.« Georgia blickte genervt auf. Seit der Auszug beschlossene Sache war, hatte sich die Stimmung in der WG extrem verschlechtert. »Wir ziehen nur eine Etage höher. Außerdem bist du nicht mehr lange allein. Da ist es doch gut, dass wir ausziehen, damit du Platz für dein Kind hast.«

»Na super«, sagte Antonella frustriert, »so ein Kind ist ja auch eine ganz tolle Gesellschaft! Als ob die Situation nicht schon schlimm genug wäre …«

»Du bist so was von undankbar«, brauste Georgia auf. »Wenn das so weitergeht, wirst du für dein Kind genauso ein Desaster wie für Hugo und das Geschäft!«

»Was für ein Quatsch! Du weißt ganz genau, dass uns das angebliche Degenhardt-Desaster haufenweise Aufträge für Weihnachtsevents eingebracht hat. Die wollen jetzt alle *meine* Konzepte haben. Und sag mir nicht, was ich für eine Mutter werde! Woher willst du das denn wissen?«

»Da muss man nur eins und eins zusammenzählen!« Georgia schäumte. »Wahrscheinlich wirst du das arme Geschöpf auch ständig zu anderen Leuten abschieben, damit du in Ruhe deinen Spaß haben kannst. Genau wie Hugo!«

»Schnappst du jetzt völlig über oder was?« Antonella starrte ihre Freundin fassungslos an.

»Tu nicht so, als wäre das so abwegig!«

»Ich habe keine Ahnung, was mit dir los ist, aber das war das Allerletzte!« Antonella bebte, doch Georgia ließ nicht locker: »Du freust dich doch noch nicht mal auf dein Baby. Und ich wäre so glücklich, wenn ich ein Kind haben könnte!«

»Ich glaub es nicht, du bist eifersüchtig!« Antonella schüttelte verwirrt den Kopf. »Was soll das denn jetzt, du kannst doch jederzeit Kinder haben.«

»Kann ich nicht! Tim ist zeugungsunfähig!«

»Das tut mir leid«, Antonella wollte ihre Freundin beschwichtigen und traf zielsicher den falschen Ton: »Ganz ehrlich, ich kann mir dich sowieso nicht als Mutter vorstellen. Und die angeblichen Freuden einer Schwangerschaft sind auch total überschätzt.«

»Da hast du es wieder!«, schrie Georgia frustriert auf. »Das ist so fürchterlich ungerecht: Du willst kein Kind, und dann kommt Adrian, schaut dich einmal an, und schon bist du schwanger. Und Tim und ich werden nie ein eigenes Baby haben. Wo wir uns doch so sehr lieben ...« Sie fing zu weinen an.

»Hör bitte auf, mir ständig zu erzählen, dass ich keine Kinder haben will. Das stimmt einfach nicht. Und ich weiß auch nicht, warum du dich plötzlich so als fanatische Übermutter stilisierst.« Antonella wurde wieder wütend und ignorierte Georgias Tränen. »Machen wir uns doch nichts vor, du würdest ja allein die Schwangerschaft gar nicht durchhalten aus permanenter Angst um deine zarte Taille. Und wenn das Kind dann fällig wäre, gäbe es unmittelbar nach dem Kaiserschnitt doch schon die Bauchdeckenstraffung.« Georgia schnappte nach Luft, doch Antonella war schwer in Fahrt und fuhr fort: »Nur weil ich keine Lust auf den fetten Hugo habe, unterstellst du mir, dass ich mein Kind abschieben werde. Aber sehen wir den Tatsachen doch mal ins Auge, bei dir würde es mit Sicherheit exakt so ablaufen, wie du es selbst erlebt hast: Nach dem ersten Schrei wird der arme Wurm einer Nanny übergeben. Später wird der Nachwuchs nur noch frisch gebadet und gefüttert den stolzen Eltern präsentiert. Eine Nachtschwester hättest du doch auch, denn nichts ist schließlich so wichtig wie regelmäßiger Schlaf. Ja, und wenn der kleine Stammhalter endlich alt genug ist, geht's ab nach England ins Internat.«

Mit diesen Worten stürmte sie wütend hinaus und rannte um ein Haar Tim über den Haufen, der die ganze Szene aus dem Hintergrund verfolgt hatte und jetzt seine aufgelöste Verlobte in den Arm nahm.

»Georgia, bloß weil ich wahrscheinlich keine Kinder haben kann, heißt das doch nicht, dass ich keine Familie will.« Tim war gerade jetzt erst bewusst geworden, wie sehr seine Offenbarung Georgia wirklich erschüttert hatte. »Lass uns doch nach der Hochzeit in Ruhe darüber reden und alle Möglichkeiten prüfen. In Kanada ist es wohl relativ unkompliziert, Kinder zu adoptieren, jedenfalls leichter als hier. Ich verspreche dir, wir werden in jedem Fall eine Familie haben!«

Schniefend stimmte Georgia zu: »Ich will aber ein Mädchen!«

»Von mir aus auch zwei oder drei!« Tim drückte sie ganz fest an sich und küsste ihr die Tränen von den Wangen. »Ist jetzt alles wieder gut?«

Was Tim und ihre Zukunft als Familie anging, hatte sich Georgia schnell wieder beruhigt, nicht jedoch, was Antonella betraf. Sie war immer noch empört über das Verhalten ihrer Freundin und konnte und wollte kein Verständnis für deren Lage aufbringen. Da sich diesmal auch Antonella uneingeschränkt im Recht fühlte, herrschte tagelang eisiges Schweigen zuhause und im Loft. Georgia war neben der Arbeit jetzt vor allem mit dem anstehenden Umzug beschäftigt. Prinzipiell sollte das keine große Sache werden. Weder sie noch Tim hatten viele Möbel, das meiste würde also neu gekauft und alles andere nur ein Stockwerk höher getragen werden müssen. Für die Renovierungsarbeiten und den Einbau eines schalldichten Übungsraums für Tim gab es einen ganzen Stab von Handwerkern. Ärgerlich war nur, dass Antonella jetzt als Interior Designer ausfiel. Da Georgia weder Zeit noch Lust hatte, sich alleine mit der Einrichtung der restlichen Wohnung zu beschäftigen, plante sie, einen Innenarchitekten zu beauftragen. Geschieht Antonella ganz recht, dachte sie grimmig, als sie beim Friseur saß.

»Wie immer?«, fragte Yves mit der Schere in der Hand. »Nein«, sagte Georgia entschlossen, »ich brauche einen ganz neuen Look!«

Zufrieden sah sie zu, wie lange Strähnen zu Boden fielen und der Friseur schließlich ihre nur noch knapp kinnlangen Locken akkurat mit dem Fön glatt zog. »Georgette, tu es plus belle que Catherine Deneuve!«, kommentierte Yves stolz sein Werk.

Antonella hatte schon seit Tagen keine Lust mehr, beleidigt zu sein, vor allem seit sie mit Tim noch einmal über Georgias Ausbruch gesprochen und erfahren hatte, wie unglücklich ihre Freundin tatsächlich über ihre voraussichtliche Kinderlosigkeit war. Ihre eigenen taktlosen Bemerkungen bedauerte sie inzwischen auch sehr. Deshalb hatte sie zusammen mit Tim und Giovanni eine Überraschung für ihre kratzbürstige Freundin vorbereitet. »Wow, coole Frisur!«, brach sie nun das Schweigen, als Georgia in den Loft kam.

»Danke«, sagte Georgia noch ein wenig frostig, »es war Zeit für eine Veränderung.« Auf ihrem Schreibtisch fand sie Antonellas Versöhnungsangebot, das in detailliert ausgearbeiteten Entwürfen für ihre neue Wohnung bestand: Küche und Bad waren in Ordnung, da musste nur frisch gestrichen werden, und das Ankleidezimmer sollte ohnehin aussehen wie unten. Die Ausstattung des Übungsraums war mit Tim genau abgestimmt. Zusätzlich hatte Antonella ein schlichtes Gästezimmer in Weiß mit fliederfarbenen Wänden und lila Accessoires entworfen, dazu ein ausgesprochen cooles Schlafzimmer in Schwarz, Grau und Weiß mit einer hochglanzschwarzen Wand, hellgrauem Teppich und einem schlichten weißen

Bett mit breitem Rand. Die große Überraschung war allerdings das Wohnzimmer, das über dem grünen Kaminzimmer der unteren Wohnung eingerichtet werden sollte: Antonella würde Georgia und Tim die Fünfzigerjahre-Möbel von Tante Elsa schenken, die den beiden so gut gefielen. Allerdings würden sie schon wieder neu bezogen werden, diesmal das Sofa rot-weiß gestreift, dazu ein Sessel rot, der andere weiß. Außerdem käme das dunkle Sideboard mit gebogener Glastür mit nach oben. Als Essplatz hatte Antonella einen überdimensionierten Nierentisch vorgesehen, den Giovanni bauen würde und an dem weiße Panton-Stühle von Vitra stehen würden. Die Wände würden halbhoch rot, darüber weiß gestrichen werden. Das Ganze steckte professionell in einer Kundenpräsentationsmappe mit Stoff- und Farbmustern sowie detaillierten Skizzen der neuen Möbel. Georgia ging gerührt nach draußen in den Showroom: »Vielen, vielen Dank! Die Entwürfe sind ein Traum!«

Antonella lächelte. »Wenn du magst, können Giovanni und die Jungs morgen loslegen. Die haben zwischen den anderen Aufträgen immer ein bisschen Zeit, und Anfang November könnt ihr dann einziehen. Das kriegen wir auch mit den Lieferungen hin – ich habe ein bisschen Druck gemacht.« Sie stand auf und nahm Georgia in den Arm. »Haben wir uns wieder lieb?«

»Ja, natürlich! – Antonella, es tut mir leid!«

»Mir auch!« Antonella drückte Georgia erleichtert einen Kuss auf die Wange. »Und jetzt gehen wir essen!«

Ende Oktober war tatsächlich alles fertig, und wenige Tage später fand schließlich der Umzug statt. »Stell das sofort wieder hin!« Giovanni riss seiner Schwester eine Kiste aus den Händen. Antonella nervte die ganze Truppe damit, dass sie ständig irgendwelche Dinge herumschleppte und überdies laufend schlaue Kommentare zum Besten gab. »Ohne dich ginge es wirklich schneller. Geh runter und sei friedlich! Wir holen dich, wenn wir fertig sind!«

Und so verbrachte sie den Nachmittag frustriert und alleine in ihrer großen, ziemlich leeren Wohnung. Erst zum Feiern nach vollbrachter Arbeit durfte sie sich gnädigerweise der Truppe wieder anschließen. Während die Korken knallten, legte Georgia selbst Hand an und schraubte höchstpersönlich das Namensschild »Holtau-Devereaux« an die Wohnungstür. Und selbst Antonella lächelte mit einem dicken Kloß im Hals tapfer und applaudierte mit den anderen dieser großartigen handwerklichen Leistung.

KAPITEL 18
Irrwege

Bereits am nächsten Morgen war es um Antonellas Tapferkeit wieder geschehen. Um kurz nach acht klingelte sie bei Tim und Georgia Sturm. Tim öffnete ziemlich zerknautscht und verschlafen die Wohnungstür, und seine sehr aufgeregte Nachbarin drängelte sich an ihm vorbei. »Schnell, mach zu. Der Kerl verfolgt mich. Ihr müsst mich verstecken!«

»Was ist denn jetzt wieder los?« Georgia kam fertig angezogen aus ihrem brandneuen Ankleidezimmer. »Wir sind keine zwölf Stunden ausgezogen, und schon hängst du uns wieder am Rockzipfel. So geht das nicht. Wir sehen uns doch gleich bei der Arbeit.« Sie klang eine Spur verärgert.

»Es ist ein Notfall!«, jammerte Antonella. »Adrian stellt mir nach!«

»Wie, er stellt dir nach?«, fragte Georgia irritiert.

»Ich habe ihn gerade vom Küchenfenster aus auf der Straße rumschleichen sehen.« Antonella klang eine Spur hysterisch.

»Du spinnst doch! Der ist hier wahrscheinlich einfach nur entlanggelaufen, weil er irgendwohin wollte.«

»Ja, aber was soll ich tun, wenn er plötzlich bei mir in der Wohnung steht? Jetzt wo ihr ausgezogen seid. Es könnte doch sein, dass er einen Schlüssel hat.«

»So ein Unsinn! Jetzt reiß dich mal zusammen. Das wäre Hausfriedensbruch, und wenn das jemand weiß, dann Adrian als Jurist!« Georgia klang müde und ziemlich genervt. »Egal was war, du solltest ihm endlich sagen, dass du schwanger bist. Dann müsstest du auch nicht mehr so paranoid herumlaufen. Ewig kannst du ihm sowieso nicht aus dem Weg gehen«, fuhr sie fort. »Und jetzt geh wieder nach unten und zieh dir etwas an, wir haben in einer Stunde einen Termin!« Sie musterte Antonella naserümpfend, die einen dicken Wollpulli über ihrem Schlafanzug trug.

»Mir passt ja nix mehr! Selbst die hüftigsten Hosen sind langsam unbequem, und so viele Schlabberblusen habe ich gar nicht, dass ich meine fette Plauze verstecken kann.«

»Erstens bist du nicht fett, zweitens: Warum darf man dein Bäuchlein nicht sehen? Und drittens verliere ich jetzt wirklich die Geduld! Raus hier!« Georgia scheuchte ihre Freundin zur Tür.

Frustriert ging Antonella zurück in ihre Wohnung. Natürlich hatte Georgia Recht, dauerhaft konnte sie sich nicht vor Adrian verstecken, und klar, sie musste ihm von ihrer Schwangerschaft erzählen. Aber jetzt, wo schon so viel Zeit verstrichen war, wusste sie einfach nicht, wie sie es anstellen sollte. Sie hatte ja selbst Wochen gebraucht, um sich an den Gedanken zu gewöhnen, denn bis zum positiven Test hatte sie nie ernsthaft darüber nachgedacht, ob sie sich Kinder wünschte oder nicht. Außerdem wollte sie Adrian am liebsten gar nicht mehr sehen. Die Erkenntnis, dass er auch nur so ein Blindgänger wie all seine Vorgänger war, tat immer noch weh. »Aber Selbstmitleid hilft auch nicht weiter«, sagte sie ärgerlich zu ihrem Spiegelbild, als sie sich in ihre weiteste Hose zwängte. Heute Mittag würde sie erst einmal ein paar neue Klamotten kaufen, und alles andere würde sich dann auch finden.

Eine Woche später stand morgens vor ihrer Wohnungstür eine hübsche Tüte. Neugierig linste sie hinein und entdeckte lauter italienische Leckereien: Trüffelöl, eine Flasche Wein, luftgetrocknete Salami, eingelegte Oliven, ein großes Stück Parmesan. Und außerdem einen Brief – sie sah auf die Handschrift – von Adrian. Sie unterdrückte ihren Impuls, auch diesen Brief ungelesen wegzuwerfen, denn mit der Delikatessentüte hatte er sich ja mal etwas anderes einfallen lassen als seine bisherigen, konventionellen Kontaktversuche. Nervös ging sie zurück in die Wohnung hinein und las.

Liebe Antonella,
ich hoffe, Du freust Dich über meinen kleinen Gruß aus dem Piemont. Es war wieder sehr nett bei meiner Schwester, aber schöner wäre es mit Dir zusammen gewesen. Besteht denn Grund zur Annahme, dass Du diesmal meine Zeilen auch liest? Ich hoffe sehr, denn ich würde gerne ein für alle Mal einige Dinge klarstellen. Seit Wochen frage ich mich, was schiefgelaufen ist, doch ich finde einfach keine Erklärung für Dein völlig irrationales Verhalten. Es fällt mir schwer zu glauben, dass meine – zugegeben etwas unglücklich formulierte – rhetorische Frage, ob denn das Durchlesen und Umsetzen eines Vertrages zu viel an Aufwand gewesen wäre, wirklich der Grund für unseren Bruch sein sollte.

Deine Unterstellung, ich sei ja »auch nur wie alle anderen Kerle« und wäre nur »scharf auf Deinen Körper« gewesen, hat mich im Übrigen sehr erschüttert. Wie kannst Du nur nach unseren zwei wunderschönen Wochen im Juli an der Ernsthaftigkeit meiner Gefühle zweifeln? Abgesehen davon, dass ich es auch nicht fair finde, aufgrund einer einzigen Bemerkung in eine merkwürdige Art von Sippenhaft genommen zu werden.

Wie auch immer – Du hast mir durch Dein Benehmen unmissverständlich klargemacht, dass Du mit mir nichts mehr zu tun haben willst. Selbstverständlich werde ich Deinen Wunsch akzeptieren und Dich von nun an in Ruhe lassen. Wenn Hausangelegenheiten zu klären sind, werde ich Dich schriftlich über Deine Büroadresse kontaktieren.

Alles Gute, Dein Adrian

Antonella liefen die Tränen hinunter, als sie den Brief zum zweiten Mal las. Ernsthafte Gefühle? Sippenhaft? In Ruhe lassen?

Eine halbe Stunde später kam sie regennass und mit vom Weinen verlaufener Wimperntusche im Loft an. »Jetzt habe ich es schwarz auf weiß«, schluchzte sie aufgelöst, »der Vater meines Kindes schreibt, dass alles keinen Sinn hat!« Sie hielt Georgia den Brief unter die Nase.

»Was hat Adrian gemacht?« Georgia war völlig verdattert, zog Antonella aber rasch in ihr Büro und schloss die Tür.

Wie bitte? Adrian Stern war der Vater von Antonellas Baby und hatte ihr eine rüde Abfuhr erteilt? Das war ja eine Katastrophe! Alarmiert sprang Jenny von ihrem Schreibtisch auf und lief hinunter zu Giovanni in die Werkstatt. Der reagierte auf die Geschichte erwartungsgemäß mit südländischem Temperament: »Den mach ich fertig!« Er stellte noch schnell seine Maschinen ab und rauschte dann zu Adrians Kanzlei. Dort mähte er erst eine ziemlich entsetzte Frau Haubrock um, die dem furiosen Italiener nichts entgegenzusetzen hatte, und polterte direkt in Adrians Büro. »Du elendiges Dreckschwein, was fällt dir eigentlich ein?«, brüllte er auf Italienisch. »Erst schwängerst du meine kleine Schwester, und dann lässt du sie sitzen!» Er ballte wütend die Fäuste.

»Es freut mich wirklich außerordentlich zu hören, dass wenigstens ein De Anna Italienisch spricht!«, antwortete Adrian, ebenfalls auf Italienisch – und konnte es gleichzeitig nicht fassen, dass er zu Scherzen aufgelegt war. Was hatte der Wahnsinnige da gerade gesagt?

»Und jetzt auch noch dumme Witze machen, was?« Giovanni kam bedrohlich näher.

»Moment«, Adrian wich zurück, »ich verstehe gerade wirklich nicht, was hier los ist. Antonella ist schwanger? Von mir? Und ich soll sie verlassen haben?« So langsam wurde auch der Anwalt wütend. »Ist der Irrsinn in eurer Familie eigentlich erblich?«

»Alles faule Ausreden! Meine Schwester ist im vierten Monat, tu bloß nicht so, als wüsstest du von nichts! Antonella ist heute weinend ins Büro gekommen und hat Georgia einen Brief gezeigt, in dem steht, dass du nichts mehr von ihr wissen willst.« Giovanni klang siegesgewiss.

»Ich glaube es nicht!« Adrian schüttelte den Kopf. »Sie ist schwanger und erzählt mir davon mit keiner Silbe. Sie weigert sich seit Wochen, überhaupt mit mir zu sprechen.«

»Ach ja? Na, sie wird schon ihre Gründe dafür haben!« Giovanni klang eine Spur defensiver.

»Mal ganz langsam, erst hörst du mir mal zu«, schnaubte Adrian, »und dann werde ich mir Antonella vorknöpfen! Die ist offensichtlich von allen guten Geistern verlassen.«

»Jetzt beruhige dich erst mal!« Georgia drückte Antonella in einen Sessel, nahm den Brief, las ihn und starrte ihre Freundin dann sehr erstaunt an. »Ich will jetzt ganz genau wissen, was im Juli passiert ist. Die Sache mit der Gehirnerschütterung nehme ich dir keine Sekunde länger ab. Das hört sich eher nach einer ganz schweren Herzenserschütterung an.«

Antonella sträubte sich erst, erzählte Georgia dann aber doch von »den schönsten Wochen in meinem Leben«. Wie wunderbar alles gewesen war, wie anders als mit allen anderen Männern zuvor, wie romantisch, und wie sehr sie jede Minute mit Adrian genossen hatte. »Aber dann passiert diese blöde Bankengeschichte – und du hattest schon Recht, natürlich war ich abgelenkt und hätte in den Vertrag reinschauen müssen, bevor ich mit der Arbeit anfange. Aber ich war mir so sicher, dass wir uns mit den Degenhardts auf meinen Lieblingsentwurf geeinigt hatten – der Junior war ja auch völlig begeistert. Und dann kommt Adrian ins Büro und sagt, wie enttäuscht er von mir ist, und erklärt mir praktisch, dass er mich für eine dumme Kuh ohne Grips hält, die nichts als Ärger macht.« Schon wieder liefen Tränen über ihre Wangen.

»Du armes Häschen«, Georgia tätschelte Antonellas Hand, »warum glaubst du eigentlich immer, dass dich alle für dumm halten? Du bist vielleicht ein kleines bisschen chaotisch, aber dafür kreativer als der Rest unserer Mannschaft hier zusammen. Und Adrian hat doch nicht ernsthaft deine Intelligenz in Frage gestellt. Der war einfach nur verzweifelt in der Situation. Absolut verständlich. Jetzt, wo ich weiß, was zwischen euch war, wird mir noch mehr klar. Er hat für unsere Firma gekämpft wie ein Löwe, und das immer mit der Gefahr vor Augen, dass ihm sein wichtigster Mandant abspringt.«

»Aber was soll ich denn jetzt tun?«, fragte Antonella kläglich.

»Liebst du ihn denn?«

»Weiß nicht«, murmelte Antonella, »vielleicht. Ich glaub schon.«

»Gut! Dann musst du es ihm sagen. Und du musst ihm unbedingt auch sagen, dass du sein Kind bekommst«, sagte Georgia streng, fügte aber sanfter hinzu: »Du wirst sehen, alles wird gut!«

»Meinst du wirklich?« Antonella klang ein bisschen hoffnungsfroher und schnäuzte sich kräftig. »Gut, ich rufe ihn nachher an und verabrede mich für heute Abend mit ihm. Versprochen!« Jetzt lächelte sie schon wieder.

In diesem Moment summte die Gegensprechanlage von Georgias Telefon. »Ja, Jennifer, was gibt es denn?«

»Dr. Stern ist hier. Er sagt, es sei dringend.« Jenny klang ein bisschen eingeschüchtert.

»Dann soll er reinkommen!« Sie stand auf, um das Feld zu räumen, und wurde fast von der aufspringenden Tür getroffen. Adrian stürmte auf Antonella zu: »Wann wolltest du es mir sagen? Wenn das Kind eingeschult wird??«

Schleunigst schloss Georgia die Tür hinter sich. Was um alles in der Welt hatte das jetzt zu bedeuten?

Ihr Blick fiel auf Giovanni, der mit hochrotem Kopf gerade Jenny zur Schnecke machte: »Was fällt dir eigentlich ein, mir so einen Scheiß zu erzählen?«

»Was geht hier vor?«, mischte sich Georgia ein und baute sich vor den beiden auf. »Mein Gott, Jennifer, jetzt reißen Sie sich mal zusammen!« Da aus der heulenden Jenny keine Silbe herauszubringen war, erzählte Giovanni ihr das ganze morgendliche Drama.

»Na bravo«, sagte Georgia schwach, »jetzt weiß er wenigstens, dass er Vater wird.«

Adrian bebte vor Zorn und starrte Antonella an, die wie vom Donner gerührt vor ihm stand.

»Woher weißt du …?«

»Dein Bruder hat mich freundlicherweise soeben von der frohen Botschaft in Kenntnis gesetzt!«

»Das kann nicht sein, er weiß doch gar nicht, dass du der Vater bist.« Antonella war völlig verwirrt.

»Offensichtlich schon, und auch, dass du behauptest, ich hätte dich geschwängert und dann sitzen gelassen!«

»Aber …«

»Was aber? Meinst du nicht, ich habe ein Recht darauf zu erfahren, dass ich Vater werde? Das betrifft mich schließlich auch«, brüllte er sie weiter an.

Langsam kam auch Antonella auf Touren: »Ach ja? Hauptsächlich ändert sich ja wohl mein Leben. Für dich geht doch seit den belanglosen Wochen im Sommer alles so weiter wie bisher! Außerdem keine Sorge, das Kind kriege ich auch alleine groß!«

»Belanglos? Du fandest es belanglos?« Adrian war niedergeschmettert, fuhr aber mit mühsam kontrollierter Stimme fort. »Für mich war es alles andere als belanglos! Und ganz bestimmt werde ich mich um mein Kind kümmern!« Er sah sie an. Bei seinem letzten Satz hatte sie ihre Hände schützend über ihren Bauch gelegt, und eine Spur von Panik war in ihren verweinten Augen aufgeflackert. Am liebsten hätte er sie in den Arm genommen, doch …

»Du willst mir also mein Baby wegnehmen?«, schrie sie. »Und mein Erbe bei der Gelegenheit vielleicht endlich auch? Darauf wartest du doch schon seit Monaten.« Die Tränen, die wieder liefen, wischte sie wütend weg.

»Antonella.« Er legte ihr beide Hände auf die Schultern.

»Fass mich nicht an!«, fauchte sie und versuchte ihn abzuschütteln, doch Adrian verstärkte seinen Griff nur und sah sie eindringlich an.

»Ich werde dir selbstverständlich das Kind nicht wegnehmen! Warum sagst du nur solche Sachen? Aber ich werde für euch beide da sein.«

»Pfff«, kam es verächtlich von ihr.

»Ich werde dir auch dein Erbe nicht wegnehmen und hätte es auch früher niemals getan«, sagte er bitter. »Antonella, ich habe mich in dem Augenblick in dich verliebt, als du bei mir in der Kanzlei aufgetaucht bist, mich mit deinen großen braunen Augen angesehen und dich um Kopf und Kragen geredet hast.« Er schluckte und fuhr dann ruhiger fort: »Und dann im Sommer …«

»Hör auf damit!«, unterbrach sie ihn zitternd. »Das waren ein paar Tage toller Sex, mehr nicht. Du tust gerade so, als wärst du besser als alle anderen«, schrie sie ihn an.

»Ich weiß nicht, ob ich besser bin als alle anderen, aber ich weiß, dass ich dich liebe und dich niemals verletzen würde. Und ich verstehe nicht, warum du das nicht begreifen willst!

Aber einer Sache bin ich mir ganz sicher: Ich werde es keine Sekunde länger zulassen, dass du auf meinen Gefühlen herumtrampelst!« Auch er wurde wieder lauter. »Es waren nicht nur ein paar bedeutungslose Tage mit tollem Sex. Für mich nicht und für dich auch nicht! Ich weiß nicht, welche schlimmen Erfahrungen du vielleicht gemacht hast, aber ich bin ich und nicht dein Vater oder irgendein anderer Typ, der dich hängen gelassen hat. Ich kann dir nur dringend empfehlen, endlich erwachsen zu werden. Doch wenn du partout weiter davonlaufen willst, kann ich dir auch nicht helfen!« Er ließ sie stehen und verließ das Zimmer. Mit versteinerter Miene lief er grußlos an Giovanni, Georgia und Jenny vorbei.

»Ich glaube, jetzt ist alles vorbei«, sagte Antonella leise, als Georgia und ihr Bruder zu ihr ins Büro gestürzt kamen.

Die nächsten Wochen stürzte sich Antonella in die Arbeit wie nie zuvor. Giovannis vorsichtigen Hinweis, sich doch in Anbetracht ihres Zustandes ein wenig zu schonen, quittierte sie nur mit einem pampigen: »Ich bin schwanger und nicht krank!« Georgia war diese Verdrängungsmethode bestens vertraut. Auch wenn sie es in diesem Fall nicht für die richtige Therapie ansah, hielt sie sich mit Kommentaren zurück, ja sie war sogar froh darüber. Sie hatten aktuell Aufträge für sieben große Weihnachtsevents und zwei Wohnungen, und ein Ausfall von Antonella wäre kaum zu verkraften gewesen. Mit den Einnahmen könnten sie problemlos das Loch stopfen, das der Vergleich mit Degenhardt gerissen hatte. Und offenbar konnte Antonella inzwischen auch in Zeiten großer Krisen gute Arbeit liefern. Die Kunden jedenfalls waren von ihren Konzepten durchweg begeistert.

Nach der letzten Freigabe am 9. Dezember kündigte sie aber erschöpft und ein bisschen traurig an: »So, das war's. Jetzt kommt ihr alleine klar. Ich will nur noch weg.«

Georgia sah sie besorgt an. »Wohin denn?«

»Nach München. Zu meiner Mama!«

Georgia konnte es nicht glauben – die Ärmste schien wirklich verzweifelt zu sein. »Und wann kommst du wieder zurück?«

»Keine Ahnung.«

»Was willst du eigentlich an deinem Geburtstag machen?«, fragte Tim Georgia einige Tage später, als er vom Einkaufen kam. Seit er von seiner letzten London-Reise zurückgekommen war, hatte er eine sehr häusliche Note entwickelt und bemühte sich, Georgia nach Kräften zu verwöhnen und ihr so viele Alltagsdinge wie möglich abzunehmen.

»Ich weiß nicht, nichts Großes. Wir haben ja schon tagsüber eine kleine Weihnachtsfeier für alle festen und freien Mitarbeiter.«

»Wie wäre es mit einem schönen Abendessen? Ich könnte doch für dich und deine Gäste kochen. Ich muss erst an Silvester wieder spielen, und die Platte ist soweit fertig.«

»Du bist süß, aber welche Gäste?«

»Vielleicht ist Nell dann wieder da, und außerdem könntest du doch Adrian fragen. Ich finde, wir müssen was tun! Ich habe ihn vorhin im Supermarkt getroffen, und er sah gar nicht gut aus. Das ist echt ein Jammer mit den beiden! Wieso sind die nur so stur?«

Georgia war gerührt. Wie sensibel Tim doch war. »Das wird bestimmt nicht einfach. Aber du hast natürlich Recht. Vielleicht sollten wir ihrem Glück ein bisschen auf die Sprünge helfen …«

Am 20. Dezember war Antonella wieder in Frankfurt. »Meine Mutter hat mich in den Wahnsinn getrieben mit ihrer Babybegeisterung. Dabei hat sie doch schon zwei Enkel. Fürchterlich! Und als ich dann auch noch versehentlich erwähnt habe, dass der Vater ein Anwalt ist, war es völlig um sie geschehen. Das wäre doch ein Schwiegersohn! Meinen Hinweis, dass Adrian wohl derzeit keinen gesteigerten Wert darauf legt, ihr Schwiegersohn zu werden, hat sie nur abgetan. ›Da musst du dir eben ein bisschen Mühe geben!‹ – Mütter!!« Sie stöhnte genervt.

Insgeheim war Georgia der selben Meinung, aber das würde sie nicht laut sagen. Es war schwierig genug gewesen, Adrian zum Kommen zu überreden. Seine Engelsgeduld mit Antonella war offenbar endgültig erschöpft. Doch letztendlich hatte er zugesagt, und Georgia hoffte sehr, dass auch Antonella zur Vernunft kommen würde.

Die Loftparty war wirklich nett. Fast alle Handwerker kamen im Laufe des Tages hereingeschneit. Sie plauderten, lachten, aßen Plätzchen und tranken Glühwein. Am Morgen war Antonella noch beim Arzt gewesen. »Es wird ein Mädchen!«, strahlte sie, als sie zurückkam, und streichelte stolz ihren mittlerweile unübersehbaren Babybauch. Inzwischen hatte sie sich mit ihrer Schwangerschaft arrangiert, und, wenn sie ehrlich wahr, freute sie sich tatsächlich auf ihr Kind.

»Georgie, weißt du was?«, kündigte sie auf dem Heimweg an. »Du feierst heute Abend mit Tim schön alleine! Das ist viel romantischer für euch. Schließlich ist es nicht nur dein Geburtstag, sondern auch euer Jahrestag.«

»Unsinn«, sagte Georgia energisch, »du wirst natürlich mitfeiern, und außerdem müssen wir doch auf deine Tochter anstoßen!«

Also machte sich Antonella mit ihrer neuen schmalen schwarzen Satinhose, einem ebenfalls schwarzen Empire-Chiffon-Top und spitzen Highheels (»Macht alles schlank!«) richtig schick und packte noch schnell das Geschenk ein. Sie hatte in einer Münchner Boutique eine wunderschöne dunkelbraune Wildledertasche entdeckt, die perfekt zu vielen von Georgias Outfits passen würde und außerdem groß genug für umfangreiche Unterlagen war.

»Wow, sehr elegant!« Tim grinste anerkennend, als er ihr die Blumen abnahm.

Sie übergab Georgia im Wohnzimmer ihr Paket und wollte gerade fragen, für wen denn das vierte Gedeck sei, als es wieder klingelte.

Adrian begrüßte Tim und das Geburtstagskind sehr herzlich, überreichte sein Geschenk und streichelte sogar Hugo, der interessiert an seinen Beinen herumschnüffelte. Dann ging er zu Antonella, die wie erstarrt am Tisch stand. Unschlüssig, ob er sie umarmen oder ihr lieber nur die Hand geben sollte, sagte er zu ihr: »Du siehst toll aus! Geht's euch beiden gut?«

»Ja, danke«, murmelte sie. »Du siehst auch gut aus.«

Das Gespräch wollte nicht richtig in Gang kommen. Daran änderten auch der Champagner zum Aperitif und die Vorspeise nichts. Georgia und Tim machten eifrig Konversation, erzählten von den sehr erfolgreichen Weihnachtsevents, die Hugo's Affairs inszeniert hatte, und von der Stardust-Platte, die Mitte Januar endlich erscheinen würde. Adrian war ziemlich wortkarg, und Antonella hatte es förmlich die Sprache verschlagen. Nach der Vorspeise verzog Tim sich in die Küche. »Ich mache jetzt den Hauptgang, kann ein bisschen dauern.« Georgia folgte ihm, und selbst Hugo trollte sich.

»Wenn ich geahnt hätte, dass Tim so gut am Herd ist, hätte ich nicht immer für alle kochen müssen …« Antonella machte einen kläglichen Versuch, die peinliche Stille zu füllen.

»Antonella …«, unterbrach Adrian sie.

Sie spielte nervös mit ihrer Serviette, schaute ihn kurz an

und starrte dann stumm auf die Kerzen. »Kannst du mir verzeihen?«, fragte sie nach einiger Zeit leise.

»Natürlich«, sagte er sanft, »aber was jetzt?«

»Ich weiß es nicht.« Sie sah ihn fragend an, doch er schwieg. »Ich habe immer noch Angst, aber ich will nicht mehr davonlaufen.« Sie lächelte unsicher. »Es wird übrigens ein Mädchen.«

»Und denkst du, meine Tochter legt Wert auf die Anwesenheit ihres Vaters?«, fragte er ernst.

»Ich hätte es jedenfalls schön gefunden, wenn mein Vater für mich da gewesen wäre«, sagte sie und schaute versonnen auf ihren Bauch.

Adrian nahm ihre Hand und sah ihr tief in die Augen: »Und was sagt die Mutter meiner Tochter dazu?«

Ehe Antonella antworten konnte, kamen Tim und Georgia mit dem Hauptgang herein – Filetsteak mit Baked Potatoes und Salat. Während die Gastgeber servierten, drückte Antonella Adrians Hand und sagte doch noch leise: »Die würde sich auch sehr freuen!«

Von da an war die Stimmung deutlich gelöster, auch wenn Antonella für ihre Verhältnisse recht schweigsam blieb. Nach dem Dessert stand Adrian bald auf. »Vielen Dank für die Einladung. Es war sehr schön und eine sehr gute Idee.« Er lächelte Georgia dankbar an. »Antonella und ich gehen jetzt besser nach unten. Wir haben noch einiges zu besprechen.«

KAPITEL 19
Großes Kino

»Das ist wirklich die Hölle, sag ich dir. Entweder er kommt morgens um fünf nach Hause, oder er muss um diese Zeit aufstehen, um einen Frühflug zu erwischen. Bestimmt schlafe ich während der Sendung ein.«

»Jetzt jammer nicht so rum – ich habe letzte Woche gelesen, dass dein Vorbild Bill Clinton mit nur vier Stunden Schlaf auskommt. Und selbstverständlich wirst du jetzt nicht einschlafen!«

»Natürlich nicht, wie auch? Nachdem du so freundlich warst, Jennifer einzuladen, habe ich ja die ganze Zeit schwachsinniges Hintergrundgeplapper, das mich wach hält.« Georgia saß gähnend bei Antonella am Küchentisch, während diese einige Snacks vorbereitete. In einer guten halben Stunde, um elf Uhr, sollte *TV Total* beginnen, mit dem ersten Fernsehauftritt von Tim und Stardust. Antonella schmiss deshalb zur Feier des Tages eine kleine Fernsehparty.

»Ach komm, jetzt sei doch nicht immer so streng mit Jenny. Als ob wir mit Mitte zwanzig anders gewesen wären!« Ein Blick auf ihre Freundin zeigte ihr jedoch, dass Georgia keinerlei Gemeinsamkeit zwischen ihrem jüngeren Selbst und ihrer Sekretärin erkennen konnte. »Und außerdem ist es doch supercool, dass Tim so erfolgreich ist. Da ist ein bisschen Frühaufstehen doch das Wenigste. Ich hab da kein Mitleid – bei mir ist's in ein paar Wochen mit der Nachtruhe ja auch vorbei.«

Die beiden trugen die Leckereien ins Kaminzimmer, wo Adrian, Giovanni und Harry eifrig dabei waren, Adrians großen Flatscreen-TV zum Laufen zu bringen. Antonella besaß nur einen winzigen Fernseher, der natürlich für das große Event vollkommen indiskutabel war. Die Stimmung bei Adrian und Giovanni ließ zu wünschen übrig, weil die Technik einfach nicht so funktionierte, wie sie sich das vorgestellt hatten.

»Das ist ja wieder typisch: Einen scheißteuren Plasmafernseher und keine Ahnung, wie man ihn anschließt«, ätzte Giovanni.

»Du könntest ja auch mal in die Gebrauchsanweisung schauen«, konterte Adrian.

»Bin ich Schreiner oder Fernsehtechniker?«

»Ich glaube, ihr habt einfach das falsche Kabel«, schlaumeierte auch noch Harry dazwischen.

Antonella wurde ganz hektisch: »Was, der Fernseher läuft noch nicht? Es geht doch gleich los! Das kann doch nicht so schwer sein. Wenn ich auch nur eine Minute versäume, lernt ihr mich mal kennen!«

»Dein lieber Bruder hat ja außer dummen Sprüchen keinen konstruktiven Beitrag zu bieten«, sagte Adrian leicht verärgert. »Nicht dass mich das wundert, die Taktik ›erst quatschen, dann denken‹ kenne ich ja schon von ihm.«

»Immerhin achte ich drauf, dass ich nicht fahrlässig meine Gene verteile!«, plusterte sich Giovanni auf.

»Stopp, stopp, stopp«, unterbrach Georgia die infantile Stichelei. »Ich dachte, das Thema wäre vom Tisch. Also vertragt euch jetzt endlich, Papa und Onkel!«

Glücklicherweise übernahm nun Harry das Kommando und bekam das Technikdilemma schnell in den Griff, und rechtzeitig zum Start der Sendung lief der Fernseher. Jeder schnappte sich ein paar Häppchen und machte es sich gemütlich. Nach der ersten Werbepause war es soweit. Locker plauderten Stardust mit Stefan Raab über ihre Platte und vor allem über die erste Singleauskopplung *Heroes and Aliens*, einen Star-Trek-Song.

»Wie kamt ihr denn auf die abgedrehte Idee?«, wollte der Moderator wissen.

»Wir wollten Kirk und Picard, den Helden unserer Kindheit, ein musikalisches Denkmal setzen«, antwortete Tim schlicht.

»Ja, klar …« Adrian lachte amüsiert, und Georgia hielt sich die Hände vors Gesicht.

Dann wechselte Stefan Raab das Thema, schnappte sich seine Ukulele und begann, *Georgia on my Mind* zu singen. »Wieso habt ihr denn diesen Klassiker auf euer Album genommen?«, wollte er wissen.

»Because Georgia is always on my mind«, antwortete Tim lächelnd. Dann zwinkerte er und schickte ein Küsschen in die Kamera.

»Ach, wie romantisch …«, seufzte Jenny.

Georgia warf ihr einen vernichtenden Blick zu. Obwohl sie gerührt war, fand sie die Situation doch auch ein wenig peinlich. Inzwischen standen Stardust auf der Bühne und präsentierten *Heroes and Aliens*.

»Das ist ja noch gar nichts! Du hättest Tim mal hören sollen, als er *Georgia on my Mind* letzten Winter bei unserer Lofteinweihungsparty gesungen hat, um sie rumzukriegen. *Das* war romantisch!«

»Antonella, bitte!«, empörte sich Georgia.

»Du könntest ruhig ein bisschen stolzer sein. Die Platte ist seit zwei Wochen im Handel und schon auf Platz 23 der Albumcharts. Das ist sensationell für Newcomer!«

»Bist du jetzt die neue PR-Managerin von Stardust?«

»Nein, Quatsch, Pressearbeit ist nicht mein Ding«, gab Antonella vollkommen ernst zurück. »Aber ich habe Tim vorgeschlagen, dass ich bei der nächsten Tour das Stage-Design entwerfen könnte. Ich finde überhaupt, dass Stage-Design super in unser Programm passen würde.«

»Au ja, dann lernen wir lauter Stars kennen!« Jenny war begeistert, doch Georgia rollte die Augen.

»Schade, dass Tim noch nicht wieder da ist«, sagte Antonella und hievte sich mühsam vom Sofa hoch, als der Auftritt vorbei war. »Die Aufzeichnung war doch schon am Nachmittag, da könnte er längst zurück sein.« Sie schaltete den Fernseher aus und legte die Stardust-CD ein. Auch Georgia war aufgestanden und wollte todmüde nach oben gehen. »Halt, hiergeblieben. Wir stoßen jetzt erst mal auf den gelungenen Auftritt an!« Antonella holte zwei Flaschen Prosecco und Gläser aus der Küche. »Keine Sorge, ich trink nur einen winzigen Schluck«, sagte sie, als sie Adrians und Georgias synchron hochgezogene Augenbrauen sah. »Aber das muss doch gefeiert werden!« Während die sechs lachend und tratschend herumstanden, tauchte endlich auch Tim auf, und die Stimmung wurde noch ausgelassener. Vor allem Jenny überschüttete den Sänger mit uneingeschränkter Bewunderung. »Dein Auftritt war ja soooo romantisch, und du hast supertoll gesungen!«

»Danke, Kumpel, ich glaube, jetzt bin ich meinen Fan los.« Giovanni klopfte Tim auf die Schulter und grinste.

Tim nahm auch ein Glas Prosecco, wollte aber wie Georgia gleich ins Bett, damit sie ausschlafen könnten. Morgen würden sie für ein langes Wochenende nach Stockholm fliegen. Georgia hatte sich extra zwei Tage frei genommen, um ihren Liebsten zu seinem Konzert zu begleiten.

»Meinst du, Frau Holtau findet das wirklich gut?«, fragte Jenny unsicher.

»Natürlich! Was soll sie bitteschön dagegen haben?« Antonella wischte sämtliche Bedenken der Assistentin beiseite.

»So eine Homestory ist eine Spitzenwerbung – sowohl für Tim und Stardust als auch für Hugo's Affairs. Georgia wird bestimmt völlig aus dem Häuschen sein.« Antonella grinste zufrieden. Am Vormittag hatte eine Redakteurin der Bunten angerufen, die bei einer Charityveranstaltung in Hamburg erfahren hatte, dass die einzige Tochter der Holtaus im Mai heiraten würde. Als sie den Namen Tim Devereaux hörte, hatte sie sofort eine große Story gewittert, denn langsam war Stardust kein Geheimtipp mehr. Und eine Geschichte »Altes Geld heiratet heißen Rockstar« kam bei den Lesern immer gut an. Antonella war natürlich sofort Feuer und Flamme gewesen und hatte die Reporterin mit allen wesentlichen Informationen über das Paar versorgt, dabei aber nicht vergessen, auch sehr prominent Hugo's Affairs darzustellen. So hatten sie sich schnell darauf geeinigt, dass es noch vor der Hochzeit eine Homestory (»So leben die Kaffee-Erbin und ihr Rockstar«) geben würde. Das war eindeutig eine bessere Lösung als eine große Hochzeitsgeschichte. Dafür würde dann Harry die Fotos schießen und sie der Zeitschrift exklusiv verkaufen. Antonella war sehr zufrieden mit sich und ihrem Geschäftssinn. Tim, mit dem sie gerade telefoniert hatte, sah das genauso und war von dem PR-Coup schwer begeistert. Blieb nur noch Georgia. Aber sie zu überzeugen war jetzt Tims Job.

»Hallo, Herr Dr. Stern.« Jennys Begrüßung unterbrach Antonellas Gedankengänge. Sie blickte von ihrem Schreibtisch hoch.

»Hallo, Jenny. Hallo, mein Liebling!« Adrian kam zu Antonella, küsste sie, sagte »Hallo, Baby« und streichelte ihren Bauch. »Na, bist du so weit?«

»Wofür?« Antonella war überrascht.

»Fürs Babyshopping. Das hatten wir doch heute beim Frühstück besprochen.« Adrian hob eine Braue.

»Mist, das habe ich völlig vergessen. Vorhin kam eine unglaubliche Anfrage rein. Muss ich dir gleich erzählen.« Sie stand auf und griff nach ihrer Tasche. »Jenny, ruf bitte Frau Schneider an und sag ihr, dass ich mich wegen der Stoffmuster für ihr neues Wohnzimmer am Montag bei ihr melde. Sonst liegt nichts Wichtiges an, oder?«

»Ich komm schon klar!« Jenny strahlte. »Das Einkaufen wird bestimmt ein Riesenspaß!«

»Ungefähr so spaßig wie Lepra«, sagte Antonella ironisch, »gegen Babyläden sind H & M und Ikea am Samstag wahre Wellnessoasen.« Sie dachte an ihren erfolglosen Versuch vor zwei Wochen, eine Matratze für die Wiege zu kaufen. »Diese entsetzlichen Mutterkühe, die mit glänzenden Augen über Windeleimer, Stilleinlagen und Lätzchendesign philosophieren.« Sie seufzte schwer.

»Aber da unser Kind nicht auf Stroh gebettet werden soll und noch ein paar andere Sachen braucht, werden wir jetzt losgehen«, unterbrach Adrian Antonellas Lamento, half ihr in den Mantel und schob sie zur Tür.

Vier Stunden später saßen sie erschöpft beim Italiener, und Antonella stopfte wortlos Oliven und Ciabatta in sich hinein. Nach dieser Ochsentour brauchte sie sofort Kohlenhydrate. Wenn es nach ihr gegangen wäre, hätten sie den entsetzlichen Babyausstatter nach fünf Minuten wieder verlassen, aber Adrian war eisern geblieben. Und letztendlich auch erfolgreich. Der zukünftige Papa hatte sich auf das Projekt Nachwuchs gründlich vorbereitet. Anhand aktuellster Stiftung-Warentest-Erkenntnisse wählte er die Babyschale fürs Auto und den Kinderwagen aus. Beides würde zusammen mit schier unendlichen Massen an Kleinkram in den nächsten Wochen geliefert werden. Gott sei Dank mussten sie sich wenigstens nicht um Möbel kümmern. Mit Gitterbettchen, Wickelkommode und Schrank war Onkel Giovanni seit einiger Zeit beschäftigt.

Antonella war fix und fertig. Ihr taten der Rücken und die Füße weh, und nachdem sie ihren ersten Hunger notdürftig gestillt hatte, kündigte sie an: »Eines sag ich dir, zu diesem Geburtsvorbereitungskurs am Wochenende bringen mich keine zehn Pferde!«

Ehe Adrian antworten konnte, kam der Kellner und nahm ihre Bestellung auf.

»Natürlich gehen wir da hin.« Adrian meinte es wirklich ernst mit dem Kinderkriegen. »Das ist doch sowieso nur der Crash-Kurs, und Georgia ist auch der Meinung, dass es unbedingt notwendig ist.«

»Dann geh halt mit Georgia hin!« Antonella war angriffslustig. »Aber nein, geht ja nicht, Madame macht sich in Stockholm einen schönen Lenz. Mal ganz abgesehen von der Tatsache, dass sie ja auch die Kapazität zum Thema Schwangerschaft und Geburt ist.«

»Ach, Liebling«, Adrian streichelte ihre Hand und sah sie mit seinen unwiderstehlichen blauen Augen an. »Was schadet es schon, wenn wir da hingehen? Tu es doch einfach für unsere kleine Prinzessin.«

»Unsere kleine Prinzessin ist ohne Probleme in mich hineingekommen, da wird sie es auch wieder raus schaffen! Wie sieht's eigentlich mit dem Nachmieter für deine Wohnung aus?« Das Thema Baby war beendet. Seit sie sich Weihnachten gründlich ausgesprochen hatten, waren sie unzertrennlich. Beide waren froh, dass die schlimmen Monate der Missverständnisse vorbei waren, freuten sich auf ihr gemeinsames Kind und waren auch sonst geradezu unerträglich ineinander verliebt. In Adrians Wohnung standen praktisch nur noch die Möbel – von denen allerdings nur das schicke Ecksofa und zwei alte Kommoden umsiedeln würden. Sein bewegliches

Hab und Gut war nach und nach schon bei Antonella gelandet.

»Das hat geklappt. Die wollen zum 1. März einziehen und übernehmen sogar die Küche und die Waschmaschine. Kein Stress also von dieser Seite.« Er lächelte und fuhr fort: »Aber wir waren mit dem anderen Thema noch nicht fertig.«

»Doch, waren wir!«

Am Montagmorgen erschien Georgia ausgesprochen cool und lässig gestylt im Loft. Hosenanzüge und Business-Kostüme waren ausnahmsweise im Schrank geblieben. Stattdessen trug sie eine nagelneue Acne-Jeans, derbe Bikerboots, ein Ramones-T-Shirt und darüber ihren hellen Nerz. Ihren kurzen Bob hatte sie völlig glatt gezogen, und auch das Make-up war deutlich auffälliger als sonst. Antonella und Jenny starrten sie stumm an – wobei Antonellas Sprachlosigkeit nur von kurzer Dauer war: »Was ist denn mit dir passiert?«

»Ich war in Stockholm ausgiebig shoppen. Dachte mir, wenn ich schon einen Musiker heirate, kann ich wenigstens ab und zu wie eine Rockerbraut aussehen. Gefällt's dir nicht?« Georgia grinste. Sie hatte offensichtlich ein tolles Wochenende hinter sich und blendende Laune.

»Doch, doch, sehr cool, aber denkst du nicht, dass du damit ein völlig falsches Bild von dir transportierst? Was sollen denn die Kunden denken, wenn sie dich so sehen?«

»Antonella, ich bitte dich, ich habe heute natürlich keine Termine! Und außerdem wird man seinen Look doch mal ein bisschen verändern dürfen.«

»Aber nicht ausgerechnet jetzt!«, rief Antonella mit einem Anflug von Panik.

»Und warum nicht jetzt?« Georgia war irritiert.

»Tu doch nicht so, als wüsstest du von meinem Super-Deal noch nichts.«

Georgia seufzte tief. Aus Antonellas Mund klang Super-Deal verdächtig nach Super-GAU. Dann deutete sie auf ihre Bürotür und sagte: »Komm mit.«

»Du hast *was* zugesagt?« Georgia wurde ganz schlecht, als sie von Antonellas Homestory-Vereinbarung mit der Bunten hörte.

»Jetzt stell dich nicht so an. Das ist eine Hammergeschichte! Kostenlose Werbung und PR für Stardust und Hugo's Affairs. Und von der Hochzeit übernehmen sie die Bilder, die Harry schießt, da musst du dich nicht mal mit Fremden rumschlagen. Ich dachte mir, dass dir bei deiner Hochzeit ein wenig Privatsphäre wichtig sein wird. Außerdem habe ich das doch schon alles mit Tim besprochen. Der ist total begeistert. Hat er dir denn gar nichts gesagt?«

Georgia schüttelte ungläubig den Kopf. »Ich habe ja sehr schmerzlich gelernt, dass man dich keine zwei Wochen alleine lassen kann, aber selbst in zwei Tagen bringst du es fertig, nichts als Chaos zu produzieren. Und dass du jetzt auch noch Tim in deine Spinnereien verwickelst, geht eindeutig zu weit!«

»Ich habe heute glücklicherweise super Laune«, sagte Antonella warnend, »sonst würde ich mich jetzt wirklich aufregen. Denk mal darüber nach, was das alles für Vorteile hat. Und deine einzige Aufgabe ist es, in deinen üblichen Edelfummeln in die Kamera zu lächeln. Das wirst du ja wohl noch hinbekommen.« Und weg war sie.

Arbeit, Tims Termine und jetzt auch noch diese unselige Geschichte – das hatte sich Georgia irgendwie ganz anders vorgestellt. Obwohl sich alles in ihr sträubte, hatte sie letztlich doch der Homestory zugestimmt. Tim hatte ihr gestanden, dass ihm der Bericht für seine Karriere schon ziemlich wichtig wäre, dass er sich in Stockholm aber nicht getraut hätte, das Thema anzuschneiden. Es blieb eine ärgerliche Sache, aber es gab wirklich genug andere Dinge, um die sie sich kümmern musste – an erster Stelle ihre Hochzeit.

Und so brütete sie Mitte Februar über dem bedrohlich angewachsenen Papierstapel – Gästelisten, Menüvorschläge und tausend Kleinigkeiten –, als Tim abends nach Hause kam: »Gut, dass du da bist!« Georgia blickte vom Tisch auf. »Wir haben eine ganze Menge zu besprechen. Du kannst dir gar nicht vorstellen, wie viel wir noch zu erledigen haben. Glücklicherweise habe ich wenigstens die ganze Party-Orga an Antonella und Sophie delegiert.«

»Süße, es tut mir total leid, aber es gibt ein Problem.« Tim klang kleinlaut und sah sie ein wenig ängstlich an. »Ich glaube, wir müssen die Hochzeit verschieben.«

»Verschieben? Wie stellst du dir das denn vor? Die Einladungen sind doch schon mit der Weihnachtspost rausgegangen.« Georgia war fassungslos. »Wir können doch nicht dreihundert Leute anrufen und ihnen sagen: Sorry, aber wir haben es uns anders überlegt. Wir heiraten an einem anderen Tag.«

»Ich weiß, das ist alles ein bisschen schwierig … Aber ich muss an dem Tag, an dem wir zum Standesamt wollten, in London sein – MTV, das ist echt wichtig, das verstehst du doch, oder?«

Was könnte wichtiger sein als unsere Hochzeit, dachte Georgia seufzend und überlegte dann laut: »Am Tag der standesamtlichen Trauung? Das heißt, du bist am nächsten Tag für das große Fest da?«

»Ja schon, natürlich!« Tim war erleichtert, er hatte mit einer schlimmeren Reaktion gerechnet, und so wagte er einen weiteren Vorstoß: »Ins Standesamt wollten wir doch ohnehin nur mit ein paar Leuten. Können wir das nicht einfach vorverlegen?«

»Also gut, ich kümmere mich darum – wenn du mir versprichst, dass du mir heute und morgen mit diesen ganzen Sachen hier hilfst.« Georgia sah es wie meistens pragmatisch: Probleme werden nicht bejammert, sondern gelöst!

»Du bist ein Schatz! Und weißt du was: Wenn wir das Standesamt sowieso verschieben müssen, dann lass es uns doch alleine machen, nur wir zwei. Und die anderen überraschen wir!«

Am 7. März tauchten die beiden glücklich strahlend mittags mit einem großen Korb im Loft auf und sorgten für sehr erstaunte Blicke von Antonella und Jenny, die Georgia auf einem Kundentermin wähnten.

»Wie seht ihr denn aus?«, fragte Antonella mit großen Augen. »Ist was los?«

Georgia trug ein weißes Chanel-Kostüm mit schwarzen Paspeln, Tim einen schwarzen Anzug mit weißem T-Shirt.

»Allerdings«, sagte Georgia. »Wir kommen gerade vom Standesamt. Lasst alles stehen und liegen. Jetzt wird gefeiert!«

Tim öffnete den Korb und entkorkte die erste Flasche Champagner. Georgia packte währenddessen verschiedene Delikatessen aus. Mit Adrian und Giovanni war die improvisierte Party bald komplett und dauerte bis in den späten Nachmittag. Alle freuten sich schon auf das große Fest im Mai, nur Antonella verzog bei dem Gedanken an die Hochzeitsvorbereitungen die Schnute: »Also deine Freundin Sophie geht mir schon wieder tierisch auf den Geist – diese bizarren seitenlangen E-Mails, die sie mir ständig schickt. Hat die nichts Anderes zu tun? Und was die Frau für schwachsinnige Vorstellungen hat!«

»Ja, ja. Für die Homestory soll ich auf reiche Erbin machen, aber bei der Hochzeit, die Antonella De Anna ausstattet, muss es natürlich supercool zugehen, schon klar!«

»Jetzt sag mir nicht, dass du rosa gefärbte Schwäne oder Pink Flamingos bei deiner Hochzeit willst? Im Rheingau? Das ist doch total absurd!«

Georgia lachte: »Ich verstehe. Weißt du, ich hole sie ein bisschen runter, wenn wir das nächste Mal telefonieren. Keine Sorge, wenn Sophie erst mal da ist, versteht ihr euch bestimmt prima.«

»Ganz bestimmt …«

Ende März hatte sich das Bunte-Team bei Georgia und Tim angesagt. Antonella wollte unbedingt dabei sein, doch Georgia war unerbittlich. Erst am nächsten Mittag erschien sie aufgesetzt gut gelaunt im Loft. Antonella saß an ihrem Schreibtisch und wirkte wie ein Info-Junkie auf Entzug.

»Guten Morgen allerseits«, flötete Georgia. »Jennifer, machen Sie mir doch bitte einen Kaffee.« Und verschwand in ihrem Büro.

Antonella konnte es nicht fassen und lief Georgia nach, so schnell es mit ihrem gewaltigen Bauch irgendwie noch ging. »Jetzt erzähl schon, wie war's?«

Georgia blickte nur kurz von ihren Unterlagen auf, die sie gerade flüchtig durchsah, und sagte erst einmal gar nichts. Dann kam Jenny mit dem Kaffee, auch sie völlig aus dem Häuschen: »Frau Holtau, das war doch bestimmt unglaublich aufregend, oder?«

»Wenn etwas Aufregendes passiert, das Sie etwas angeht, Jennifer, dann erfahren Sie es schon!«, sagte Georgia eisig. »Danke für den Kaffee.«

Jenny schlich bedröppelt aus dem Büro. »Ich erzähl's dir später!«, rief Antonella ihr noch nach, ehe sie die Tür schloss und sich dann auf einen Besucherstuhl fallen ließ. »Jetzt sag schon!«, drängelte sie.

»Frau Kreativdirektorin hat Zeit für mich?« Georgias Tonfall triefte vor Sarkasmus. »Sie schmeißen ja praktisch die ganze Firma, ich bin ja nur für die Finanzen zuständig.«

»Wie bitte?«

»Tu doch nicht so unschuldig, du hast die Redaktion ja offensichtlich sehr gut gebrieft.«

»Also, das muss ein totales Missverständnis gewesen sein, wirklich, so habe ich das nie gesagt. Aber wie war's denn nun? Was schreiben sie?«

»Das, meine Liebe, kannst du alles in einer der nächsten Ausgaben nachlesen!« Georgia blieb sehr kühl und weigerte sich beharrlich, irgendwelche kurzweiligen Anekdoten zum Besten zu geben. »Aber mich würde auch einiges interessieren.«

»Was denn?«

»Welche Details aus meinem Privatleben hast du denen *nicht* erzählt?«

»Ich habe gar nichts groß erzählt, nur ein paar wesentliche Eckdaten, damit sie dich besser einschätzen können.«

»Ach so, damit sie mich besser einschätzen können, müssen sie alles wissen – vom ersten Kuss bis zum Heiratsantrag?«

»Das ist doch alles nicht schlimm! Da machen die bestimmt eine ganz romantische Geschichte draus.«

»Mhmm, und total romantisch ist auch, wie mich Konstantin betrogen hat. Ach ja, nicht zu vergessen die große Krise – inklusive der morgendlichen Fahrt zum Flughafen?«

»Die suchen doch das Menschliche im Star.«

»Antonella, es ist unfassbar, wie indiskret du bist! Wirklich, wenn Tim gestern nicht so auf mich eingeredet hätte, ... ach, ich weiß auch nicht.« Georgias Gefühlslage schwankte augenscheinlich zwischen totaler Resignation und Vulkan unmittelbar vor dem Ausbruch.

Antonella hatte inzwischen auch einen etwas merkwürdigen Gesichtsausdruck. »Georgie, jetzt sei nicht so. Das war doch alles ein schöner Spaß, und es wird eine ganz tolle Geschichte geben, du wirst schon sehen.«

Doch Georgia ließ sich nicht vom Thema abbringen: »Aber die absolute Krönung war wirklich, dass du denen auch noch erzählt hast, dass Tim keine Kinder zeugen kann! Was um alles in der Welt geht eigentlich den lieben langen Tag in deinem Kopf vor? Warum machst du ständig so, so unglaubliche Dinge?« Sie rang um Worte.

»Ich glaube, wir müssen dieses Thema jetzt leider vertagen.« Antonella klang plötzlich merkwürdig gepresst.

»Das finde ich nicht, wir fangen gerade erst damit an!«

»Nö, tun wir nicht, ich kriege jetzt erst mal mein Kind!«

»Dir ist doch auch jede Ausrede recht.«

»Nein wirklich, ich würde das jetzt gerne mit dir ausdiskutieren, aber ich fürchte, ich kann diese krampfartigen Schmerzen im Unterleib nicht länger ignorieren.« Antonella lächelte schief.

»Du meinst das wirklich ernst?«

»Todernst! Ich fühle mich schon seit heute Morgen so merkwürdig, aber das sind jetzt wohl eindeutig Wehen.«

»Ja, aber dann müssen wir doch was tun.« Georgia wurde hektisch.

»Sag ich ja, aber du willst mich ja lieber anstänkern.«

»Kann das denn überhaupt sein? Ich meine, heute ist der 1. April, und das ist jetzt ein Scherz oder so? Du hast doch erst in zehn Tagen Termin.«

»Kein Scherz! Schätzchen, jetzt beruhige dich, das kann prima sein. Der Arzt hat am Montag beim letzten Ultraschall gesagt, dass die Kleine jederzeit kommen könnte. Und außerdem machen wir seit Tagen Wehenförderung – das volle Programm mit Rotwein, heißer Badewanne und Sex. Der einzig vernünftige Tipp aus diesem bekloppten Geburtsvorbereitungskurs.« Antonella grinste.

»Ist gut, ist gut. Keine Details bitte! Wo ist deine Krankenhaustasche?«

»Na, zuhause natürlich.«

»Klar, wo auch sonst? Himmel, wie schlecht kann man eigentlich noch organisiert sein?« Sie griff sich den Hörer und funkte Jenny an: »Jennifer, bitte sagen Sie Giovanni, dass er die Krankenhaustasche aus Antonellas Wohnung holen soll.«

»Dann ruf ich wohl mal Adrian an.« Antonella schnappte sich Georgias Telefon und versuchte es auf seinem Handy. Dort meldete sich aber nur die Mailbox, und sie hinterließ eine kurze Nachricht. »Liebling, das Küken will schlüpfen! Wir brauchen dich!«

»Warum rufst du ihn denn nicht in der Kanzlei an?«

»Weil ich keine Lust habe, mit seiner Sekretärin zu sprechen, aber was soll's!?« Sie wählte Adrians Büronummer.

»Hallo, Frau Haubrock«, sie zog eine Grimasse, »können Sie mich bitte mit Adrian verbinden? – Was heißt das, Sie können nicht? Sein Kind würde jetzt gerne ausziehen, und da möchte er dabei sein! – Nein, das ist kein Aprilscherz, verdammt noch mal! – Wie, er ist bei Gericht? Wie lange dauert das denn? – Können Sie ihm dann bitte ausrichten, dass ich schon ins Krankenhaus gefahren bin? Danke.« Sie warf den Hörer auf die Gabel. »Mist! Warum hat er ausgerechnet heute Verhandlung?«

»Der schafft das schon rechtzeitig«, tröstete Georgia, »das dauert doch bestimmt ewig bei dir.«

KAPITEL 20
Auf der Zielgeraden

Das ist ja eine Überraschung!«, kreischte Jenny auf, als Antonella zwei Wochen später mit dem Kinderwagen aus dem Lastenaufzug gerollt kam. »Oh, ist die aber süß!« Die Sekretärin lugte in den Wagen, und Antonella musste ihr natürlich recht geben. »Wie geht's dir? Du siehst super aus – der Bauch ist ja praktisch weg! War's denn sehr schlimm? Wie läuft es so? Schreit sie viel? Und Dr. Stern ist bestimmt total hingerissen, oder?«

Georgia war kurz im Türrahmen erschienen, angesichts der Flut an Fragen und der zu erwartenden Antworten aber wieder geräuschvoll in ihrem Büro verschwunden.

»Mir geht's super. Tolles Gefühl, wenn man sich wieder richtig bewegen kann, ich hab nur noch knapp vier Kilo mehr als vor der Schwangerschaft, und mein kleines Sternchen ist wirklich lieb.« Antonella nahm ihr Baby, das gerade die Augen aufgeschlagen hatte, aus dem Kinderwagen und küsste es liebevoll. »Sie quäkt nur, wenn sie hungrig ist«, sagte sie stolz, »leider hat sie viel Hunger – frage mich nur, von wem sie das hat? Und Adrian ist ein super Papa. Er steht sogar nachts auf und gibt ihr das Fläschchen. Ich bin fast schon ein bisschen eifersüchtig, weil er so verliebt in sie ist.«

»Hach, ist das schön!« Jenny seufzte begeistert. »Darf ich sie mal nehmen?« Antonella legte ihr das Kind in die Arme. Aus Georgias Büro war lautes Rumoren zu hören.

»Aber nicht, dass du auf den Geschmack kommst«, Antonella grinste, »wir brauchen dich hier! Und ich kann dir versichern, dass es eine schamlose Lüge ist, wenn Frauen behaupten, dass aller Schmerz vergessen ist, sobald das Würmchen auf Mamas Bauch liegt. Es war die Hölle! Die längsten acht Stunden meines Lebens. Zugegeben, es hat sich gelohnt, aber kein Triathlon hat jemals so wehgetan, und oft mache ich das sicher nicht mit.«

»Ich lass mir noch Zeit, keine Sorge, ich brauche ja erst den richtigen Vater.« Jenny klang ein bisschen wehmütig, und in Georgias Büro wurden lautstark Ordner ins Regal gewuchtet. »Wieso bist du eigentlich heute schon hier? Du wolltest doch erst am Montag kommen. Ich habe dein Geschenk gar nicht dabei.«

»Ich war gerade auf Mutti-Tour und habe mir am Kiosk die brandneue Bunte gekauft, und rate mal, was da drin steht? Genau, die Geschichte über den scharfen Rockstar und unsere Kaffee-Erbin, die die ganze Zeit so tut, als wäre ich nicht da.« Sie kramte aus der schicken, großen schwarz-weißen Tasche, die am Kinderwagen hing, einen Stapel Zeitschriften heraus. »Die hat mir übrigens Georgia zur Geburt geschenkt, toll nicht? Besser als so eine olle Wickeltasche.«

Urplötzlich war Georgia aufgetaucht. »Darf ich mal sehen?«

»Sofort, Giovanni kommt auch gleich hoch. Ich habe ihm schon Bescheid gesagt. Außerdem habe ich für jeden ein Exemplar gekauft. Hallo übrigens!« Sie grinste Georgia an, rückte aber noch kein Heft heraus. Dafür wedelte sie aufreizend mit der linken Hand vor ihrer Nase.

»Hallo. Was ist das denn?«

Antonella streifte einen Weißgoldring mit einem auffälligen rosa Diamanten vom Finger und reichte ihn strahlend Georgia. »Den hat mir Adrian gestern geschenkt. Für Elisa – hat wohl länger gedauert mit der Gravur.«

Georgia nahm den Ring. »Der arme Mann hatte ja bisher auch keine Zeit. Er hat euch doch kaum mal eine Minute allein gelassen.« Sie sah sich das Schmuckstück genauer an. »Das ist aber wirklich sehr lieb von ihm.« Im Ring war *A+A ELISA 1.4.09* eingraviert. »Und der Stein ist spektakulär!«, sagte sie bewundernd.

»Vielleicht gibt's dann doch noch irgendwann ein zweites Kind. Ein Saphir würde mir auch ganz gut gefallen …« Antonella steckte sich lächelnd den Ring wieder an. »So, aber nun zur Sache!« Sie schlug eine der Zeitschriften auf.

Georgia griff sich ungeduldig ebenfalls eine Illustrierte und blätterte sie hektisch durch. Da war die Doppelseite. »Wie kitschig ist das denn?«, stöhnte sie auf, als sie ein herzförmiges Foto von sich, Tim und Hugo sah.

Als Giovanni hereinkam, drückte Antonella auch ihm ein Exemplar in die Hand. »Seite 44!«

»Tim ist ja so fotogen!«, schwärmte Jenny, und Georgia holte tief Luft, doch ehe sie etwas sagen konnte, fing Antonella an, laut vorzulesen:

Ein Amor namens Hugo …
Es ist ein Bild voller Harmonie und Zärtlichkeit. ***Tim Devereaux*** *(30), Frontmann der heißen Newcomer-Band* ***Stardust*** *(aktuelle Single »Heroes and Aliens«) legt seinen Arm liebevoll um die Schultern der zarten Unternehmerin* ***Georgia Holtau*** *(33). »Ich bin der glücklichste Mann der Welt!«, bekennt der smarte Rockstar im Gespräch mit Bunte. »Die neue Stardust-Platte ist toll angelaufen, und in einem Monat werde ich die allerschönste Frau vor den Altar führen.«*

Doch ehe das ungleiche Paar sich vollends in die Hochzeitsvorbereitungen stürzt, ermöglichen uns die Turteltäubchen noch einen Blick in ihre extravagante Frankfurter Altbauwohnung.

»Ich habe mein Unternehmen hier«, sagt die Vollblutgeschäftsfrau auf die Frage nach dem doch eher ungewöhnlichen Wohnort. »Außerdem liebe ich die Stadt. Die Mischung

aus pulsierender Metropole und kuscheliger Intimität finde ich ideal. Für Tim ist es auch perfekt. Er kann hier Kraft tanken und ein normales Leben führen, ohne im Supermarkt belästigt zu werden.« Die gebürtige Hamburgerin (Erbin des Kaffeeimperiums Holtau), die jahrelang in New York gelebt hat, sieht ihrem Verlobten verliebt in die Augen, und der kanadische Musiker fügt hinzu: »Ich würde überall hinziehen, wo Georgia lebt, und wir fühlen uns in unserer Wohnung sehr wohl. Außerdem hat sie hier ein tolles Business aufgezogen.«

Georgia Holtau hat »Hugo's Affairs« zusammen mit ihrer Geschäftspartnerin, der Designerin Antonella De Anna, vor knapp zwei Jahren gegründet. Seitdem hat sich das Unternehmen von einem Geheimtipp zum absoluten Hotspot in der Interior-Design-Szene entwickelt. Die junge Agentur stattet nicht nur Wohnungen aus, sondern versorgt auch große Events mit außergewöhnlichen Kreationen. »Antonella hat auch unser Apartment eingerichtet und plant gerade die Ausstattung unserer Hochzeit«, verraten die beiden.

Namenspatron der Firma ist übrigens Georgia Holtaus Mops Hugo. Der knuddelige Vierbeiner ziert nicht nur das Firmenlogo, sondern hat auch die beiden Verliebten zusammengebracht. »Ohne Hugo säßen wir jetzt nicht hier!« Tim Devereaux streichelt dankbar das weiche Fell des kleinen Tieres, das mit ihm und seiner Verlobten auf dem Sofa kuschelt. Vielleicht wird sich der putzige Amor diesen Ehrenplatz aber bald mit einem Baby teilen müssen, denn Nachwuchs ist unbedingt geplant.«

Antonella legte die Zeitschrift zur Seite und grinste triumphierend in die Runde. »Das ist doch eine Spitzenstory!«

»Kann man nicht meckern. Die haben unter dem Foto von meinem Nierentisch sogar ›Design: Giovanni De Anna‹ gedruckt.« Giovanni warf sich stolz in Pose. »Das riecht nach Folgeaufträgen.«

»Mir wird übel«, sagte Georgia angewidert. »Das ist einfach nur fürchterlich.«

»Sie sind also wirklich schwanger?« Jenny strahlte Georgia an. »Dann können wir ja bald auch noch einen Kindergarten eröffnen. Das wäre doch ...« Sie verstummte jäh, als Georgias Blick sie traf.

»Georgia, sei doch froh, wie es gelaufen ist. Die hätten sich ja auch über Konstantin auslassen können oder über Mumps.«

»Antonella!«, fuhr Georgia sie an.

»Ist ja gut, reg dich wieder ab. Die Geschichte ist nett und wird uns viele neue Kunden bringen, das ist es doch, was zählt.«

»Klar, wie konnte ich das vergessen«, antwortete Georgia sarkastisch, »alles für den höheren Zweck. Da kann ja ruhig mein Privatleben in der Öffentlichkeit ausgewalzt werden. Macht ja nichts.«

Die drei anderen plapperten munter vor sich hin, kommentierten die gelungenen Fotos und Bildunterschriften und nahmen ansonsten nur noch wenig Notiz von Georgia, die gerade kopfschüttelnd die Geschichte ein zweites Mal las. Dann sah sie auf die Uhr. »Ihr kommt ja hier prima ohne mich klar«, unterbrach sie das allgemeine Gebrabbel, »ich fahre zum Flughafen und hole Sophie ab.«

»Der Escada-Shop ist ganz okay für dieses Provinznest hier, aber mir war von Anfang an klar, dass wir dort nicht deine Kleider für die Hochzeit finden werden.« Sophie warf ihre blonde Mähne über die Schulter und steckte sich die Sonnenbrille ins Haar.

»Aber auf Armani und Chanel ist immer Verlass«, kicherte Georgia glücklich.

Die beiden waren mit einem Taxi nach Hause gekommen – bewaffnet mit geschätzten tausend Einkaufstüten aller Designerläden, die Frankfurt aufzubieten hatte. Offensichtlich hatten sie gleich mehrere geeignete Hochzeitsroben für Georgia erstanden, und bei der Gelegenheit auch eine Auswahl für Tim mitgebracht.

»Nett, dass ihr auch schon da seid!«, tönte Antonella gereizt, die neben ihrem Wagen auf die beiden gewartet hatte. »Wir wollten schon vor einer halben Stunde losfahren.«

»Darling, nicht sauer sein. Wir hatten einen großartigen Vormittag und haben traumschöne Outfits gekauft.« Georgia lachte aufgekratzt. »Es war fast wie in alten Zeiten, stimmt's, Soph?«

»Wenn ihr mit eurer großen New Yorker Tussinummer durch seid, könntet ihr ja jetzt freundlicherweise einsteigen. Wir kommen sowieso schon zu spät.« Antonella rollte genervt mit den Augen.

»Muss das da auch mit?« Sophie deutete leicht angewidert auf Baby Elisa, die friedlich in ihrem Kinderwagen schlummerte.

»Genauso wie das da!« Antonella deutete abfällig auf Hugo. Der war mit der Leine am Kinderwagen festgebunden und lieferte sich gerade einen erbitterten Zweikampf mit der Feststellbremse. »Das hast du dir so gedacht, Freundchen, mitgefangen, mitgehangen, hier haut keiner ab. Wir machen jetzt einen schönen Ausflug mit Tante Sophie!« Sie nahm Elisa und legte sie Georgia in die Arme. Dann verstaute sie mit vernichtendem Blick Kinderwagen, Einkaufstaschen und Hugo im Kofferraum. Minuten später waren sie endlich unterwegs zum großen Locationtermin in Kloster Eberbach.

Zusammen mit der dortigen Eventmanagerin klärten sie die Wetteroptionen und besprachen den Ablauf von Trauung, Champagner-Empfang und abendlichem Gala-Diner.

»… sollten wir hier unbedingt ein offenes weißes Zelt aufstellen.« Antonella blätterte in ihrem Konzeptordner, den sie über den Kinderwagen gelegt hatte. »Und jetzt zur Deko: Als

Grundfarbe haben wir Weiß, und bitte nur klare, schlichte Formen, kein Chichi. In etwa so.« Sie reichte der Eventfrau einige Skizzen. »Hast du irgendein Problem, Sophie?«, fuhr sie Georgias Freundin an, die zum wiederholten Mal ein abschätziges Hüsteln hatte hören lassen.

»Nein, nein …«, war die blasierte Antwort.

»Ist auch besser so«, murmelte Antonella warnend und fuhr dann fort: »Als Akzentfarbe nehmen wir für Trauung und Empfang Taubenblau und für den Abend ein kräftiges Rot.« Sie sah Georgia fragend an, die zustimmend nickte. »Passend zu den Kleidern der Braut. Können wir jetzt Ihre Vorschläge für die Tischdeko sehen? Ach ja, abends sollten alle Wege mit Fackeln beleuchtet werden, und …«

»Ich war ja kürzlich bei einer Hochzeit in den Hamptons, da gab es diese schöne Idee …«, mischte sich Sophie ein. »Aber natürlich wurde das auch von einem professionellen Wedding Planner organisiert. Das bekommen wir hier also nicht hin. Nun ja, vielleicht wird es trotzdem ganz nett. Aber Georgia, du hättest wirklich etwas Besseres verdient«, fügte sie mit einem vielsagenden Seufzer hinzu.

Antonella reichte es: »Kannst du endlich deine Klappe halten, du intrigante Kuh? Wir organisieren hier ein Fest für Georgia und Tim. Und ich habe nicht vor, irgendwelchen dekadenten Schwachsinn auffahren zu lassen, um eine übersättigte Gesellschaft zu beeindrucken! Es geht hier einzig und allein um das Brautpaar, und nur den beiden muss es gefallen, nur zu ihnen muss es passen!«

»Wenn du meinst …«, kam es gedehnt von Sophie zurück.

Ehe Georgia in den schwelenden Zickenkrieg eingreifen konnte, läutete ihr Handy. Es war ihre Mutter, die mit der aktuellen Ausgabe der Bunten beim Friseur saß und sich maßlos über den Artikel empörte: »Du bist schwanger? Vor der Hochzeit? Sieht man etwa schon etwas?«

»Ich bin nicht schwanger, Mutter! Gibt es etwas Wichtiges? Ich bin auf einem Termin. Wir besprechen gerade alle Details für die Feier.«

»Also, Kind, das ist ja auch so eine Sache. Was soll denn dieser Unsinn, dass alle Gäste tagsüber in Weiß erscheinen sollen?«

»So wollen wir es eben«, antwortete Georgia schlicht.

»Und das mit der Homestory hättest du mir wirklich vorher sagen können! Dass du ausgerechnet jetzt kooperativ bist! Früher, als Konstantin und ich dich ausdrücklich um etwas Ähnliches gebeten haben, hast du dich doch immer strikt geweigert. Aber jetzt, wo du diesen Rockmusiker heiratest und in dieser unmöglichen Wohnung wohnst, kommst du plötzlich auf die Idee, eine Journalistin zu empfangen! Was soll ich denn meinen Freundinnen erzählen?«

»Da fällt dir ganz sicher etwas Passendes ein! Wiedersehen, Mutter.« Genervt trennte Georgia die Verbindung und warf sich förmlich zwischen Antonella und Sophie, deren Gezanke inzwischen zunehmend eskalierte. »Sophie, ich habe einen Spezialauftrag für dich: Halte mir bitte meine Mutter vom Leib! Du kannst doch so gut mit ihr, und in Fragen der Etikette bist du die ideale Ansprechpartnerin für sie. Außerdem müssen wir uns noch um die Sitzordnung kümmern. Das wird uns eine Weile beschäftigen. Lass also Antonella hier ihren Job machen. Ich bin mir sicher, sie hat das perfekt unter Kontrolle. Einverstanden?«

»Was immer du möchtest, George«, flötete Sophie.

»Und du?« Georgia wandte sich an Antonella.

»Ich wollte nie etwas anderes!«

»Ist das denn wirklich notwendig? Wir haben doch alles bis ins kleinste Detail schon hunderttausend Mal besprochen.« Antonella sah auf ihre Uhr. Sophie hatte auf einer finalen Planungsbesprechung bestanden, und so saßen die drei Frauen am Vorabend der Hochzeit am großen Nierentisch in Georgias Wohnzimmer.

»Natürlich ist das notwendig! Muss Mutti vielleicht zurück zu Heim und Herd?« Antonella warf Sophie einen wütenden Blick zu, doch die fuhr unbeeindruckt fort: »Wenn das eine ordentliche Hochzeit wäre, hätten wir heute Abend einen Probedurchlauf. Aber das geht ja nicht, weil der Bräutigam fehlt. George, es ist mir wirklich ein Rätsel, dass du ihm das durchgehen lässt. Ich meine, wenn er jetzt schon in London am Flughafen ist, könnte er doch problemlos in zwei, drei Stunden im Rheingau sein!«

»Sophie, wirklich, jetzt lass doch Tim in Ruhe. So viel, wie er im Moment arbeiten muss, kann er doch wenigstens am Abend vor seiner Hochzeit früh ins Bett.«

»Bei ihrem Bruder auf dem Sofa?«, ätzte sie in Richtung Antonella. »Das ist doch die idiotischste Idee von allen!«

»Ist doch süß! Er will die Nacht vor der Hochzeit ganz traditionell getrennt von mir verbringen, damit er mein Brautkleid nicht sieht.«

Das schrille Klingeln von Antonellas Handy übertönte Sophies Kommentar. »Hallo, Süßer, was gibt's?«

»Wahrscheinlich hat das kleine Biest die Hosen voll, und Mutti muss sofort runter.« Sophie trommelte genervt mit den Fingern auf der Tischplatte.

»Soph, bitte!« Georgia runzelte die Stirn.

Antonella war blass geworden, murmelte »Moment mal«, entschuldigte sich kurz bei den anderen und sauste in ihre Wohnung.

»Giovanni, um Gottes willen, was ist denn los?«, zischte sie ins Telefon, obwohl sie inzwischen sicher außer Hörweite war.

»Tim hat gerade angerufen. Seine Bandkollegen sind unterwegs, aber er schafft es heute nicht mehr, weil er morgen noch ins BBC-Frühstücksfernsehen muss.«

»Das kann doch gar nicht sein! Er hat vor zehn Minuten bei Georgia angerufen und gesagt, dass er am Flughafen ist.«

»Klar hat er ihr das gesagt, er will ja nicht, dass sie durchdreht! Aber er kann heute einfach nicht fliegen. Was hätte er denn machen sollen, wenn BBC kurzfristig anfragt? Absagen etwa?«

»Natürlich! Er heiratet morgen! Ist er vollkommen übergeschnappt?« Sie legte ihre Stirn an die Kühlschranktür. »Was machen wir denn jetzt?«

»Keine Aufregung, sein Auftritt ist um halb neun vorbei, und er landet um kurz nach elf. Die Hochzeit ist doch erst um zwei. Das schafft er locker, wenn ich ihn mit seinen Sachen direkt vom Flughafen abhole und rausbringe. Georgia denkt eh, dass er bei mir übernachtet. Ich hole dann nachher nur noch seine Klamotten bei euch ab.«

»Du darfst auf gar keinen Fall hier aufkreuzen. Was, wenn Georgia oder diese Pestbeule Sophie dich sehen? Die meinen doch, dass du dir mit Tim einen netten Abend machst. Nein, es ist besser, wenn ich dir das Zeug später vorbeibringe. Ciao, bis dann.« Sie klappte ihr Handy zu und stöhnte: »Das darf doch alles nicht wahr sein!«

»Was ist denn?« Adrian war mit Elisa auf dem Arm in die Küche gekommen. »Und warum musst du noch mal weg?«

»Diese anmaßende Ziege da oben treibt mich komplett in den Wahnsinn. Die ist ein noch schlimmerer Kontrollfreak als Georgia!« Sie ballte wütend ihre Fäuste. »Aber die absolute Krönung ist, dass der Bräutigam morgen früh noch ein Live-Interview auf BBC geben will und sauknapp ankommt. Deshalb muss ich seine Klamotten später zu Giovanni bringen, damit sich Tim morgen praktisch auf dem Weg zur Trauung im Auto umziehen kann.«

»Der hat wirklich Nerven! So etwas würde ich nie machen!«

»Ich weiß, aber das hilft uns jetzt leider auch nicht weiter«, seufzte sie. »Gib sie mir doch mal.« Sie nahm ihre Tochter und kitzelte liebevoll die kleinen Händchen. »Na, Sternchen, ich hab dich heute ja kaum wach erlebt.« Das Baby lachte sie an. »Ich bin wirklich eine Supermutter.« Sie hatte den ganzen Vormittag mit Jenny in Kloster Eberbach verbracht, um sicherzugehen, dass ihr Konzept richtig umgesetzt wurde und am nächsten Tag alles nach Plan ablaufen würde. Dann hatte sie einen Friseurtermin gehabt und war gleich im Anschluss daran zu Georgia gegangen.

»Beruhige dich, mein Schatz.« Adrian nahm sie in den Arm. »Du gehst jetzt wieder hoch, besprichst dich noch schnell zu Ende und bringst Giovanni den Anzug vorbei. Sophie wird die Braut heute Abend doch alleine unterhalten können, oder? Und wenn du wieder hier bist, machen wir's uns nett.«

»Aber erst muss ich mein Pokerface aufsetzen, bevor ich wieder zu Georgia kann. Wenn die was mitkriegt, bringt sie mich um – stellvertretend sozusagen!« Sie seufzte tief, küsste Mann und Kind zum Abschied und verschwand.

Zurück in Georgias Wohnung, stellte sie fest, dass Braut und Trauzeugin inzwischen Verstärkung erhalten hatten. Mutter Holtau war gekommen, eindeutig um – Georgias Gesichtsausdruck nach zu urteilen – Heiterkeit und Frohsinn zu verbreiten. Hastig redete sie im Augenblick auf Sophie ein: »Sophie, ich kann mich doch auf dich verlassen, oder? Bei Georgia weiß man ja nie, seit sie diese Italienerin kennen gelernt hat und mit diesem Rockmusiker liiert ist.«

Antonella räusperte sich, und die Brautmutter fuhr herum. »Holtau, angenehm. Sie müssen Antonella sein.« Sie reichte Antonella strahlend lächelnd die Hand, die, ob dieser professionellen Hundertachtzig-Grad-Wende zu formeller Höflichkeit leicht irritiert, eine Braue hochzog. »Georgia behauptet, Sie seien ein wahres Genie in Fragen von Einrichtung und Dekoration.«

Antonellas bemüht freundliche Antwort unterbrach sie jedoch sofort wieder, um sich erneut Sophie zuzuwenden: »Ich muss jetzt sofort wieder in die Krone. Unsere Hamburger Gäste sind schließlich bereits alle da. Und wenn schon das Brautpaar nicht zur Brautsoiree erscheint, sollte wenigstens die Brautmutter pünktlich sein!«

»Den vorwurfsvollen Tonfall kannst du dir sparen!«, empörte sich Georgia. »Ich habe dir doch gesagt, dass Tim noch im Flieger ist und dann gleich zu Giovanni fährt.«

»Das ist mein Stichwort. Ich bringe nämlich am besten jetzt gleich Tims Anzug zu Giovanni. Wir waren doch ohnehin soweit fertig, oder?«

»Wieso das denn?« Georgia klang eine Spur misstrauisch. »Tim wollte sich doch morgen hier umziehen, sobald wir weg sind.«

»Ja, aber so ist es doch viel praktischer. Dann müssen die beiden nicht auch noch durch die halbe Stadt fahren.« Antonella hoffte, dass sie überzeugend klang.

»Na, immerhin können wir von Glück reden, dass der vielbeschäftigte Bräutigam Zeit gefunden hat, seinen Anzug vorher einmal anzuprobieren …«, spottete Sophie.

»Muss das denn überhaupt sein? Warum schläft Tim nicht zuhause? Das ist doch ein völlig überholter Brauch. Und dieser Giovanni? Ist der denn auch zuverlässig? Ich möchte nicht, dass mein Schwiegersohn morgen verkatert auf seiner Hochzeit auftaucht und sich vor meinen Gästen blamiert!«

Georgia sog geräuschvoll Luft ein, und auch Antonella musste sich schwer zusammenreißen. »Keine Bange, Frau Holtau, mein Bruder sorgt schon dafür, dass der Bräutigam morgen pünktlich und nüchtern vorm Altar steht!«, sagte sie mit mehr

Überzeugung, als sie tatsächlich verspürte, und wandte sich dann an Georgia. »Gibst du mir jetzt bitte Tims Sachen?«

Knapp zwei Stunden später kam Antonella wieder nach Hause. Sie hatte doch nicht so schnell aus der Brautwohnung verschwinden können, weil Sophie noch einige »essentielle« Last-Minute-Probleme klären wollte, und dann musste sie Giovanni alles Notwendige einschärfen. Jetzt fühlte sie sich völlig ausgelaugt und erschöpft. Leise ging sie ins Kinderzimmer und stellte fest, dass Elisa wie ein Engel schlief. Zärtlich streichelte sie über die Wange des Babys. Aus der Küche lockte ein verführerischer Duft. »Du bist mein Held!« Sie schmiegte sich an Adrian, der am Herd stand. »Ich bin am Verhungern. Was gibt's denn?«

»Nur Pasta und Salat. Ich wusste ja nicht, wann du kommst.« Er sah sie entschuldigend an.

»Das ist perfekt«, sagte sie dankbar, »haben wir noch etwas vor?« Sie sah auf den Tisch, den Adrian liebevoll gedeckt hatte. Neben einer Schüssel Salat und einem Korb mit frischem Brot standen ein riesiger Rosenstrauß und eine Flasche Champagner auf Eis.

»Absolut! Aber jetzt essen wir erst einmal.«

Während Adrian die letzten Teller abräumte, lehnte sich Antonella zufrieden zurück. Essen und Wein hatten ihre Wirkung getan und sie herrlich entspannt. In der Küche war es dunkel geworden, und Adrian zündete einige Kerzen an. Dann öffnete er den Champagner, goss zwei Gläser ein und setzte sich wieder an den Tisch. Mit feierlichem Blick fragte er: »Weißt du, was heute für ein Tag ist?«

»Du meinst, abgesehen vom Vor-Hochzeits-Drama?«

Er nickte.

»Freitag?« Sie setzte sich verunsichert wieder gerade hin.

»Auch.« Als er merkte, dass der Groschen bei ihr nicht fallen wollte, nahm er ihre Hand und fuhr fort: »Heute vor zwei Jahren bist du nach Frankfurt gekommen, und heute vor zwei Jahren habe ich mich in dich verliebt! Ich weiß, dass es bei dir ein bisschen länger gedauert hat«, er lächelte, als sie leicht beschämt den Blick senkte, »aber dann ist es ja glücklicherweise auch passiert. Vermutlich haben wir die schlimmste Krise unserer Beziehung schon hinter uns.« Er drückte fest ihre Hand. »Wir haben ein hinreißendes kleines Mädchen, und vielleicht kommt irgendwann auch noch ein kleiner Bruder oder eine kleine Schwester dazu. Antonella, du bist die Liebe meines Lebens, und ich hätte nicht gedacht, dass ich diese Frage noch einmal stellen werde.« Er atmete tief durch und sah sie fest an: »Willst du meine Frau werden?«

Antonella war so überrascht und überwältigt, dass sie nur nicken konnte.

»Ist das ein Ja?«, fragte er.

»Natürlich will ich dich heiraten!« Sie hatte ihre Sprache wiedergefunden, sprang auf und warf sich ihm stürmisch an den Hals. »Aber nur, wenn du mir versprichst, dass es anders abläuft als bei Georgia und Tim!« Dann küsste sie ihn lange, bis er sich befreite und hektisch in seiner Hosentasche kramte.

»Das habe ich jetzt fast vergessen.« Er nahm ihre rechte Hand und steckte ihr einen wunderschönen, zierlichen Brillantring an.

KAPITEL 21
Gute Zeiten

Starallüren vom Fotografen sind wirklich das Allerletzte, was wir hier noch brauchen können!«, unterbrach Antonella Harry rüde, als er sich kapriziös über Probleme mit dem Ablaufplan äußerte. »Sieh zu, dass du anständige Bilder machst, und bleib ansonsten unsichtbar! Vor allem für Georgia«, fügte sie mit einem missbilligenden Blick auf sein Outfit hinzu. »Wenn sie dich so sieht, schmeißt sie dich glatt raus!« Harry trug einen engen, glänzenden weißen Anzug mit einem auffälligen Rüschenhemd und sah aus wie ein schlechter Elvis-Imitator. »Wir sollten doch in Weiß kommen«, maulte er und verzog sich mit seiner Kamera.

Antonella sauste auf dem Gelände von Kloster Eberbach herum, um alles ein letztes Mal zu überprüfen. Jenny, die mit Gäste- und Orgaliste neben ihr herlief, konnte kaum Schritt halten. »Mich wird Frau Holtau hoffentlich nicht rauswerfen«, piepste sie und sah unsicher an ihrem makellosen weißen Hosenanzug hinunter.

»Keine Sorge, da besteht heute keine Gefahr!« Antonella lächelte ihr beruhigend zu. »Giovanni, nur gute Nachrichten diesmal!«, rief sie gleich darauf energisch in ihr Handy. »Ist Tim gelandet? – Wie, er ist noch nicht einmal gestartet?« Sie sah hektisch auf ihre Uhr. »Es ist jetzt kurz nach elf, wie soll das noch klappen? – So ein Quatsch! Das Wetter ist doch super! Wenn ihr das vermasselt … Versprich mir, dass du sofort anrufst, wenn es was Neues gibt!« Sie legte stöhnend auf und drehte sich zu Jenny um. »In London ist Nebel. Angeblich kann die Maschine aber in einer halben Stunde endlich starten. Hoffentlich geht das gut!«

»Wow, wer ist denn der tolle Typ?« Jenny starrte geblendet in Richtung Eingang.

Antonella blickte auf und entdeckte Seth, der mit federnden Schritten auf sie zukam. »Das ist Tims Trauzeuge. Der hat mir jetzt gerade noch gefehlt!«

»Hi, Babe, schön, dich wiederzusehen! Gut siehst du aus und so unschuldig!« Er musterte sie breit grinsend. Sie trug ein schmales weißes Seidenetuikleid, Perlenkette und Perlenohrstecker, die Haare zu einem schlichten Knoten gesteckt, und aktuell noch Ballerinas. Zur Trauung würde sie auf Highheels umsteigen und einen passenden Mantel anziehen. »Gib zu, dass du mich vermisst!« Er zwinkerte ihr anzüglich zu.

»Ja, ich weine mich immer noch jede Nacht in den Schlaf.«

»So kratzbürstig kenne ich dich gar nicht.« Seth riss Antonella in seine Arme, ignorierte ihr Zappeln und küsste sie herzhaft auf den Mund.

»Störe ich?« Wie aus dem Nichts war Adrian mit dem Kinderwagen und Hugo aufgetaucht, und endlich konnte sich Antonella aus dem dreisten Klammergriff befreien. Sie wischte sich angewidert über die Lippen.

»Nicht die Spur.« Seth streckte Adrian die Hand hin und stellte sich höflich als Tims Trauzeuge vor.

Adrian, der Seth sofort erkannt hatte, erwiderte sehr kühl: »Adrian Stern, angenehm. Würde es Ihnen etwas ausmachen, die Finger von der Mutter meiner Tochter zu lassen?«

Seth, der gerade wieder einen Arm um Antonellas Schulter gelegt hatte, ließ sie augenblicklich los und schaute verdutzt: »Das ging ja schnell!«

»Hör zu, Seth, ich habe jetzt keine Zeit für weiteren Smalltalk. Es gibt noch ein paar logistische Schwierigkeiten. Jenny erklärt dir das gerne genauer.« Antonella deutete auf ihre Assistentin, die das Schauspiel fasziniert beobachtet hatte. »Aber bleib anständig! Wir sehen uns kurz vor der Trauung. Ich muss mich noch um tausend Dinge kümmern.« Damit hakte sie sich bei Adrian unter und lotste ihn in Richtung Hauptgebäude. »Bitte keine Szene«, beschwor sie ihn, »dafür habe ich jetzt wirklich keinen Nerv.«

»Keine vierundzwanzig Stunden verlobt und schon fremdküssen. Ich finde, ich habe jedes Recht auf eine Szene«, sagte er mit gespielter Empörung, drückte sie aber gleich darauf fest an sich, als er ihren alarmierten Gesichtsausdruck sah. »Alles in Ordnung?«

»Alles bestens, wenn man davon absieht, dass der Bräutigam immer noch bei den Inselaffen im Nebel sitzt.« Sie lächelte gequält. »Aber für den unwahrscheinlichen Fall, dass die Hochzeit doch stattfindet, muss ich noch einiges erledigen. Sag bitte niemandem was«, bat sie ihn. »Bis später!« Sie drückte ihm einen flüchtigen Kuss auf die Wange und sah ihrer Familie im Weggehen neidvoll hinterher.

Um halb zwei strömten immer mehr Gäste durch das Klostertor herein und verteilten sich schwatzend und Canapés essend im Innenhof. Die Braut saß, fertig gestylt, wunderschön und leicht aufgeregt mit einem Entspannungschampagner in der Hand zusammen mit Sophie in ihrer Suite. »Läuft alles da draußen?«, wollte sie von Antonella wissen, die kurz hereingeschneit kam.

»Natürlich! Dein Vater hat sich schon mit Tims Porscheonkel angefreundet und will gleich zu dir kommen, und deine Mutter kümmert sich charmant um alle anderen Gäste«, antwortete sie mit einem gezwungenen Lächeln und griff sich ebenfalls ein Champagnerglas.

»Wie geht's Tim? Ist er sehr aufgeregt?«

Antonella verschluckte sich fast. »Er tut ganz lässig, aber tief drin ist er ein Nervenbündel!« Davon ging sie jedenfalls aus. Um kurz nach eins hatte Giovanni angerufen und die frohe Botschaft verkündet, der Bräutigam sei im Landeanflug. Vorausgesetzt, es gab jetzt keine weiteren Verzögerungen mehr und Tim zog sich im Auto um, während Giovanni beherzt aufs Gas trat, könnte es – mit viel Glück – eine Punktlandung werden. »Ich muss jetzt wieder raus. Du siehst großartig aus!« Sie umarmte Georgia vorsichtig und wandte sich dann an Sophie: »Kannst du bitte kurz mitkommen?«

»Was ist denn los?«, fragte Sophie skeptisch, als sie die Tür hinter sich schloss.

»Sorge einfach dafür, dass Georgia und ihr Vater so lange im Zimmer bleiben, bis ich Jenny schicke und sie abholen lasse.«

»Wieso?«, kam es misstrauisch zurück.

»Versprich es mir einfach! Auch wenn es vielleicht ein paar Minuten später wird. Wir haben alles unter Kontrolle!«, fügte Antonella noch eindringlich hinzu, als sie Sophies Blick sah.

»Ich hoffe für dich, dass das auch stimmt«, zickte sie und kehrte in Georgias Zimmer zurück.

»Gott sei Dank, ihr seid da!« Antonella begrüßte erleichtert Giovanni und Tim, die, triumphierend grinsend, um fünf vor zwei aus dem Auto sprangen. Sie lotste die beiden hastig in ein Nebengebäude. »Aber wie siehst du denn aus?«, rief sie entsetzt, als Tim vor ihr stand. Ein Teil seines Fernseh-Make-ups war auf dem blütenweißen Hemd verteilt.

»Mist, ich hab ganz vergessen, dass ich noch dieses Zeug im Gesicht habe. Was mach ich denn jetzt?«

»Jenny, schaff mir sofort meine Familie und Seth ran!« Die Assistentin war wie der Blitz draußen, und Antonella zerrte inzwischen an Tims Sakko. »Los, raus aus dem Hemd. Hopp, hopp, hopp!«

Augenblicke später war Jenny mit den Männern wieder da und hatte auch Harry im Schlepptau, der seine Kamera im Anschlag hielt.

»Jacken aus, Jungs!«, befahl Antonella und riss gleichzeitig eine Packung Babyfeuchttücher aus dem Kinderwagen. »Tim braucht ein neues Hemd!« Beherzt rieb sie ihm die Make-up-Reste aus dem Gesicht. Dann nahm sie die Runde in Augenschein. »Ihr könnt euch wieder anziehen«, sagte sie zu ihrem Bruder und Seth. »In euren Hemden würde er versinken. Schätzchen, es tut mir leid«, wandte sie sich an Adrian und löste seine Krawatte.

»Ich bin doch auch viel größer!« Er versuchte das Unheil noch abzuwenden, doch Antonella nestelte schon an den Manschettenknöpfen herum.

»Aber du hast genauso schmale Schultern wie der Bräutigam«, lachte Giovanni.

»Ich habe keine schmalen Schultern!«, schaltete sich Tim empört ein, »außerdem will ich Harrys Hemd anziehen. Das passt mir bestimmt!«

»Ja, genau!«, kam es hoffnungsfroh von Adrian.

»Spitzenidee!« Antonella knöpfte hastig den letzten Knopf auf, rang ihrem widerspenstigen Mann das Hemd ab und reichte es Tim. »Georgia sagt zweifellos Nein, wenn du mit dem Rüschenfummel zur Trauung aufkreuzt. Das hätten wir auch einfacher haben können.«

»Nell, bitte …«

»Schluss jetzt!« Sie half Tim beim Zuknöpfen und musterte ihn kritisch. »Perfekt. Jetzt noch das Sakko und ran an den Altar!« Dann scheuchte sie Tim, Seth und Giovanni nach draußen und schickte Jenny zur Braut. »Du siehst total lässig aus, wie die Jungs bei Miami Vice!«, sagte sie tröstend zu Adrian, der unglücklich an sich hinunterschaute. »Komm, wir müssen los!«

»Liebes Brautpaar, liebe Familienangehörige und Freunde …« Sie hatten es tatsächlich geschafft! Augenblicke nachdem Tim mit seinem Trauzeugen in Position stand, führte Herr Holtau stolz lächelnd seine einzige Tochter zum Altar. Georgia sah in ihrem bodenlangen, weichfließenden, taubenblauen Armani-Kleid aus wie eine Prinzessin. Tim, der einen Anzug in der gleichen Farbe trug, lächelte sie überwältigt an. Unendlich erleichtert, dass alles gut gegangen war, und in Gedanken versunken bekam Antonella von der Zeremonie kaum etwas mit. Sie schreckte erst hoch, als Adrian sie am Ärmel zog und ihr zuraunte: »Ihr seid gleich dran!« Mit dem nächsten Hektikschub schnappte sie sich den widerwilligen Hugo, knüpfte die Eheringe an sein Halsband und versuchte, möglichst unauffällig nach hinten zu schleichen. Rechtzeitig zu »Steckt euch nun die Ringe an als Zeichen eurer Liebe« ließ sie den Hund los, der wie ein Katapult auf Georgia und Tim zuschoss. »Würdevoll! Würdevoll! Das hatten wir doch geübt«, zischte sie ihm vergeblich hinterher.

Breit grinsend fing Tim das schwarze Bündel ab, bevor es ungebremst den Altar rammen konnte. Georgia streichelte tief bewegt ihrem kleinen Liebling den Kopf, während Seth wie abgesprochen die Ringe löste. Als Tim den Hund absetzte, rollte er sich zwischen dem Brautpaar zusammen und ignorierte stur alle Lockversuche von Antonella.

Tim nahm den Ring und sprach als Erster sein Ehegelübde: »Ich will dich lieben, achten und ehren und dir stets die Treue halten. Du bist mein Glück, meine Liebe, mein Leben. Ich will für dich da sein, wenn du mich brauchst, dir Halt geben, wenn du fällst, mit dir lachen, wenn du fröhlich bist, dir den Weg zeigen, wenn du nicht mehr weiter weißt, dir zuhören, wenn du Sorgen hast, dich umsorgen, wenn du krank bist. Sei meine Frau, meine Geliebte, meine Freundin und meine Seele. Ich gehöre nur dir.«

Er steckte seiner Frau den Ring an, die so ergriffen war, dass sie kaum ihren Treueschwur über die Lippen brachte: »Ich will dich lieben, achten und dir treu sein, solange ich lebe. Ich möchte mein ganzes weiteres Leben mit dir teilen. Ich will zu dir stehen – nicht nur in Zeiten, in denen dies leichtfällt. Ich will dir täglich zeigen, wie stark unsere Beziehung ist. Ich will sie pflegen, will Geduld und Nachsicht üben, sie festigen, Vertrauen und Liebe schenken.«

Mit zitternden Fingern streifte Georgia Tim den Ring über seinen Finger, und er wischte ihr zärtlich eine Träne aus dem Augenwinkel.

»Hiermit erkläre ich Sie zu Mann und Frau. Sie dürfen nun die Braut küssen.«

Was für ein Tag, dachte Georgia glücklich und lächelte, als sie am späten Abend ihren Blick über die Gästeschar schweifen und die letzten Stunden Revue passieren ließ. Sie war von ihrer Hochzeit ergriffener, als sie es sich je vorgestellt hatte. Nicht nur hatten ihre Eheversprechen die Hälfte der Anwesenden zum Weinen gebracht, auch sie selbst war immer noch gerührt. Es war schon etwas ganz Besonderes, solch intime Worte in der Öffentlichkeit laut auszusprechen. Irgendwie fühlte sie sich Tim jetzt noch enger verbunden. Ihr Mann unterhielt sich gerade mit seinem Schlagzeuger. Stardust würden gleich die Bühne für einen kurzen Auftritt übernehmen, und danach war das Bankett für das Brautpaar vorbei. Georgia freute sich darauf, endlich mit Tim alleine zu sein. Nach der Trauung hatte es einen Champagnerempfang gegeben, der sich länger als geplant hingezogen hatte. So viele Hände wollten geschüttelt, Freunde und Verwandte umarmt und Glückwünsche entgegengenommen werden. Sie hatte sich ein wenig gewundert, als Adrian nur mit T-Shirt unterm Jackett vor ihr stand, um zu gratulieren. Er hatte irgendwas von »kleinem

Malheur« gemurmelt und dabei auf seine Tochter im Kinderwagen gedeutet. Tim hatte sie später über den wahren Grund aufgeklärt. Jetzt, wo alles geklappt hatte und sie sicher unter der Haube waren, fand er alles wahnsinnig komisch. Georgia hingegen bekam immer noch eine Gänsehaut, wenn sie an die haarsträubende Geschichte dachte. Unglaublich, dass es Antonella gelungen war, ihr das alles zu verheimlichen und die Nerven zu bewahren. Es war ohnehin fantastisch, was ihre Freundin in den letzten Wochen geleistet hatte. Sich so kurz nach der Geburt voller Elan in die heiße Phase der Hochzeitsvorbereitungen zu stürzen und alles so großartig zu managen! Auch der Saal war wunderschön dekoriert: Die blutroten Rosen akzentuierten das sonst strikt weiße Farbkonzept und passten außerdem perfekt zu dem rotem Satinkleid mit dem tiefen Rückenausschnitt, das sie für den Abend gewählt hatte. Auch die Gäste waren inzwischen vom Zwang der Kleidervorschrift »ganz in Weiß« befreit und trugen Smoking und Abendkleider.

Georgia schmunzelte amüsiert, als sie sah, wie engagiert Seth mit Sophie flirtete. Ihre alte Freundin, hochelegant in einem silbergrauen Kleid und glitzernd ausstaffiert mit der halben Familienschatzkammer, wehrte sich inzwischen nicht einmal mehr, sondern luchste ihm offenbar gerade eine üppige Spende für ihr nächstes New Yorker Charityprojekt ab. Die Tatsache, dass ihr Co-Trauzeuge ein schwerreicher Eishockeyprofi war, ließ Sophie alle Vorurteile vergessen. Vielleicht fasste sie ihn sogar als Ehemann-Material ins Auge? Schließlich war sie schon fast ein halbes Jahr von Maxim geschieden, und bei Sophie konnte man nie wissen, wenn viel Geld im Spiel war. Diese Oberflächlichkeit war Georgia an ihrer besten Freundin früher kaum aufgefallen. Aber sie selbst hatte sich inzwischen in eine ganz andere Richtung entwickelt. So nett es mit Sophie in den letzten Tagen auch gewesen war, die alte Nähe gab es nicht mehr. Und wahrscheinlich würde es sie auch nicht mehr geben, denn die neue Georgia gefiel ihr ausnehmend gut. Zweifellos würde auch Antonella ihr jederzeit hart, aber herzlich den Kopf zurechtrücken, wenn sie wieder in altes Fahrwasser zurückkehren würde. Lächelnd hielt Georgia Ausschau nach ihrer temperamentvollen Freundin und entdeckte sie und Adrian ausgelassen tanzend inmitten der Menge. Der weite Chiffonrock von Antonellas türkisem Neckholderabendkleid wirbelte um ihre Beine, und aus ihrer Hochsteckfrisur hatte sich eine breite Strähne gelöst. Die beiden würden bestimmt genauso glücklich werden wie sie und Tim, dachte Georgia. So verliebt, wie sie sich anstrahlten, konnte es gar keinen Zweifel geben. Außerdem glitzerte da dieser neue Ring an Antonellas Hand …

»Baby, kommst du kurz mit?« Tim war neben ihr aufgetaucht, als die Musik verstummt war. Er führte sie auf die Bühne, auf der Stardust gerade die Plätze mit der Partyband tauschten.

»Liebe Familie, liebe Freunde, ehe Georgia und ich uns in unser Flitterwochenende verabschieden, möchten wir uns bei allen bedanken, die uns – teilweise mit äußerstem Körpereinsatz – diesen wunderschönen Tag bereitet haben. Wir werden das nie vergessen!« Tim strahlte sein Publikum an und zwinkerte Antonella, Adrian und Giovanni verschwörerisch zu. »Aber jetzt der allerneueste Stardust-Song, ein ganz besonderes Lied für meine Frau. Halt, hiergeblieben!« Georgia wollte gerade die Bühne verlassen, doch Tim nahm ihre Hand, gab seiner Band ein Zeichen und fing an zu singen:

When she puts on her pumps and she goes to the office
She's a princess – Princess Brains
Watch her walk down the hallways
And you'll think: how sophisticated, how professional.

When she puts on her high-heel boots and she goes to the bar
She's a princess – Princess Sex-appeal
Watch her walk along the tables
And you'll think: how beautiful, how daring.

But when she takes off her shoes
She's my barefoot Princess Sunshine.

And that is when I know best –
She always looks like a princess
But she's a goddess to me.

Als der letzte Ton verklang und die Gäste applaudierten, hatte Georgia Tränen in den Augen. Tim nahm sie in den Arm, küsste sie und flüsterte ihr ins Ohr: »Ich habe dir doch gesagt, dass ich es wieder tun werde. Komm, lass uns abhauen, unser Honeymoon ist sowieso kurz genug!«

»Georgia muss ja Wahnsinnsfüße haben!«, kommentierte Adrian trocken den Auftritt von Tim und seiner Band.

»Ach komm, das war doch wirklich süß und romantisch.«

»Erst Star Trek, jetzt Schuhtick – dem Mann ist wirklich kein Thema zu profan.«

»Du bist bloß neidisch, weil du so was nicht kannst!« Antonella knuffte ihn in die Seite.

»Dafür habe ich andere Qualitäten«, konterte er und sah sie verführerisch lächelnd an.

»Zweifellos!« Sie kicherte. »Allerdings weiß ich nicht, wie du sie bei meiner Hochzeit publikumswirksam einsetzen willst. Tim hat da ganz schöne Maßstäbe gesetzt!«

»Lass dich einfach überraschen!« Er küsste sie und wechselte dann das Thema. »Georgia und Tim verabschieden sich ja schon. Wo ist denn der Hund? Und unser Kind?«

»Jenny kümmert sich um die beiden. Dahinten sind sie.«

»Ich habe Elisa gerade ihr Fläschchen gegeben. Und mit Hugo war ich vorhin auch noch draußen«, sagte Jenny eifrig, als Antonella und Adrian zu ihr kamen.

»Du bist ein Engel! Wenn Georgia ausgeflittert hat, unterhalten wir uns mal über eine Gehaltserhöhung.« Antonella zwinkerte ihr lächelnd zu und nahm ihr das Baby ab, das einen sehr zufriedenen Eindruck machte. Ganz im Gegensatz zum Mops, der unwillig brummte, als ihn Adrian an die Leine nahm. »Reg dich ab, mein Freund«, sagte er zu Hugo. »Du hast es gleich geschafft.«

Das Brautpaar hatte seine Verabschiedungstour hinter sich gebracht und kam näher.

»Wir bringen euch noch raus«, sagte Antonella zu den beiden, und Hugo zog heftig an der Leine.

»Keine Angst, wir nehmen dich natürlich mit.« Georgia nahm den kleinen Hund auf den Arm und drückte ihn gegen ihr weißes Nerzcape.

Der Porsche war direkt vor dem Eingang geparkt. »Gott sei Dank kein Hochzeitsschmuck!«, rief Tim erleichtert. Er nahm Hugo und setzte ihn ins Auto. Dann verabschiedete er sich von Antonella und Adrian. »Danke für alles!«

Antonella hatte plötzlich einen dicken Kloß im Hals. Sie gab Elisa an Adrian weiter und drückte Georgia fest an sich. »Ich freue mich so sehr für euch! Denk doch nur daran, was in den zwei Jahren, die wir uns jetzt kennen, alles passiert ist …«

»Das stimmt«, auch Georgia war gerührt, »und ich bin mir sicher, wir werden noch eine Menge erleben!« Sie lächelte ihre Freundin an und raunte ihr ins Ohr: »Toller Ring, übrigens!« Dann drückte sie Antonella ihren Brautstrauß in die Hand und fügte an Adrian gewandt hinzu: »Ich nehme an, das ist ganz in deinem Sinne …«

Danksagung

Danke!

An erster Stelle danken wir all jenen, die uns an einem grauen Januar-Abend, für den eine lustige Mädelsrunde geplant war, versetzt haben. Den Prosecco mussten wir alleine trinken, und am Ende der zweiten Flasche hatten wir dann doch noch Gesellschaft – von Antonella, Georgia und Hugo.

Erst zwei Kapitel waren zu Papier gebracht, da hatte unser Trio auch schon das Herz von Dr. Harry Olechnowitz erobert, der uns prompt unter Vertrag nahm. Vielen Dank unserem Agenten für sein frühzeitiges und nachhaltiges Vertrauen und seine erfolgsgekrönte Suche nach dem passenden Verlag. Barbara Heinzius sicherte für Goldmann den Zuschlag und führte uns ausgesprochen herzlich und nett im Verlag ein. Vera Thielenhaus übernahm bald darauf das Zepter, gab dem Werk – mopsgeküsst – seinen endgültigen Titel und führte uns geduldig durch die Mühlen der Korrekturläufe. Vielen Dank unseren Lektorinnen für die sehr persönliche Unterstützung.

In Bereichen, in denen wir nicht ganz so sattelfest sind, haben wir Menschen gefragt, die sich auskennen: Juristischer Rat kam sehr wortreich von Dr. Thomas Wölwer, zum Thema Medizin konsultierten wir Dr. Cathi Sieghart und Claudia Melzer, und alles über die Musikindustrie erzählte uns Jan Müller. Vielen Dank dafür!

Input aller Art und unermüdlicher Zuspruch kam von unseren ersten Test- und Korrekturleserinnen: Anja, Christina, Coco, Natsch, Susanne und Tanja! Tausend Dank an Euch sowie an alle anderen Freunde, die sich unser endloses Geplapper über Hugos Abenteuer geduldig angehört und oft genug hilfreich kommentiert haben.

Carin: Mein ganz besonderer Dank gilt SB, SE und SP, die mir auf sehr unterschiedliche Art den Rücken gestärkt und mir über Motivationslöcher und andere Probleme hinweggeholfen haben. Und natürlich Jan – für alles! Ohne Dich wäre mein Leben nicht so bunt …